鲤鱼岭上
木棉红

陈志强——

主编

天津出版传媒集团

天津人民出版社

图书在版编目（CIP）数据

鲤鱼岭上木棉红 / 陈志强主编 . -- 天津：天津人民出版社，2021.7
ISBN 978 - 7 - 201 - 17469 - 3

Ⅰ. ①鲤… Ⅱ. ①陈… Ⅲ. ①文学—作品综合集—中国—当代 Ⅳ. ①I217.2

中国版本图书馆 CIP 数据核字（2021）第 134934 号

鲤鱼岭上木棉红
LIYULING SHANG MU MIAN HONG

出　　版	天津人民出版社
出 版 人	刘　庆
地　　址	天津市和平区西康路 35 号康岳大厦
邮政编码	300051
邮购电话	（022）23332469
电子信箱	reader@ tjrmcbs. com
责任编辑	章　赪
封面设计	中联华文
印　　刷	三河市华东印刷有限公司
经　　销	新华书店
开　　本	710 毫米×1000 毫米　1/16
印　　张	16.5
字　　数	296 千字
版次印次	2021 年 7 月第 1 版　2021 年 7 月第 1 次印刷
定　　价	68.00 元

编辑委员会

序

陈志强

  《鲤鱼岭上木棉红》是我校10位湛江市作家协会会员的文学作品选集，是10位老师在业余时间进行文学创作的成果。

  湛江市坡头区第一中学是广东省国家级示范性普通高中，坐落在湛江海湾东岸的鲤鱼岭上，高大、火红的木棉树是其欣欣向荣的象征。在历任校长和老师的辛勤耕耘下，学校文化底蕴深厚，形成了以"劝学"为主题的校园文化特色。学校两个文学社团——"涛声"和"笑看人生"在老师指导下，办得红红火火；一年一届的科技艺术节，有声有色，精彩纷呈，很好地展示了"育人为本、全面发展、各有特长"的办学思想。

  正是这一片沃土，滋养了一棵棵文学艺术之树；这10位教师，就是其中的优秀代表。你别小看"10"这个数字，它差不多是我们区市作协会员人数的三分之一。他们中有区作协的主席、副主席、秘书长。他们的作品，可以说体现了坡头区文学创作的水平。他们不但是作家，更是学校的教学骨干。他们教学与创作相长，他们文学创作的成绩丰富了学校的内涵，给学生以正能量的启迪。

  常言道："书中自有黄金屋，书中自有颜如玉"。我从小就爱看书，手不释卷，就很羡慕写书的"文人"。我坚信：老师进行文学创作和教学工作可以两相相长。我们的"文人"越多，素质、水平越高，我们的教育教学水平就越高。我殷切地希望我们学校出现更多、更优秀的作家，创作更多、更好的文学作品。希望《鲤鱼岭上木棉红》这一簇报春之花，能引来百花争艳。

  《鲤鱼岭上木棉红》一书有诗有文，其中部分文章写的是学校的景、学校的人和事，真实、具体、生动、形象，充满正能量，很值得一读。我不是作家，更不是文学评论家，我无法对作品进行恰到好处的评论，只能留给大家，慢慢地咀嚼，慢慢地体味这一颗"橄榄"的味道。

  有感而发，写了上面的话，不知能否称得上"序"。谢谢大家！

（作者为坡头区第一中学校长、党委书记）

目录

马红梅作品

　　马红梅，女，笔名道淳，江西临川人，大学中文本科毕业，现任教于湛江市坡头区一中，湛江市作协会员、湛江市红土诗社社员、坡头区作协会员、《豫苑文风》签约作者。诗观、人生观：顺其自然。

烟花句

有首歌，歌名是《烟花句》。我认为，烟花句是如烟花般美艳的句子，盈溢着诗意与淡淡的感伤。

——前记

（一）人生若只如初见

人生若只如初见，何事秋风悲画扇。
等闲变却故人心，却道故人心易变。
骊山语罢清宵半，泪雨霖铃终不怨。
何如薄幸锦衣郎，比翼连枝当日愿。

（《木兰词·拟古绝决词柬友》纳兰性德）

初见"人生若只如初见"，便觉得很美，但没做细想。当时，将若理解为假如之意。而今明白了这句话之意义。若人与人相处，对生活的感受，都像初见般美好，那么内心是甜蜜且幸福的。

只是我们忍受不了生活的琐碎，似乎没时间、心情去感受随处可见的美，所以总是闹心。而人与人之间更多的是利益关系，加上性格不同，各有缺点、弱点，所以慢慢感觉越来越不好了。除非你非常爱那个人，不然你包容不了他的一切。然而实际情况是，人爱自己多一点儿。

人生若只如初见，听起来很美！但是不代表没有。以悲悯、包容、审美的眼光看世界，一花一叶总关情。指尖流淌的不仅仅是时光，还有对美的向往以及青春的怀想……

（二）锦年

锦年，手执一把雨伞，与那人相遇。那是白娘子书写的传奇。

锦年，执一把伞，在那个雨季。飘飘洒洒的雨，轻轻柔柔地亲吻大地，升腾的雾气，将她与周围暂时隔离。在一个人的世界里，少女并没有满怀心事，只是喜欢雨，如此而已。

何为锦年？何为青春？若热爱生活，热爱大自然，生命中的每一天，都很美丽！每一天，都是最好的年华。

（三）千峰过后

坐火车回湛江的路上，路过桂林，给陈深同学发了条信息：路过桂林，若在你的画笔之下，此处景色定会更美。

一座座的山峰，姿态各异，云遮雾绕下，更添神秘之感。有人说，千峰之后，不再寻找。这峰，千峰中最美的一座；那人，那个特别的人。也许，他曾出现过。所谓"曾经沧海难为水，除却巫山不是云""弱水三千，我只取一瓢"。也许，千峰之中，也没有你心仪的那一座。千峰，也是人事万千，但不一定意味着沧桑。

人生是不断的告别与寻觅。放下，启程……阅尽千峰之后，回到内心，与自己的心对视。远观风荷，会心一笑。

> 烟花易冷，人事易分，而你在问，我是否还认真。（周杰伦《烟花易冷》）

——后记

父 亲

> 父亲走的那一晚，月亮很圆。此后，每当月圆之夜，我忍不住伤心……人成各，今非昨，月上柳梢阴阳隔。
>
> ——题记

父亲是一位健谈、乐观、慈祥的人，永葆天真，人缘特好。在湛江小住了段时日，结交了不少朋友。他与一位陕西大爷相谈甚欢，后来得知大爷要回老家了，他们合影留念。父亲在照片背面，端正庄重地写了四个大字：莫逆之交。

父亲喜欢外出，喜欢照相。这几年我也给他拍了不少相片。在他生病的那段日子里，我们拿出相片，边看边聊；他离去之后，我常常对着他的照片将他想念。

（一）精益求精

父亲本是一木匠，1970 年调入抚州市一中工作。换了几次岗位，后来，负责文印工作。这一干就干到退休。

作为重点中学，文印室是"保密机关"。老爸占尽优势，独享了一间大大的办公室。那时的技术落后，陪伴他的是一台老式油印机。每天干着机械性、重复性的活儿，他也能乐此不疲，整天笑呵呵。忙的日子，全家总动员，加班！有时他的鼻子、手沾上了油墨，原来是油印机罢工了。向维修师傅讨教了一两回之后，父亲自己便将维修工作一并承担下来。他在那儿鼓捣、摆弄，嘿！他的"小伙伴"不调皮了，还为学校节约了一小笔维修费呢！

这么一间大大的文印室，还有点儿文化氛围。你一进门，贴在墙上的"精益求精"四个大字便映入眼帘。这四个字让人终身受益。这不仅仅是一种态度！父亲工作非常认真，任劳任怨，精益求精，不断实践，不断完善。因此连续三年被评为市劳模。（多年前相机并没有普及，这一画面无法定格于胶卷之上，而他工作中的点滴，已永久地定格在我的心中。）

（二）祖孙情深

在父亲的眼里，我和女儿是他永远长不大的心肝宝贝。在我的心中，他是个不折不扣的"老顽童"，人见人爱，车见车载。在他的眼神里，你能看到孩童般的天真。一直以来，他备受欢迎。我的同事如此评价他：大叔好可爱！

与我女儿的合影，是南油花展时拍摄的。看他们祖孙俩，多上镜！笑容可掬，比鲜花还灿烂！他们比画的彩虹，简单动人。

（三）挥手告别

父亲非常和善，善解人意，很容易满足。如果我没时间陪他逛，他自找乐趣。在他病发前半个月，我们去了趟赤坎寸金公园。当时他，精神矍铄。可是，谁知道呢？作诗一首，聊表怀念。

才饮仙泉水，竟乘鹤西去。

泉下若有知，遥遥长相忆。

有时，我真的不想承认，可是必须承认，世界上最疼我的人去了，这位慈祥善良的老人，不留遗憾地去了。而我们已经失去了爱你的机会。

爸爸的故事，爸爸的相片还有很多。此刻，我却不知从何说起。朋友说：你就是你父亲生命的延续。父亲的工作态度、为人处世、隐忍坚强深深地影响了我。我深知：只要我们心里有彼此，死亡便不是距离。

> 父亲，你在哪儿？
> 在我的心里？在我的梦里？还是月亮偷偷躲进的云层里？
> 我躺在月亮的睫毛上
> 静静地，想你

——后记

和骑行有关的……

昨晚 11 点，我们万能的工会主席在群里吆喝，其宏伟计划是骑行 100 千米，那令人向往的美丽的乡村之旅哟！害得我有一种冲动：只要有谁把山地车借给我，俺就过海！（那么晚，没公交车了。没办法，也要想出办法；没条件，也要创造条件！）

可是作为菜鸟级的我，能跟得上咱们工会主席的步伐吗？只有想想的份儿！我的一个爱骑行的学生，他去过很多地方，比如江西的好几座城市，还有青海湖。我问他骑行和旅游的意义何在？他回答：再不疯狂，我们就老了。

对我而言，无所谓疯狂，仅仅是因为喜欢。（昨天本来想买山地车，结果我的座驾变成了哈利·波特，一车二用，妇婴共踩。）于是有了，今早的一个半小时的骑行，沿着父亲曾走过的足迹。

喜欢就行动！自父亲走后，我发现有些事真的不能等。当初工作忙，很少陪父亲外出。父亲在坡头住了一年多，把坡头城区都走熟了。每次都会津津有味地介绍他的所见所闻。当年他的心情也如我这般欣喜吧？只是他的宝贝女儿不在身边陪着他走这一程。而今我走过的地方，相信父亲曾经来到，可惜他，不在身旁。

途中有一条泥泞的小路，内心争斗一番后，我决定走走。很快，我的车，我的脚，沾满了泥巴。想起了一年前，妈妈总是念叨："你爸到底去哪儿？每次回来，鞋子都这么脏！"我现在知道爸爸去哪儿了！

当你的双脚沾满了泥土，你会觉得自己更靠近大地。在路上遇见一个大爷，他说着本地话，亲切地问我："踩车累吗？"当时，一股暖流流入心房。也许爸爸也见过他！这位善良的笑容可掬的操着一口带着浓厚乡音的普通话的老人，最擅长把陌生人变成熟人。其实，笑容与善意，是最佳通行证。

后来到了西坡村，这座带有文明与文化色彩的小村落，让我小开眼界。

熟悉的地方也有风景，我的骑行，从坡头城区开始。

复　读

　　2013 年辽宁省文科状元刘丁宁，被香港大学录取后，放弃 72 万元的高额奖学金，走上复读之路。2014 年考取北京大学——她心中理想的大学，圆了"追寻纯粹国学"之梦。

　　2015 年高考成绩未能如愿的李湛同学，回廉江市实验学校复读，宣称"非清华北大不读"。今年高考，这位湛江市理科状元终如愿以偿。

　　两位学霸的彪悍人生不需要解释。可我们终究不是学霸。当两难选择出现，难免患得患失，纠结不已。对于已经上线的同学而言，复读，实乃冒风险之举。因为进步空间太小，所以心理压力特大。过不去的，还有面子这一关。

　　不过，一旦认定了复读这条路，就坚持走下去吧！

　　不甘心是原因，底气足是基础，证明挑战自我，是动力。最终，是为了与理想的大学相约。如果最终是你，迟一年，又何妨？

　　我身边有很多成功的例子，相信你也行。

　　我的同学高考失利后，毫不犹豫选择复读，1998 年，考上中国人民大学。

　　2014 年，我当理科复读班的班主任。有三位同学，高考分数在 520 分以下，其中一位，因考前一个月受伤，只考了 490 多分。去年高考，他们分别以 631 分、600 分、555 分的高分，回报一年来的努力奋斗，突破了自我；在人生道路上，刻下了难忘的一笔。

　　连续五年教复读班，我发现，能静下心来，一如既往地坚持，专攻薄弱环节，会合理分配时间且心态好的同学，往往进步空间较大，能提升八十分左右。

　　相信自己和好心态特别重要。如果不敢试，建议先读（大学）为快！

书中自有黄金屋　教室岂有"黄金"座?

前几天，和一位被派往小学支教的老师聊天儿，正好就谈到一年级小朋友的座位问题。她说："第一次教小学，好不适应。有一个班的座位一天轮换一次，我怎能认得全人啊!"

估计是班主任征求了家长和学生的意见，才如此做吧! 一天轮换一次，太勤了点儿，改成两周比较合理。

我的学生是高中生，家长和学生很少对座位提出要求，偶尔想换个同桌。我一般让学生自己沟通协商，处理好了，知会我一声就行。（个别人欲借此接近美眉，或找个能海聊的同桌，影响他人学习的话，免谈!）

部分小学生家长爱子心切，可以理解。可如果多数人跑去老师那儿申请所谓的"黄金座位"，会让老师为难。个别家长甚至想通过送礼的方式达成愿望，何必呢? 这样做，把简单的事情复杂化了。

家长们大可放心! 大多数学校的管理趋向民主，而且老师对学生的爱是一视同仁、公正无私的。教师会平等地对待每一位学生，绝不会以个人的好恶而偏爱优等生，歧视学困生。您的孩子不会被亏待。

所以少些"特权"心理或"黄金"座位情结。与其对孩子说坐哪儿更好点儿，不如多花些心思和精力在自己孩子身上，纠正他们学习中注意力不集中、做事拖延等不良习惯，从内因上解决问题。并通过言传身教，努力做"黄金家长"! 要知道，对孩子而言，家长才是他们的第一任老师啊!

孩子在学校，该享受的是追求知识，让爱与生命同行的快乐，在书海中筑起一座黄金屋。再说，时代进步了，所谓的"黄金座位"也因为轮换座位而 say goodby。

君子之交淡若水　此中真意两心知

曾几何时，怀念某一段日子。那时，十几户老师住平房，邻里关系特别融洽。好多老师的孩子来我家玩。我家是个开放型的幼儿园，我母亲是"园长"，我是小老师。许多邻居爱来我家串门，有说有笑，好不热闹。

许多年过去了，如今生活条件好了，大家都住上洋房，开上小车了，可邻里、亲朋间的串门越来越少。

很多人认为，串门少了，人际关系会越来越淡。

其实未必！

我与一位小学同学，长达二十年未见面。前年我们俩在外面吃个饭，聊得难舍难分；之后，就在微信朋友圈关注彼此的动态，极少私聊，感情一如从前。

今年回老家，去她那儿串个门，带点儿小礼物。结果她母亲批评我："你怎么如此老土，来我家吃个便饭，还带什么礼物？搞那么复杂干吗？"

她家有台留声机，我非常喜欢。初去别人家会胆怯的女儿，竟把她家当成自己家，玩得很开心。这种偶有一次的轻松愉快的串门，更是巩固了我与老同学之间的情谊。

当串门文化渐行渐远，我们也不必过于留恋、遗憾。人与人之间情感的纽带不是靠串门就能维系的。奉行"君子之交淡如水"的我（当然，我不是君子），极少与人深交，但朋友、同学见面，无论相隔多少年，一如从前。许多人对我的评价是：你没变。

其实，串门的热闹是一群人的狂欢和集体记忆。斯已远去，化作甜蜜回忆即可。人与人相处的方式很多，淡如水的真情意，是我喜欢的方式。

与人交心，"淡抹浓妆总相宜"。偶尔串个门就好，约吗？

仍有香如故

几年前，一位本地的同事说起同学聚会，感觉被虐。看着那么多同学在大城市，功成名就，好不风光。当被问起工资有没有四五千时，只能硬着头皮点下头。她说："我都不好意思告诉他们，我的工资不到 3000 元。"

网上如此传言，同学聚会，拆散一对算一对！

我一直在外地工作，偶尔才能遇上同学聚会。与诸君的感受或许有点儿不同。

这个寒假在老家待了二十多天，主要是在医院照顾受伤的姐姐。总共抽 10 个小时，参加三次聚会。

初中同学，几乎都是高才生，除了俺。有一部分在国外，能聚上十几个，特别难得。我们请上了 80 岁的老班主任。有些同学二十多年没见面了，自然非常欣喜。一位男同学过于兴奋，激动之余，亲老师一口。于是乎，在座的男生无一"幸免"。

在此，只谈往事，绝不显摆，且实行 AA 制。大家一致认为同学一场太不容易，并把同学按工作地分为四个片区，争取一年聚上三四回，希望老师也来参加。在这次聚会中，俺收获旧照片两枚。更神奇的是，在座的两位男生，从幼儿园到高中，一直是同学。把老师送走后，我们集体开房去！因为两个男生醉得太厉害。其余八九人，分成两桌，玩麻将、扑克牌。美女班长一吃三，又把赢到的钱以发微信红包的形式，让我们抢。

很难得、很难忘的聚会，我们一起回到学生时代。暂时忘却烦与忧。

高中同学的两次聚会，我只能匆匆而来，匆匆而去。同学们都说好多年没见我，挺想我。我何尝不是？

有一位哥，特喜欢提我高中时代做的一件算不上坏事的事，免不了加点儿料——添砖加瓦，添油加醋。哈哈，无所谓啦，被损也是一种乐趣，损损更健康。特别佩服那帮记忆力超好的同学，往事都被他们嚼烂来讲；听的人，说的人，都不亦乐乎！

　　为什么我们爱提往事，常怀旧，因为我们重情重义。无论世事如何变迁，聚时，共叙同窗之谊。我们回到从前，不攀比，不多想，此香，如故！

　　诚如郑晓晖校长在《六六大顺群赋》中的感慨：夫情为何物？生死相依也！无利益之相争，有你我之相持；无虞诈之心机，有纯真之情谊。此同窗之谊也！悉学友之悲喜，传社会之正气；聊生活之琐碎，谈彼此之心思。

低头的温柔

每每见别人低头看手机，自然而然想起一句诗："最是那一低头的温柔，像一朵水莲花不胜凉风的娇羞。"有一次，我对着手机笑，母亲不明所以，问："这么多人机不离手，手机到底有什么魔力？"

手机里风景无限！

看！同学群里的一张相片，引起大家高度关注。原来，三位20年没见面的老同学在异国的芝加哥中国城重聚！其中一位同学是神父，同学们那是费了九牛二虎之力才联系到他的。

极少有动静的同学群，顿时沸腾了！大家惊呼，纷纷留言，喜乐满满……纵然我不在现场，也不在群里发言，内心其实是无比开心激动！微信群把天各一方的亲朋好友，连接在一个小小的阵地。即使很少见面，偶尔得知各位的消息，自然满心欢喜！

同时，微信朋友圈给大家提供了交流学习的机会。

某日我写了一首配图诗，首句是"没有故事"，一位友友在我的微信朋友圈如此回复：没有故事，往往是最好的故事。何谓故事？故旧之事？故意说事？非故旧之事，则紧贴时代；非故意说事，则发乎自然。既紧贴时代而又发乎自然，岂非最好的故事？

……

朋友圈里的留言很多很多，大家在共同的圈里说说家常，说些或揶揄或幽默或正经的话，一来二往的，碰出思想的火花，令人脑洞大开！

我订阅了不少微信专栏，每天都用手机看文章；也会开启手机语音功能，说出我的要写的文稿。自从有了微信，我几乎不用QQ；自从手机功能齐全后，我几乎不用电脑。这一工具，我用起来得心应手。拍照、阅读、上网、写作、联系亲朋好友……可有时，也有被之捆绑的感觉，费时又费神。

跟我一样，若没有手机，多数人会觉得生活中缺少了什么。哎，咱们可能患上了手机依赖症了。若在外面经常低头看手机，容易出事。君不见，等红灯的时候，总有一些人"宠幸"手机；部分家长带娃的时候，手机才是他的"宝宝"！娃娃们闹，他们对着手机笑，貌似两不误。

不要等到惨剧发生，才意识到问题的严重性！尤其是走路的时候，等车的时候，千万别做低头族。

手机屏幕这一方寸之地，很小，也很大。即使它功能如此强大，我们还是要尽量摆脱对他的依赖。可以练练毛笔字，看看纸质书，进行户外运动……这样，既能让我们离手机远点儿，又能丰富我们的生活。

仓央嘉措的诗中写道：这么多年，你一直在我心口幽居，我放下过天地，放下过万物，却从未放下过你。

是啊，放下手机，何其不易！朋友们，偶尔低头，有需要时低头，才是真正的温柔！

试着说一下手机的功能
楚衣飞雪

为此，我要习惯中坚持着
向手掌上亲昵的东西妥协
朋友是问候的陪伴
日子是变幻的铃声
诗情是我手指的跳跃

青春的脸穿俏丽欢颜
一路的游移和陌生一样有趣
安全感，手心的痒
碰到的感觉，把自己点燃
给自己照亮取暖

陷入，智能化某种侧的阴影
遮蔽着心跳
我仍要为那些找不到的疑问
一遍遍地搜索
敲醒了止不住的好奇

某些相遇，是久别重逢

——记宇上森"诗意的微醺"诗歌朗诵会

湛江朗诵艺术沙龙举办的活动期期都精彩。这次很特别，引用群主的原话——这事闹大了！

先看咱们群的"广告词"：

他，是第二届"曹灿杯"青少年朗诵大赛全国金奖的得主，新鲜出炉，热力四射；她，是一位年轻美丽的诗人，蹙眉颔首之际，流泻诗意的情愫。他们的相遇，不是因为爱情，而是因为对语言艺术共同的追求；他们的同台，无须山盟海誓，却在沙龙成长的溪流中激起一朵最美的小花！他是徐兵，她是陈宇啸。本周四（9月8日）晚上8点，帅哥徐兵携湛江朗诵艺术沙龙第67期活动"诗意的微醺"，并携美女诗人宇上森（陈宇啸）与您真诚相约，谈诗的创作，解诗的情怀……

对了，这一期的主题是宇上森诗歌作品朗诵分享。你看，台前的这对帅哥美女，就是主角。

美女首先跟我们分享了写作的缘由，笔名的寓意：牙齿上打造一片森林，沉醉在诗中，想要抵达宇宙，超越时空的远与穿透，与世间万物发生联结与共振。

前天，初读宇上森作品《在一朵花里　兀自荣枯》，就有被撩动的感觉。虽与女诗人素未谋面，却心意相通。立马写诗评，半小时内完成诗歌赏析作品《诗歌撩人》。

她的作品充满了灵性与紫蓝色调和着酒的香味。第一次点评，对诗意的把握是不完整的，也特意留些空白和想象空间。

我把这首诗解读为，一个女子爱上了一个男子，因为矜持或清高，把爱演绎为"不可说"。故事还没开始，就结束了。原来，爱是一次错觉。

沙友们开玩笑说，读了宇上森的诗，感觉谈了一次恋爱，却不知道是跟谁谈的。我写爱情诗诗评的时候，也是一样的感觉。

朗诵会上，诗人告诉我们，《在一朵花里　兀自枯荣》写的是三角恋。

好吧，我错了。于是，我懂了。所以我自告奋勇朗诵这首诗。把自己想象成"新郎要结婚，新娘不是我"的悲情女主角，抱着"宁愿一个人心碎，好过三个人悲摧"的成全之心，走进了作品。

主持人说，听了我的朗诵，要流泪了。

沙友们很喜欢宇上森的诗，争相诵读。著名诗评家张德明，红土诗社社长戚伟明，湛江文联副主席黄彩玲等人也参加了这期活动。诗人与我们交流互动，画面温馨，甚感亲切。因为诗，因为爱好朗诵，我们走到一起，让一些相逢，吟咏久别重逢的醉心与感动。

这一期的活动令人难忘。今日，意犹未尽的沙友们在群里展开热烈的讨论。诗人宇上森如此回复蓝采：我们每个人都有书写与表达的欲望，这种欲望所表现出来的形式也不一样，有的可能放在心里保持沉默，沉默是金。但也很有可能通过行动的方式去释放，比如去做一些自己热爱的事情。所以希望大家都能找到自己内心里热爱的事情！

沙龙创办人，陈劲主席如是说：诗歌的朗诵往往会给阅读带来意外与惊喜，有时诗人内心深处的创痂被演绎成了美丽的浮水印，有时欲言又止的意境被描绘出多彩的具象，但谁又肯定文字里无法驾驭的音律之魂没有传达过这样的余音呢？许多年后，诗人或许已忘却了年轻时表达的初衷，而感受者却可能留下难以磨灭的心灵感应……无论如何，灵魂的自由才是诗歌存在的唯一理由。

诗与诗相遇，诗与人相遇，诗配上醉美声音，仿佛早已熟识，更似久别重逢。我们这群拥有诗心的"大孩子"，内心涌动的，是柔软是自由！

期待更多人爱上诗，爱上朗诵，为忙碌的日子增添一些清凉。清凉之上，荷花绽放！

我有我天地

自然界的美景，令人心旷神怡！《项脊轩志》如此娓娓道来：庭阶寂寂，小鸟时来啄食，人至不去。三五之夜，明月半墙，桂影斑驳，风移影动，珊珊可爱。

这段舒心的文字，如一股暖流，荡漾于心田。那熟悉的场景，又一次，浮现于眼前。

（一）老家窗前的树

我有一间自己的小屋，名"无聊斋"。此斋陪我度过了人生中最重要的几年。紧张的学习生活之余，常抬头看窗外，一棵大树与之紧紧相挨。春天，绿蓓蕾冒出，是新生的喜悦。小鸟们并不寂寞，叽叽喳喳地唱着歌。有时我会打开窗，投以迎接的姿态。鸟儿却轻盈地飞走。确定安全之后，它们就在窗台跳跃，啄食……夏日枝繁叶茂，许室内一片清凉。冬天，大树没有了棉袄，光秃秃的，我们一起期待来年……

（二）新屋前的一排树

而今，我住竹阁，窗外可见车棚和一排大树。阳光洒在树叶上，光与影音的斑驳，在风中浮动。台风季节，哗啦啦的声响，叫你祈祷，狂暴赶快过去吧！而今，在这个多雨的夏日，雨的柔情，弹奏点点滴滴……

（三）灯塔公园和那一片海

美丽的校园，毗邻灯塔公园。透过办公室的窗口，满眼所见，皆是绿。风吹绿浪，希望汹涌澎湃而来。而今又迎来凤凰花开毕业时。

每天看海，也是一大乐趣。当阳光洒在晶莹的海面上，波光点点，耀眼的光芒，让我们细数银子般细碎的时光；潮退后，淤泥尽现，红树林清晰可见，偶尔海鸟掠过，那几点白，在绿的海洋中特别显眼。

看天光云影，草长莺飞，观云卷云舒，闻花果清香，听夜雨敲窗……用心感受大自然，剪辑一段时光。是单调也是丰富，单纯而又美好！海，让你心胸开阔；雨，让你柔情似水；风，教会你洒脱……与大自然的对望中，获取生命之密码。随喜、赞叹！

陈丹青说："读书让我自以为非。"的确，人的认知是有局限的，我们不可能看遍每一处美景。不过我们仍可做有心之人，用心感受随处可见的近处的自然美景。同时，也可利用科技手段，比如通过微信朋友圈、电视、科普节目等进一步了解自然，拓宽我们的视野——心向远方，那里星光灿烂！

用人文情怀和科技手段，感受自然，去发现、感知无处不在的美！独处的时候，惊觉，原来这片天地仿佛是我的，醉了！忍不住赋诗：

> 鸟儿的演唱会提前开始
> 我的闹钟
> 并不准时
> 感谢
> 大自然的恩赐
> 感谢一路有你
> 有自己
> 书香　园地
>
> 各种情与义
> 似乐曲
> 在心中绵绵流淌
> 滋润生命之河
> 我有我天地

水中太阳

心动　风动　水动

水中的太阳

黯淡　慢慢亮

想爸爸的时候

小鸟来做伴

一只　一群　渐渐散

走在栀子花曾开放的湖堤旁

忆起儿时的欣喜若狂

幻想　一朵沁鼻香

凭栏而望

梦里水乡

而今

四周是大学与洋房

跟着感觉走

回忆

荡漾在西湖碧波上

读 你

多想靠近你
眼前一座山巍然矗立
那么
把你标签为亲切又倔强的老头
依然读不懂你
耳畔常响起
子曰子曰
句句经典
穿山越岭而来
漂洋过海而去
一个民族演习温故知新
师生的对话至今动人

周游列国
明知不可为而为
用"任性"打造的木铎
宣示任重而道远　士必弘毅

我
在讲台上一次一次解读你
试图在你的言行中靠近你
还是读不透你

作 品

只是因为一句话
她误闯你的世界
犹如一只蝴蝶
飞进梦里长满百合的山谷
终于
你鼓起勇气送她礼物
她疑惑地问
石头有温度吗
你说：
每块石头都是独一无二
承载了流水和光阴的故事
这答案如谜
而她始终不敢靠近
只在梦中低语

多年以后遇见你的作品
在老照片中
她一眼就认出你
决堤之泪流淌
往事

扰人心扉的已到唇边
又咽下的那个字呵
不是来得太早
就是
醒得太迟

邓志华作品

　　邓志华，男，1969 年 7 月生，广东湛江南三岛人。大学毕业后在坡头区第一中学任教至今，现任学校总务处主任，曾任学校信息技术科组长、教研室副主任。自幼爱好文学和书法艺术，现为湛江市作协会员、湛江市红土诗社社员、湛江市书协会员、坡头区作协副主席。有近两百篇（首）散文和诗歌在市级以上刊物发表。本人坚信：文学会令闲暇的时光变得生动和可爱。

南三岛：路的变奏曲

一个人从蹒跚学步起，就开始接触泥土。泥土是动物活动之基，是人类生存之本。因而，泥土对于人类来说是平凡而伟大的。用泥土做成的路或在泥土上筑起的路更是与人的活动、发展息息相关。路有多宽，人的发展就有多广；路有多长，人的前途就有多大。路，伴随着人的一生，完成了一个个光荣的使命，使人类获得丰硕的果实，找到理想的归宿。家乡南三岛的路默默延伸着，伴随着我成长。从柔软松散到油墨亮光，再到坚硬厚实，南三岛的路漫吟着沧桑曲折的三重奏。

曾记得，初中时我就读于南三中学，南三中学当时在南三的西部，而我家却在南三的东部，从家到学校路程遥远。那时南三只有两辆公共汽车，要乘坐汽车必须到田头圩，而家到圩又要步行一段路。那年代，家庭穷困，连生活费都难以筹集，乘车哪能消费得起呢？乘车对于我们简直是奢谈。因此，每逢周始，我们就从家步行回校；周末，又从校步行回家。天茫茫，路漫漫，我们三五成群的学子犹如西游记里的唐僧一行，踏上了艰苦的求学之路。

当时贯穿着南三岛的是泥路，我们每周来回一趟。当夏日炎炎，烈日当空时，路面的泥土仿佛被烤成了粉，一阵风吹来，迷迷蒙蒙；一辆车驶过，红尘滚滚。我们这些苦行僧，挑着担，提着袋，踏着大道毅然前行。迎着漫天飞扬的尘土，穿行于风沙弥漫的路途。我们经过了一个坎，迎来了一道弯；踏上了一段沙路，迎来了一段黄泥。当我们"风尘仆仆"地来到了学校，面面相觑时，发现汗水和着泥尘，均匀地涂抹在一个个稚气未消的脸上，那可爱滑稽的面容，让我们忍俊不禁，开怀大笑。拍拍衣袖，抖抖衣服，一股股尘埃飞扬而起。

当大雨来临，坑坑洼洼的泥路积满了水。黄泥路经过浸泡后，变得异常松软。我们卷起裤腿，提着鞋子，踩着泥泞的道路，高一脚，低一脚，像在农田里踩着淤泥一样，举步维艰，吃力前行。肩上的担子跟着颤动的脚步左右摇摆。汽车驶过，车轮碾过积水，泥水冲天而起，不偏不倚，齐刷刷地喷洒在我们的身上。顿时，衣裳湿透，一股股黄泥水从头部、上身顺着衣服往下淌，仿似高山的泥石流。我们沉浸在异样的澡浴中，浑身上下透着清凉。

漫长而短暂的初中学习生活在不知不觉中结束，我告别了南三中学，也少走那段泥泞崎岖的泥路了。但由于这条路是全镇的唯一主干道，是到市区或岛外的必经之路，因此，在往后的日子里，这条路依然如故伴随着我。不同的是，某一天，我在外地求学回家，却欣喜地发现，这条路已不再是泥坯路，而是一条崭新的柏油马路。

我乘坐在公共汽车上，拉开玻璃车窗望着这条崭新油墨的路，像看着一位身穿黑色西装的白领丽人，一种高贵与庄重的不凡气度扑面而来。今昔对比，心中感慨万千。一辆辆汽车飞驰而过，一只只飞鸟盘空鸣叫。没有风沙，少了尘烟，一股股清新的空气荡漾着，轻拂着我喜悦的容颜。

"湛江八景"之一的"南三听涛"端居在路的一头，在汹涌澎湃的波涛簇拥下，散发出迷人的魅力，吸引着众多游客。每天大客车、小汽车穿梭往来，络绎不绝。这条柏油马路承载着十万南三人民的交通梦，承载着外地游人的美好之旅，为本地开辟更广阔的富庶之源而默默地奉献着。

柏油马路修好了，但岛屿依然孤立，像一只被困的鹭鸟，眼巴巴地望着城市的繁华景象，振翅不能。南三到市区只有两三艘车轮渡在来回运输，解决不了人们对交通的需求。每逢清明节、春节两大节日，在霞山码头候船归家的小汽车就排成了长龙，一直排到海滨公园门口，要搭上渡轮少则等几十分钟，多则等两三小时，令人苦恼万分，更令在外地发展的归家游子谈渡色变。国内外的客商几度想来投资，但看到交通不便，纷纷打退堂鼓。南三人看在眼里，急在心头，幻想着有朝一日能建设一座大桥，让天堑变通途，打通严重制约着南三发展的交通瓶颈。

为了解决这个问题，南三籍九位企业家慷慨解囊，捐出巨款，共同发起建设南三大桥。在各级政府的关心和大力支持下，在设计者的精心筹划下，在建设者们不舍昼夜的辛勤施工下，一座雄伟壮观的南三大桥终于凌空而起，横跨南三河，雄踞南三和麻斜两岸，使孤立的岛屿与大陆连接在一起。人们可以通过南三大桥到达市区，到达更远的地方。南三人民告别了那些慢吞吞的渡轮，南三人民的出行难问题得到解决了。南三籍这九位企业家致富不忘桑梓的豪情壮举感天动地，为家乡人民无私奉献的高尚情操将流芳千古！

公共汽车、大卡车每天都乘坐着无数的人或装载着满满的货物，通过南三大桥，进进出出南三岛，人们的生活蒸蒸日上，日子愈过愈火红。

若干年后，路终于不堪重负，逐渐露出难堪的表情。一块块柏油破裂、崩溃，路面变得坎坷不平、坑坑洼洼，车辆每天颠簸在崎岖不平的道路上，失去了应有的耐性，逐渐产生厌倦情绪，变得"深居简出"。货源稀了，游人少了，原来川流不息的人流、车辆逐渐"淡出"。"南三听涛"像一尾吊在高空的散发着清香的鱼，令垂涎欲滴的游客难以企及。那热闹的景象只是在清明、春节才重现。归家的游子皱起了眉头，无奈地叹息着。这条十多公里长的柏油马路像一条千疮百孔的飘带，颓废地铺搭在这片蕴藏着巨大能量的土地上。

改革开放的东风吹拂到大城市，也光顾乡村僻壤。近年，市委市政府看到了南三岛有利的地理位置，看到了南三美好的发展前景，吹起了强劲的建设号角。群策群力，投放资金，调配力量，有目标有计划地把南三岛建设成国家级滨海旅游示范区。而这条破烂不堪的路与南三岛的开发发展是不相适应的，一个衣衫褴褛、面容憔悴的人怎能迎接八方来客呢？一个破败丑陋、尖细狭窄的瓶颈怎么能畅通与日俱增的人流和物流呢？路通财通，路顺财广。路是人们与生俱来的伴侣，路是人们达成宏愿的阶梯。因此，改造道路成了南三人民迫在眉睫的大事。

于是一项"黑改白"的巨大铺路工程又在南三这片古老而年轻的土地上轰轰烈烈地展开。挖掘机、推土机、运输车、搅拌机像一个个观众期待已久的演员粉墨登场。工人们冒着狂风暴雨，顶着炎炎烈日，日日夜夜奋战在施工的前线。挖路基、装路模、扎钢筋、搅石浆、压路面，一个个优美而有力的动作激动人心，一幅幅纯朴而生动的画面催人奋进。从圩镇到码头，残旧的柏油路段被厚实坚固的水泥路代替；从圩镇到"南三听涛"景点，残破的柏油路段被新的柏油路所代替。一条两车道的崭新道路贯穿南三岛腹地，一头通到东部"南三听涛"景点处，一头连接西边的南三大桥，形成人流、物流的主动脉，大大加快"血液"循环，使南三交通落后的状况大为改观。路灯从东西往中间逐段安装，像一颗颗闪耀的明珠，把道路照亮。

现在，当你开车通过南三大桥时，眼前为之一亮：原来坑坑洼洼的路面不见了，代之以厚实洁净的水泥路；到了田头村的分岔路口，水泥路变成了崭新的柏油马路直通"南三听涛"景点。每当夜幕降临，道路旁边高挺的路灯发出璀璨的光芒，照亮你奔驰向前的方向。

几多曲折，几多艰辛。南三的路从简朴走向华丽，从落后走向辉煌。南三的路在不同的年代扮演不同的角色，在不同的境况演唱不同的乐曲。尽管几经修筑，多次变奏，但她的曲调永远是昂扬激奋的，她永远围绕着一个主题吟唱着：拓宽渠道，迎接八方来客；延伸征途，共结万里情缘。

打开南三岛国家级滨海旅游示范区的发展蓝图，我们还可以看到很多路：环岛路、通往东部滨海旅游度假区的路、通往南部商贸综合区及港口码头区的路、通往西部高级商住区的路、通往北部海产品养殖捕捞加工区的路、通往坡头镇的桥、通往乾塘镇的桥和通往东海岛的海底隧道……

　　路，承载着南三厚重的历史；路，承载着南三美好的未来；路，像一根坚韧的线，把南三岛这只美丽风筝尽情放飞。

　　（载 2014 年 9 月 6 日《湛江日报》，获湛江日报社举行的"美丽海岛，魅力南三"征文比赛二等奖）

金桥飞架　美梦成真

　　冬末的一个上午，天空浮云朵朵，太阳尚在云层后面梳妆打扮。大雾迷迷漫漫，笼罩着半岛大地，像舞台上的帷幕，紧紧地收拢着，唯恐里面的精彩过早地显露出来。我市的重点作者在市文联的组织下，乘坐宝龙大巴，破雾前行，来到了魂牵梦萦的市重点建设项目——东海岛跨海大桥工地。

　　尽管近日细雨连绵，工地潮湿泥泞，我们的心情却异常开朗。我们透过寒冷的空气，感受到大桥施工的热潮。在西岸的工地上，坚硬的钢筋、层叠的水泥、隆隆的搅拌机、负重前行的传输机、充满力量的起重机，还有戴着头盔忙碌着的工人，构成了一幅形态生动的施工图，靓丽了海湾一带；又好似五线谱上的音符，跳跃着欢快的节奏，发出和谐美妙的韵律，共谱一曲壮丽撼人的乐章。

　　我们正陶醉在施工的动人情景时，疏港公路大桥管理处赵主任向我们走来，为我们做了介绍。他说建设中的跨海大桥全长4300米，宽20.25米，半幅四车道，共投资4.3亿元。工程分两个标段进行施工，东标段为福建闽西交通工程有限公司承建，西标段为广东长宏公路公司承建，目前已完成工程量的一大半，计划于2011年元旦前竣工通车。由于工期短，任务重，施工队顶风冒雨，马不停蹄地奋战……不远处，一位拿着图纸的工程师，指挥着干劲十足的工人，投入到轰轰烈烈的建设大潮中，仿佛一员骁勇善战的大将，带领着千军万马一鼓作气地战斗，又像一支乐队的指挥，指挥着乐队倾情演奏。

　　是的，在当前"弯道超车，逆势崛起"的紧迫形势下，作为湛江的建设者，谁的脚步敢放缓？不久前，广东省第十次党代会确定加快发展以湛江为中心的粤西城镇群，省委省政府决定把一批重点建设项目落户湛江。这催人奋进的决定，这激动人心的消息"忽如一夜春风来，千树万树梨花开"。湛江市委市政府抓住这一难得的发展机遇，吹响了"工业立市，港口兴市，生态建市"的号角，积极筹建跨海大桥。跨海大桥的建设将为钢铁基地和中科炼化厂等重点项目在东海岛顺利落户起到铺垫和推动作用。东海岛跨海大桥建成后，将成为一条重要的咽喉要道，承担着原材料和钢铁、石化等产品的吞吐任务，将为湛江的经济腾飞插上强劲翅膀。

太阳还没有出来，寒风悠悠地吹，海浪轻轻地拍打着岸边。工地上，工人们搬运的搬运，搅拌的搅拌，扎钢筋的扎钢筋，焊接的焊接，人人热情高涨，个个争先恐后。细心观之，别有一番景致。你看，左边那个小伙子把钢筋弯曲成U形状，然后麻利地操起切割机，按照一定的尺寸切断；右边那个壮汉把一包包水泥倒进了搅拌机，接着按下启动按键，机器便发出了隆隆声；前边那个焊工一手拿着焊枪，一手拿着防护罩，小心翼翼地焊接桥体钢筋，火花四处飞溅，在空中绽出异彩，光芒炫目耀眼。天空中白云飘荡，海面上海鸥飞翔。寒冷的风搅动着乳白色的雾气，在工人们的身边缭绕舞动，仿似天仙挥动着白练，给在寒风中渗汗的施工者拭擦。

桥面和防护栏密密集集地扎着倒U形状的钢筋，有的已填充混凝土，有的尚裸露筋骨。我踏着大桥厚实的脊梁，俯首轻抚桥面那滚动着露珠的钢筋，似乎触摸到桥的经脉骨骼。那石的硬朗，那钢的坚韧融合成一股恢弘的气势。顿时，一种坚强挺拔、不屈不挠的精气神韵涌遍了我的全身，我浑身洋溢着力量，我对前途充满了信心。此时，我的眼前仿佛车水马龙，东边有幢幢高楼拔地而起，密集的工业厂区内机器轰鸣，脑海里浮现出一派欣欣向荣、繁荣昌盛的景象。桥头两侧那翠绿婆娑、婉约多姿的红树林在风中摇曳，像赛场边加油鼓劲的观众，为工人们的辛勤劳动加油，为大桥高质高效的建设鼓劲，那娇柔可人的姿态更衬出大桥的雄伟壮观。

我们沿着东海大堤缓缓前行，全身心地欣赏着身边的在建大桥。只见一根根硕大的桥墩有力地扎进海底深处，有序地排列着，仿佛长龙的脚爪正沐浴在平静的海水里。桥墩上面固定着上翘的盖梁，盖梁承载着宽厚沉稳的桥体，似展翅的雄鹰，肩负着腾飞的使命。来到海湾中部，看到戴着黄色头盔、穿着蓝色工作服的工人们正在紧张地施工。有的在搭脚手架，有的开着吊机把预制盖梁运送过来，有的顺着起重机把桥墩装模圆筒扎进海底，有的在往圆筒内灌浆，有的站在高高的脚手架上焊接。他们分工合作，各忙其事。那娴熟的动作在空中构成美丽的图案，那忙碌的影子倒映在清澈的海面上，与蓝天融为一体。两个承建公司分别从东西两标段同时相向施工，逐渐向海中心靠拢，进度基本一致。

"与时俱进创伟业，优质高效架金桥。"我顺着高挂在大桥上那鲜红的横额望过去，看到跨海大桥延伸着湛江疏港公路，交织入湛江城市交通网。跨海大桥建成后将改变湛江整座城市的格局，提升城市的品位，将为东海岛经济技术开发区打造成迷人的城区、熠熠生辉的南国明珠做出巨大的贡献。

迷雾逐渐散去，阳光终于透过云层直射下来，大桥在阳光的照耀下英姿焕发，气势磅礴。我透过工地那鼎沸的场面、大桥那雄伟的身姿，似乎看到一辆辆满载货物的汽车从此滚滚而过，似乎看到锃亮的钢铁成品和丰富的石化产品源源不断地经此输送到五湖四海、世界各地，似乎看到一个现代化的新城区日渐崛起。

啊！一座梦幻之桥，一座蓄势腾飞之桥，一座连接着现代化"钢城"与繁荣市区之桥，一座肩负着振兴湛江经济使命之桥，您承载着八百万人民心中的祝愿和梦想。愿您早日建成，扎根时代的制高点，鼎力合作，不负重托，在新一轮的经济浪潮的推动下，在历史使命的召唤下尽心尽力，为早日实现湛江人民奔向小康生活的梦想做出应有的贡献！

（载 2010 年 7 月 25 日《湛江日报》，同年载于《湛江文学》第六期，获湛江市文联、湛江市重点项目办公室主办的"我为重点项目做贡献"文学创作大赛散文类二等奖）

大　海

当我站立岸上遥望，当我从高空俯瞰，当我坐着游船航行，我总被那此起彼伏、浩瀚无边的深蓝色大海所吸引。此时，我的心便化作一只海鸟，纵情地驰骋在这广袤无垠的画卷中。

巨浪一排排地，前呼后拥，奔腾而来，携带着巨大的能量，重重地拍打着海岸，撞击着嶙峋的石崖。那雪白的浪花四处飞溅，呈现出绚丽多姿的壮美。太阳高挂在天空，相对于大海小得多了，就像从大海中蹦出的蛋黄，火红的影子揉碎在涌动的浪涛里。

大海像一个智者，踏着奔放有力的脚步从远古走来，带着人类文明的印记，带着人类不懈的探求，带着人们战天斗地的风采，带着中华民族闪光的智慧。精卫填海的神话，河姆渡出土的七千年前的船桨，殷商甲骨文中出现的晦、涛、鱼、龟等与海有关的文字，等等，这些古文化犹如一首首动人的史诗，吟唱在历史的长河里。

广袤深邃的大海就是一部博大精深的百科全书，她凝聚着宇宙世间的科学道理和文化精华，她蕴藏的科目让世代琢磨不尽，研究不完。你每翻一页就有一页的收获，你每读一篇就有一篇的得益。要是你喜欢历史，她可以告诉你夏商周的祭海活动，东汉王充的潮汐月球成因说和潮月同步原理，明代郑和七下西洋的奇迹……要是你喜欢地理，她可以告诉你海洋占了地球表面71%的面积，我国拥有大陆岸线18000多千米……要是你喜欢科学技术，那就再好不过，因为她丰富多彩、深刻耐读，是人类重点研究的课题。人们正逐渐揭开海岸带资源与环境可持续利用、海水淡化、海洋能利用、海底钻探的神秘面纱。

我爱大海，她开阔了我们的视野，净化我们的心灵，像母亲一样给予我们伟大的爱。炎炎夏日，我们搏击风浪，畅游大海，就像投进母亲的怀抱，尽情地享受海的拥抱和亲吻；阳光灿烂，帆影绰绰，一艘艘渔船闯荡在波峰浪谷中。戴着竹笠的渔民不畏浪涛的艰险，把一张张网撒向茫茫大海。一舱舱鲜美的鱼虾，伴随着渔民的笑脸，谱写着丰收富足之曲；一艘艘威武的军舰分布在海的每个角落，守卫着祖国的领海；一个个钻探平台透过海的深渊，开采着人类不断需求的石油和天然气。无尽的潮汛能、旅游运输、海产品加工为人们创造不可估量的财富。

沧海桑田，日夜轮回，不变的是大海那永恒的激情和瞬息万变的个性。大海的表情变幻莫测、扑朔迷离。有时表现得很温顺，有时却很叛逆；有时非常和善友好，有时却残酷无情。刚才还是风平浪静，和风丽日，转瞬却阴沉晦暗，大浪滔天。大海高高地掀起万丈狂澜，激荡在水汽氤氲的空间，摧枯拉朽，横扫万物，把一切脆弱腐朽的东西统统推翻、毁灭、卷走。

大海具有人的性格，但在暴怒时却超出了人的想象，以致发生许多悲剧。我们不能忘记铁达尼号邮船在首航中撞冰山沉没的惊心动魄；我们不能忘怀2005年印度洋地震海啸造成30万人死亡的重大灾难。这是海发怒时的陪葬品，这是自然与人类冲突的悲惨插曲。要避免类似的现象发生，就要了解海的脾性，从天气预报、种种迹象中预知海的怒态，从而不要惹她、不要接近她。

大海虽然有时会给人类制造事端，但终究被人类所驯服，人类很多伟大的工程都诞生于大海，大海为人类提供施展才华的舞台。杭州湾跨海大桥、港珠澳大桥、湛江海湾大桥，雄伟壮观，横跨海面，飞架在汹涌澎湃的海面上；海底隧道横贯大海，开辟出人们自由往来的通途；我国自主研制的"蛟龙号"深海探测器，下潜深海7000米，直捣大海的心脏；一座座钻探平台高耸海面，喷射彤红的火焰；一条条堤坝高高地筑起，让海的脚步逐渐后退。此时，我们会看到大海乖乖地躺着，似嗔怒，似低吟，仿佛对人类自叹弗如；又好像一直以来都低估了人类，现在对人类刮目相看，对人类的智慧和杰作叹为观止，从而心甘情愿地伸出友爱之手，成为人类的朋友。

大海的两面性其实就是事物的两面性，是客观存在，符合事物的发展规律。大海每天都陪伴在我们的身边，给我们带来财富，带来乐趣。我们要懂得相处之道。"海纳百川，有容乃大"，大海汇聚四面八方之流，显得如此雄壮有力，博大深厚。其实，大海就是内涵丰富的伟人，大海就是跌宕起伏的人生。读懂大海就会读懂伟人，彻悟做人的道理；驾驭大海就是驾驭人生，使人生一帆风顺，幸福快乐。

（载2013年7月11日《湛江日报》）

港湾荡漾

天空晴朗，白云悠悠，太阳热情似火。风缓缓地吹，海面上鱼儿跳跃，鸥鸟低飞。我们一行数人，乘坐着红嘴鸥游船，在微波细浪中荡漾，感受那蓝色海湾的魅力，欣赏港口独特的风光。

游船从金沙湾码头起航，向着南面的港湾行驶。我坐在船尾一个较佳的位置，手执相机，览景拾趣，把一个个迷人的景点按进快门。

金沙湾高楼林立，雄伟巍峨，在阳光的照耀下格外引人瞩目。洁白的沙滩像一条领带，系在城市与海之间，使新改建的天然浴场显得洁净无瑕。人们在水中嬉戏着，沐浴清波，拥抱大海，尽情地享受着碧水银沙的舒适与乐趣。一艘艘游船，像一只只红嘴鸥，贴海飞翔，在身后留下滚滚浪花。

远看海湾大桥，横跨海面，气势恢弘。正是："兀地江心横彩绛，躬然水面伏苍龙。"到了桥底，抬头仰视，顿然被大桥的雄伟壮观、庄严肃穆震撼。大桥桥墩如粗壮有力的大腿，笔直地插进海湾的深处。那高高耸立的主桥墩，那毅然屹立的雄姿，几可触及蓝天白云。它伸出坚韧强劲的钢索，牢牢地牵引着桥体。桥面上车辆如鲫，往来穿梭。"海上城市"，这艘巨舰像一个庞然大物，稳扎在海滨一隅，成为人们娱乐赏海的亭台楼阁。中澳友谊花园、渔港公园、观海长廊、海滨公园树影婆娑，绿草如茵，如一道绿色的彩带，铺陈于海边，把一幢幢高楼大厦映衬得勃勃生机。

太阳徐徐上升，红嘴鸥游船继续向前行驶，不一会儿，呈现在眼前的是港务局壮丽的图景。一艘艘万吨货轮停靠在岸边，有的上涂军蓝下着深红，有的上敷银灰下彩浓黑，那长长的船体连接起来，像一堵钢铁墙体矗立在城市边缘。无数的起重机，酷似巨人，伸出粗长有力的铁臂，把一个个集装箱高高吊起。工人们在船上、码头上来回走动，挥汗装卸。

游船到达特呈岛了，眺望东南，烟波浩渺，顿觉心胸开阔起来。大海喘息着，咆哮着，不时发出雄浑的响声。大海壮阔的波澜承载着渔民的赞歌、货物进出口的乐曲，演绎着湛江崛起的蓝色故事。身边的特呈岛，近年的开发发展有着传奇的色彩。那三角形的木屋亭榭，那洁净的银滩碧海，那清幽的度假胜地，不时向我们传达出风光的旖旎和令人神往的魅力。此乃："林带清凉人眷恋，沙滩洁白客流连。"再过去便是新建的百万吨级宝满码头和热火朝天地建设着的东海岛。至此，游船转向归航了。

顺着红嘴鸥游船在海面上划出的弧形，我们接近了南三岛。南三大桥依稀可见，一桥飞架南北，把南三岛与麻斜紧密连接起来，坡头区终于浑然一体、血脉相通了。南三岛，这块有待开垦的处女地，曾吸引了多少海内外商贾，但都因交通不便而使投资开发一次次流产。而今，市委市政府狠下决心，要把南三岛打造成国际滨海旅游示范区。我们对南三的美好前景感到欢欣鼓舞。

不知不觉，太阳已升至半空，阳光强烈起来，海面闪动着粼粼波光。游船到了麻斜附近的海域，我们看到那里停泊着很多军舰。一艘艘威武的舰艇如一个个坚不可摧的堡垒，守卫着祖国海疆。

紧接着，便是南海西部石油公司的基地，隐约可见工人们在海边搭筑采油平台，一艘阔大的运输船正等待着把平台运往南海，以开采石油和天然气。临海的怡海园，椰树影影绰绰，凉亭显现，一对对情侣携手同行，观海谈情。

游船再一次靠近了海湾大桥，海东新区热闹喧腾的建设图景展现在眼前。一辆辆推土机、装卸车来回奔跑，一阵阵打桩声、轰鸣声掠过耳边。可以预见，一个现代化的新城区将拔地而起，矗立在海湾东岸。大桥的东北面是湛江奥林匹克体育中心，雄伟壮观、风格独特的运动场馆初具规模，阳光照耀着钢条编织的场馆，雪白亮丽。2015 年的省运会将在这里举办，到时，这里将闪动体育健儿灵动的身影，聚焦人们关注的目光。

在悠然沉醉中，"红嘴鸥"回到原来出发的地方。钻出船舱，走上码头，我们似觉意犹未尽。回望那蓝色的港湾，似乎感受到一股现代化的强烈气息弥漫着、升腾着。湛江将在这种充满活力的氛围中逐渐崛起，走向辉煌。一阵温润的海风扑面而来，我们顿感清新惬意，宠辱偕忘。

（载 2016 年 11 月 27 日《湛江日报》，获"蓝色崛起——首届湛江诗歌散文节"征文优秀奖）

故乡那缕月光

一轮明月，高挂天空，以其沉稳的姿态，从远古走来；以其清幽的光芒，周而复始地映照大地。月亮是静默的，无声的，但其勾起了多少人汹涌澎湃的情感波澜，寄托了多少人团圆的梦想。"万物生成皆神圣，一草一木总关情。"月亮的阴晴圆缺，仿佛是人的悲欢离合；月亮的丝丝月华，仿佛是人的缕缕情思。

今晚清风徐徐，月光朗照。我步上阶梯，踏上楼面，遥望东南一隅，月亮高悬在故乡的上空，皎洁的月华毫无保留地倾泻下来，照在我身上，也照在故乡那个令人愁肠百结的地方。自从双亲去世后，我已不像以前那样频繁地返回乡下了，但离乡时间一长，那种思乡的情愫并不因双亲的离去而淡漠，而是日积月累，愈来愈浓，愈来愈重，心头像有万千蚂蚁爬行一样，瘙痒难耐。"举头望明月，低头思故乡。"故乡的一山一水承载着我快乐的童年，故乡的一草一木见证了我成长的足迹。月亮渐圆，我遥望故乡上空的月亮，往事化作缕缕月光挥洒下来。

那缕月光是否洒在我童年的小山岗？家乡的小山岗虽然不高，但起伏变幻，芳草萋萋，别有意趣。以前，我们同村的小伙伴吃完晚饭后，三五成群，蹦蹦跳跳地来到村北的小山岗玩耍。小山岗有茂盛的草，也有洁白的沙。我们借着月亮的朗照，垒沙堆，挖地洞，打沙仗，捉迷藏。欢乐的笑声在山岗与村庄间回荡，我们每晚都玩得很投入，很尽兴，以致要爸妈再三催促才肯回家。没有灯光，但我们有月亮陪伴，浑圆的月亮在天空中默默注视着我们，像慈爱的父辈，护卫着我们的童真与快乐。回家时，月亮像探照灯一样，照亮我们归家的路。

那缕月光是否照在我少年晚读的家门？小学时，到了夏夜，我们同村一起读书的几个小朋友喜欢聚在一起学习。在那个没有电的年代，我们靠蒲葵扇扇凉，靠煤油灯夜读。晚上，小朋友们聚集到我家门前那片空地上。这里经常屠宰生猪，刚好有一张长长的宰猪桌放在此处，我们就是利用这张桌看书学习。

煤油灯的火苗在清风中摇曳，显得那么微弱暗淡，但我们都能清楚地看到书本上的字。月亮高悬在上空，默默地把光芒倾泻下来，映照着我们这些天真无邪的脸，照亮我们的笔迹，使我们顺利做完作业。

那缕月光是否还洒在青葱岁月时伊人的身上？想起那青涩年华，不能忘记，同村阿芳那含情脉脉的目光，那含春不露的笑容。当我从外地念书归来，倚在门楼乘凉时，阿芳总是从我门前经过，一声招呼，一句问好，总是令人倍感甜蜜；时不时地促膝谈心，问长问短更令人感到温暖。在一个月色朦胧的晚上，为了蓄够第二天的生活用水，阿芳挑着水桶，轻盈地从巷子走过，不一会又挑着沉甸甸的担子返回。她那修长的身材在快速步行中显得婀娜多姿，那低头专注的神情显得纯朴自然。尽管衣服是陈旧的，鞋子是破损的，头发显得有点儿乱，都掩盖不了她在月光的辉映下楚楚动人的身姿。"梅花雪，梨花月，总相思。"虽然知识的差距使我们在懵懂中开始，在无声中结束，但阿芳的神韵好像一曲《月光下的凤尾竹》在我心中久久回荡。

月亮冉冉上升，那缕月光是否依旧照耀在我家那张放置月饼的茶几上？双亲健在时，到了中秋佳节，父亲就买回一两筒月饼。等到夜幕降临，就在天井摆上茶几，沏上一壶茶，然后把月饼摆在茶托上。因为人多饼少，父亲就把一个月饼切成四块，有序地排列在碟子上。我懂事时，大姐已出嫁，两个在外地打工的大哥每年中秋节前都乘火车回家团聚。一家八口围坐在一起，一边品尝月饼，一边赏月，一边聊天儿。月光静静地照在每块香甜的月饼上，悄悄地浸润着我们的身体。虽然在那个年代没有钱买很多的食物，但那种温馨幸福的情景使我刻骨铭心，那种其乐融融的氛围令人终生难忘。

"月挂中天夜色寒，清光皎皎影团团。""西北望乡何处是，东南见月几回圆。"夜已深，人已静，高挂中天的月亮把我的思绪从远方收拢回来，今年中秋该回家过节吗？我怅然若失，徐徐步下阶梯，向月亮挥挥手，不带走一缕月光。

（载 2014 年 8 月 23 日《湛江日报》）

迷人的荷田

听说坡头区乾塘镇在沙地上广种莲藕，我很想去看看。但由于工作繁忙，总没能抽出时间去一睹芳容。恰逢"坡头区（乾塘）荷花旅游文化节"举行，我受邀加入了文友的行列，驱车直达乾塘，欣赏这久仰的万亩荷景，了却一桩心事。

乾塘，临鉴江，近大海，拥有一片宽阔的沙质平原。那里水土肥美，素有鱼米之乡的美誉。近年广种莲藕，又成了荷之乡。莲，由于具有"出淤泥而不染"的性格，令人景仰。我们怀着满腔热情，穿过坡头镇，顺着一条光洁的水泥大道奔驰。进入乾塘，道路两旁的稻禾与莲藕展现在我们的面前。那一方方荷田就像一块块碧绿的翡翠铺陈着，使乡间朴素的土地焕发生机。来到靠近三窝墟的南寨村路口，往左拐，小车再行驶约摸 5 分钟，就到了荷花观赏基地。这段路两旁种的都是莲藕，一方方一块块，像仙女撒下的绿毯，铺天盖地的。那浓郁的翠绿把荷乡打扮得幽深淡雅。一条水泥路把我们一直引到南寨村东边的坡地，这就是乾塘莲藕种植基地。我们停泊好车，钻出车门，一股清新的空气扑面而来，极目远眺，一大片凝翠的荷景在面前铺开。

在坡头区旅游局刘局长的带领下，我们走进了这令人心驰神往的荷田。这是一片广阔的荷田，像一块绿色的毯子铺展在地面上。周围种植着依依柳树，把静谧的荷田衬托着更加温柔。远处的山坡和小村庄，接连围成一个圈，把荷田筑成一个聚宝盆的样子。一条小路穿插在这片荷田之中，把一望无际的荷田分开两半，像一根细线拴着一块翡翠，吊挂在乾塘的胸膛。我们缓步行走着，一边欣赏着荷的风韵，一边沐浴着清润的凉风。置身于这片迷人的荷田，仿佛钻进绿的海洋、翠的天堂，一种纯洁无瑕的意念刷洗心头，一股休闲雅静的气息弥漫心间。荷叶从洁净的泥土中挺起，紧挨着，头碰着头，手牵着手，像一把把绿色的伞，撑起一片清凉的空间，共同编织着绿色的梦。

一枝枝荷花，粉红的、鲜红的、素白的、淡黄的，在荷田中亭亭玉立，展现出各种绰约的风姿：有的一层层张开了粉红的花瓣，恣意绽放，露出喜悦的容颜；有的紧紧收拢着身子，娇羞婉约，含苞待放。在荷叶的映衬下，各种荷花显得娇艳欲滴、妩媚动人。几只蜻蜓轻拍着翅膀，在荷花间往返飞旋，最终停驻在黄色的莲蓬中，用那贪婪的嘴舌，尽情地吸吮着花的芳香、莲的精华。此情此景，使人们想起"小荷才露尖尖角，早有蜻蜓立上头"的诗句。文友们被荷的风韵征服了，情不自禁地钻进荷田，轻抚荷叶，与荷共影。那轻飘的衣裙似荷叶蹁跹，那喜悦的容颜似荷花含笑，正是"莲花乱脸色，荷叶杂衣香"。快门声声，人们纷纷与荷花留下了清纯的玉照。

在荷田的中央，耸立着一座观光亭，亭子旁建有一座弯曲的观光桥。我们拾级而上，站在观光亭上，环顾四周，美景尽收眼底。田田荷叶茂密地生长着，间隔点缀着朵朵莲花，像单调的画面撒上一些饰品，仿佛静穆的午夜闪烁着点点星光，又似低沉的乐曲跳跃起奋进的音符。我们被荷的美景包围着，被荷的气韵衬托着。我们走在曲桥上似乎变成了一艘船，在翠绿的波心中划行，渐渐地驶向醉人的港湾、美好的世外桃源。

遥望这一片充满生机的荷田，刘局长和李镇长分别向我们做了介绍，说这是一片观赏性荷田，主要由李业祥老板负责种植管理。三片村委会大屋头村陈昶宁于 1993 年从广西引回莲藕种苗在水田试种，发现种出来的莲藕比市场上其他莲藕品种质量好，并于 1995 年尝试着把莲藕从河塘引种到坡地，引种到坡地的莲藕，不但长得好，而且特别粉、甘甜。后经镇农科人员指导改良后，培育出了品质更优的新品种，使莲藕生产周期缩短，农民获益颇丰。20 多年间，莲藕的种植面积已发展到 10000 多亩。

陈昶宁这一大胆尝试，打破了只有水田才能种莲藕的传统观念，令莲的优质食茎和美丽风光撒播于广阔的沙地。

我们凝神静听，对乾塘的莲藕有了进一步了解。瞭望着身边这片荷田，愈觉其可爱了。其实，荷真正的美不在外表，而深埋于内心。"予独爱莲之出淤泥而不染，濯清涟而不妖，中通外直，不蔓不枝，香远益清，亭亭净植，可远观而不可亵玩焉。"莲的清雅脱俗，莲的高风亮节穿过悠悠岁月，从宋代吟唱至今。莲不单具有高雅的外表、启示人格的魅力，而且还是活脱脱的食品佳肴，特别是乾塘的莲藕，品质优，外观好，风味独特，营养丰富。把藕制成粉，能消食止泻，开胃清热，滋补养性，并能预防内出血，是妇孺童妪、体弱多病者较好的食品和滋补珍馐。看，不远处一间藕制品厂就应运而生。优质的藕制品将销往全国各地。

"予谓菊，花之隐逸者也；牡丹，花之富贵者也；莲，花之君子者也。"莲的君子风度，莲的无视张扬、默默奉献、出淤泥而不染的个性，是一种高尚的精神。这片迷人的荷田，将萦绕我清新的梦境。乾塘的莲藕，将在我们的心中留下高雅的韵味和美好的记忆。

（载 2015 年 8 月 1 日《湛江日报》，获"坡头区（乾塘）荷花旅游文化节"采风征文三等奖）

灯塔·灯塔路·灯塔公园

大海边缘，点缀着星星点点的花边；港湾岸边，耸立着丰碑一样的建筑。每到夜晚，它最先亮起了灯光，发出耀眼的光芒，日夜守望着浩瀚的大海、宁静的港湾。那就是灯塔。它屹立海边，任潮汐冲刷；它扎根红土，风餐露宿，不畏孤独，静静地注视着时而波光潋滟、时而汹涌澎湃的海面；它用不屈的意志站成岸边的坚强，用不眠的眼睛纠正船只的航向。

灯塔高高地耸立在港湾东岸的坡头区。灯塔的上端圆圆的，如人的头部；身体呈棱柱状，上小下大，像一件撒开的裙；底部是一个正方体的水泥基座。灯塔的外表用最朴素的石米混凝土批荡，像一个穿着灰土色长裙的古人，远望遐思；更像一个身披大衣的海军战士，站岗放哨。

夜幕降临，灯塔发出炫目的红光，它以其波长最长的优势，透过风烟雾霭，穿过险影阴霾，直达烟波浩渺的远方，使颠簸流离的船舶看到希望，给迷惘无助的行舟带来指南。正是："黑白分明顶风浪，傲立危崖不计年。光弧照出可行道，声波引进迷航船。既为都市添色彩，亦守荒岛尽苦甘。千载只求一件事，永看帆樯平安还。"

也许因为这座灯塔的缘故，坡头区在建区时把一条主要的街道命名为灯塔路。我想，当时命名者不只是想到街道的地理位置靠近灯塔，更考虑到灯塔所蕴藏的深刻含义。

灯塔路最初是泥泞坎坷的，给人们的出行带来不便，后经政府大力整治，建成一条柏油马路。但经过若干年的人行车辗，柏油马路逐渐溃烂不堪。后来坡头区委区政府领导齐抓共管，把一条残破的道路改建成崭新的水泥路。灯塔路旧貌变新颜，四车道，两侧还有摩托车道、人行道和绿化带，整条路面扩宽了许多。绿化带树木葱茏，绿树成荫。就是酷暑当空，烈日炎炎，人们行走在这条道路上，也像在公园里散步，森林里漫行，凉爽宜人，清新润泽。

随着改革开放逐渐深入和城市化进程的加快，灯塔路的两旁幢幢高楼拔地而起，办公楼、商住区选址其中，银行、学校、公安、邮电、宾馆、商场等一应俱全，人气愈来愈旺盛。灯塔路的繁荣见证着坡头城区的日渐崛起。

近几年，湛江市劲吹"工业立市，以港兴市，生态建市"的东风，大搞绿化建设，努力打造"绿色湛江，生态湛江"。2005年，坡头区乘着这股强劲的改革东风，环绕着灯塔，建起了一项民心工程——灯塔公园。公园面积为2.7公顷，于2006年春节向市民开放。这里原是一个浅海湾和一个废弃的海鲜冷冻厂；为了建设公园，推平了冷冻厂，又特意从海中抽沙填补以及从外面拉泥回填。公园东面是一片绿油油的田野，南接坡头区一小和坡头区一中，北靠坡头区文体中心和公安局，西临湛江港湾，与海滨公园、渔港公园和中澳友谊花园隔海相望、遥相呼应。宁静幽雅的灯塔公园，像一块碧绿的翡翠镶嵌在海湾东岸，把坡头区点缀得更加美丽多娇。

公园南北两面，高坡低地，抑扬起伏，各种景观树星罗棋布，繁茂挺拔，郁郁葱葱。亭台楼阁，回廊曲折，红瓦白栋，飞檐翘角，隐约其中。奇花异草，蝶舞莺飞，处处充满着夏的热情、春的韵律。健身广场跷跷板、扭腰器、太空漫步机等公园里时兴的健身设施应有尽有。到了夜晚，人们沿着公园海岸散步观海，望星星、赏船灯，情悠悠、意绵绵；坡头区南调曲艺社的成员集中在公园的休憩凉亭内，吹拉弹唱，粤剧声声，乐音阵阵，曲韵缭绕；妇女们排着整齐的队伍，踏着节奏明快的舞曲，扭起了婀娜多姿的腰肢，翩翩起舞。此情此景充满了诗情画意。每逢春节，公园便张灯结彩，花团锦簇，烟花竞放，好一派喜气洋洋的景象。

灯塔、灯塔路、灯塔公园，串联成一个不可分割的整体，交织成一幅繁华秀丽的景观，映照出坡头区独特的生态和精神风貌，与一水之隔的繁华市区同风雨、共强盛。

（载2010年8月16日《湛江日报》）

怀念母亲

回首往事，母亲给我印象最深，最令我难忘了。虽然母亲离开人世已多年，但她那和蔼可亲的面容，那刻苦耐劳、乐于助人、善良乐观的品性却永远活在我的心中。

母亲的一生，是奔波劳碌的一生。在计划经济年代，她生下了我们兄弟姐妹七个。由于父亲很早就得了慢性支气管炎，体力活干久了就气喘吁吁，所以母亲承担了很多农活。她勤耕作，努力挣工分，好不容易才把我们抚养成人。在那段靠稀粥番薯充饥的日子里，母亲为了我们不挨饿，天蒙蒙亮就提着竹笼到海边捉鱼虾，给我们准备一天的菜食。然后赶在生产队开工前回家，参加生产队的劳动。劳累了一天的母亲，回到家顾不上休息一下，用手巾拍掉衣服上的泥尘，转身便钻进厨房煮饭做菜了。到了开饭时间，等我们坐满长桌吃饭时，她又去喂猪。每顿饭，她总是最后一个吃饭。

尽管生活很艰苦，我却觉得过得很快乐，因为母亲喜欢"讲笑"，特别是一到了晚上，母亲总有讲不完的故事。在那闷热的夏天，她为了我们睡好，一边拿着葵扇给我们扇风，一边给我们讲故事，让我们在快乐中入睡。

渐渐地，我们逐一达到入学的年龄。对子女读书的问题，母亲的态度是很坚决的，宁愿无米下锅，也要让我们读书。母亲没有读过书，经常因不懂村头巷尾的大字标语而困惑，所以深知识字的重要。父亲是读过书的，知道读书的作用，更鼓励我们读书。在双亲的支持下，我们兄姐七人先后进入学校读书，只是阴差阳错，几个兄姐在读书期间刚好碰上"文化大革命"，姐姐读到初中便辍学，两个哥哥读到高中毕业就回家务农了。排行最小的我有幸在打倒"四人帮"之后的年代里读书，并以优异的成绩考上当时令人羡慕的师范学校。

当我考上师范学校后，母校派出两位老师到我家报喜；当母亲接过鲜红的喜报时，高兴得眉开眼笑，整个人仿佛年轻好几岁。接下来的几天里，母亲抑制不住喜悦，走家串巷，逢人便说："我幺仔考上师范了，以后吃'国家饷'了。"就这样，全村人很快知道我脱离了"农"字，很是羡慕，总以我为榜样教育子女。

母亲虽然没有什么文化，但她为人乐观，"陪新娘"很有一套。以前，凡是村里有人娶亲，往往请陪嫁娘在婚礼结束、洞房之前陪新娘，也即准备一台菜食，让陪嫁娘挟给新娘吃，每挟一道菜，就说一句好意头的话。母亲懂得用家乡话把每道菜说得头头是道，如"新娘吃只鸡脚两公婆有斟有酌"，"新娘吃只鸡头一世无忧无愁"，"新娘吃只鸡肾花明年做阿妈"，"新娘吃条青菜夫妻恩恩爱爱"，等，逗得观众哈哈大笑，其乐也融融。母亲当陪嫁娘的消息一传出，村里人娶亲时都纷纷上门邀请，母亲也很乐意帮忙。陪完新娘，主人要给母亲打"利是"，母亲总是不要。

随着时间流逝，几个姐姐也相继出嫁，大姐嫁给邻村一个教师，二姐却被媒人介绍到最边远的临近大海的村庄。母亲最初不同意这门亲事，说那地方又远又穷。二姐夫看出"问题"后，为了追到温柔美丽的二姐，极尽心思，隔三岔五地送鱼送柴来。接触多了，母亲对二姐夫有了一定了解，认为：虽然交通不便，但二姐夫忠厚老实，善良正直，高大结实，能做工；那村庄近海，并有一大片木麻黄防护林，鱼多柴多，苦不了二姐的。就这样，在媒人的游说下，母亲最终同意这门亲事。二姐夫高兴了，不断地用牛车驮鱼和柴来。一接到这些地地道道的礼物，母亲不由分说，把它们分成若干份，分别送给叔叔、邻居和村里的五保户。

读书毕业后我有了工作，每逢周末都怀着厚重的思念回家看望双亲；每看到母亲被风霜染白了头发，被无情的岁月催生了皱纹，心情格外沉重。为了报答父母的养育之恩，每回家一趟，我都从那微薄的薪水中拿出一部分来孝敬父母。我本以为母亲拿到这么一点儿钱，要么添一件衣服，要么加点儿菜，多多少少解决一些生计问题。但母亲知道我要买房时，又把多年积攒的钱送回到我的手上。

可怜天下父母心。母亲啊！您一生一世从没有任何奢求，"享受"这个词在您人生的词典里根本找不到。假如有的话，就是在家乡邻里的快乐中，在子女成长的幸福里。

（载 2013 年 8 月 19 日《湛江日报》）

贞孝坊前遐想

九有村坐落在坡头区坡头镇，与吴川市黄坡镇接壤。村中古屋新楼，互相辉映；村边树木丛生，郁郁葱葱。文武庙、贞孝坊、钟氏大宗祠、抗法烈士墓像一本本厚重的史书，在村边打开，又像一颗颗久远而璀璨的宝石，点缀在村旁，给这个具有 500 多年历史的村庄增添了古老而神秘的色彩。

贞孝坊位于村的东南面，坐西向东，南北走向，矗立在村边。这座建筑物为砖石结构，高 8 米，长 9 米，墙厚 2.8 米。牌坊两面分别镶嵌着道光皇帝亲笔题写的"圣旨""钦旌""贞孝坊""百世流芳""冰清玉洁""柏操""松筠"等石雕牌匾，有一大二小三个拱门。

据史料记载，这座牌坊建于清朝道光二十二年（公元 1842 年），是为了表彰为亡夫守节六十年的吴氏而奉旨兴建的，至今已有 170 多年的历史。由于受到漫长岁月风雨的侵蚀，墙体表面石灰已剥落，红砖已露出缝隙，贴附在两边墙体的石雕牌匾有的已脱落、丢失。站在牌坊前，仰望着这座庄严肃穆的高大建筑物，一股沧桑古朴的气息扑面而来。听着老前辈语重心长的讲解，我的脑海里浮现出古代那种简朴灰暗的情景，整个身心仿佛融进一个充满忧伤的故事里。

朦胧中，仿佛看到一个情窦初开的少女从豪门的深闺中缓缓走来，由于遵奉父母之命、媒妁之言，她十四岁就被许配给人家。她兴奋地看到爱的曙光在高远的天空中微露，而后三年日夜在心中编织着爱之网，祈望才思敏捷、才华横溢的未婚夫在科举考试中过关斩将，复试告捷。但道路坎坷，人生如棋，自古以来毕竟有很多事是未能如人所愿的，就算管仲乐毅复苏，诸葛亮再世，人生前途也难以预料。当这位怀春的少女抱着对爱情的无限憧憬，幻想着与情郎手牵着手一起走进婚姻的殿堂时，初试第一、胜券在握的钟迪德万万没有想到，平时日夜苦读、才思敏捷、能诗擅画，今天却因一字之差与秀才擦身而过。他在痛楚万分时，埋怨主考官准岳父吴国士太过于严格和苛刻。他自言道：吴国士啊！吴国士，我初试第一时你就把宝贝女儿许配给我了，我是你未来的女婿啊，干吗不能网开一面，放我一马，使我升官发财，好让你的女儿有个幸福的依靠呢？你干吗如此冷酷无情，就因一个"惟"字误写成"维"字判我出局呢？在这个科举制度的时代，像我这样满腹才华的人不能走上仕途，报效国家，生命对于我又有何意义呢？行尸走肉，虽生犹死啊！一个刚满十八岁的年轻人，脆弱的心难以承受这样的打击，极度的悲伤令这可怜的才子痛不欲生，最终忧郁成疾，卧床不起，暴病身亡。这突如其来的噩耗像一阵飓风把吴家小女刚刚构筑起的爱情大厦瞬间摧毁。小女那充满阳光的希望变成一块沉重的石头，从鲜花怒放的天堂滚落下漆黑的万丈深渊。她感到天昏地暗，万箭穿心，立即昏厥过去。当小女苏醒后，怀着极其悲痛的心情穿上孝服，在丫环的陪同下来到钟家亡夫灵前。此时，嫁鸡随鸡嫁狗随狗的观念像一道不可违抗的圣旨在小女的心中宣读，一朵娇艳欲滴、最需要阳光雨露滋润的花朵抵挡不了世俗的风雨，一颗青春勃发、向往自由的心灵敌不过封建的枷锁。小女认命了，坚毅地默念着：夫啊！你放心走吧。我生是你的人，死是你的鬼。今生今世我愿与你的灵牌为伴，终生侍候你父母家人，直至终老。

日望夕阳，夜对孤灯。60年的凄风苦雨，二万多个日日夜夜，对于一个孤身女人来说是何等寂寞。而吴氏却振作精神，克服一切困难，不惧风吹雨打，坚定不移，一心一意把"忠贞孝顺"的至善品质融进婶嫂姑翁的生活中。她孝敬家公家婆，礼待哥弟婶嫂，善处村民，把"贞、孝"两字打造得锃亮显赫，熠熠生辉。吴氏的形象在亲人和村民的心中逐渐高大起来，以圣洁的品质影响一方。吴氏去世后，皇帝下旨建造贞孝坊，以示表彰。

随着社会的进步、观念的更新，吴氏的做法虽然不值得提倡，其那份执着和坚守是感天动地的。

渐渐地，我感觉到面前的牌坊生动起来，像一面旗帜，引领着九有村村民奋发向上，积极进取，使钟氏家族兴旺发达，人才辈出；又像一个魂灵，融进了吴氏父女公正严明、冰清玉洁的血脉，启迪着人们要廉洁奉公，忠孝两全，洁身自好，自强不息。

（载2016年2月2日《湛江日报》，获《湛江日报》社和坡头作协举办的"走进九有村"文学采风征文活动三等奖）

逝去的岁月

抬望眼，日子如脱缰的野马，突奔而来，像一阵风，由远而近，携带着多少希冀和梦想。回望处，岁月如流水，分分秒秒，日日夜夜，编织成一条匀速直线运动的彩练，迎面而来，擦身而过；串接成一条闪闪发光的珠链，不断滑落，转瞬消逝。把握与放纵，定格成瞬间的辉煌与晦暗，蒙太奇成人生多姿多彩的故事。一切成功与失败在不经意间从指尖轻轻滑过，沉淀成百味俱全的记忆。人渐老，忆渐多。夜深人静，望月怀想，盘点人生逝去的岁月，感慨万千。

逝去的岁月是丰硕的果实。当金矿在熔炉里经久煅烧，便熔化出闪亮的金子；当人们用勤劳的双手迎接每一天，时光便变得格外珍贵。"一寸光阴一寸金，寸金难买寸光阴。"人们为了实现伟大的理想，夜以继日，呕心沥血，辛勤劳作，"春蚕到死丝方尽"。以铁匠般的手段和初恋般的热情把日子锻打得火红殷实，扬除去灰烬，便是金光闪闪。付出必有回报，人勤春早，秋收丰硕。于是生活留下了许多动人的剪影：伏案疾书，共剪西窗月；日出而作，戴月荷锄归；建楼筑巢，脚手架上汗如雨；绰影匆匆，生活路上大奔忙。一切的一切，构成了与时间争速度的强大力量和太阳底下最美丽的画卷。经过太阳的炙烤与风雨的洗礼，到了秋收时节，成绩喜人，硕果飘香，捷报频传。那是矿物经高温焚烧析出的金子，是人们至真至诚的血汗结晶，是岁月去掉浮华余烬的战利品。岁月虽逝，成果犹存；岁月虽逝，足迹可歌。

逝去的岁月是睿智的思想。人生道路，多有坎坷。吃一堑，长一智。我们经过与人接触，辨别真善美，区分假恶丑；认识了热情与冷漠，大度与狭隘，慷慨与吝啬，赞扬与嘲讽；知道人间冷暖，懂得做人的道理。经过与书为伴，与各种智者打交道，汲取文化精华，顿悟于思维启迪；历遍世界名胜古迹，领略祖国大好河山；知晓世事变迁，洞悉人情练达；脱离浮躁，淡化功名，健全人格心智。经过工作实践，从手足无措到娴熟自如，从略知皮毛到深入精髓，练就了才干，提高了技能，掌握了本领。与时光磨砺，与风雨同舟，增长了见识，学会了思考，接近了真理，变得成熟。我们经过人生风浪的历练后，就像稻谷去掉了外壳，露出光鲜的米粒；像站在十字路口的路人，茫然四顾，找到了指南；像无助的良禽，择到合适的树木栖息；像蜜蜂采集百花，最终酿成蜜糖；像穿过万顷密林，走过千山万水，到达心中的圣地；像在漫漫长夜里摸索，最终迎来黎明。岁月虽逝，知识渐增；岁月虽逝，胸怀渐广。

逝去的岁月是庸者的坟墓。当时光排列成麻将和纸牌在桌面上消磨，当日月浸淫在烈酒与歌厅醺醉忘形，当青春沉溺网瘾难以自拔，当游手好闲无所事事，太阳便失去应有的光华，月亮便羞于不息的朗照。日月的递增只能增加庸碌与梦魇，扩散邪气与歪风，涌现颓废与丑态。一切事物因此退步而衰落，萎缩而消亡。雁过无声，流水无痕。落叶飘零，江河悲号。人生苦短，岁月成了一块块无情的砖，堆砌成一座座灰暗的坟，把一切慵懒消极者埋葬。岁月虽逝，其人可悲；岁月虽逝，其事可哀。

逝去的岁月是一首委婉动人的歌曲，在勤劳向上的人群中传唱；逝去的岁月是一曲阴森可怕的号角，在平庸懒散者中悲鸣。有识之士懂得将逝去的岁月化作春泥，把心中的理想之苗培植成参天大树。平庸者碌碌无为，逝去的岁月将融化为悔恨的泪水，时常挂在腮边。

未来似马，奋蹄不息，锦绣蓝图等待我们去描绘。莫让光阴随风逝，脚踏实地，勤耕细作，让每时每刻留下闪光的足迹，让人生充满激越的音符，那逝去的岁月将变得可爱。

（载 2014 年 5 月 22 日《湛江日报》）

边凯作品

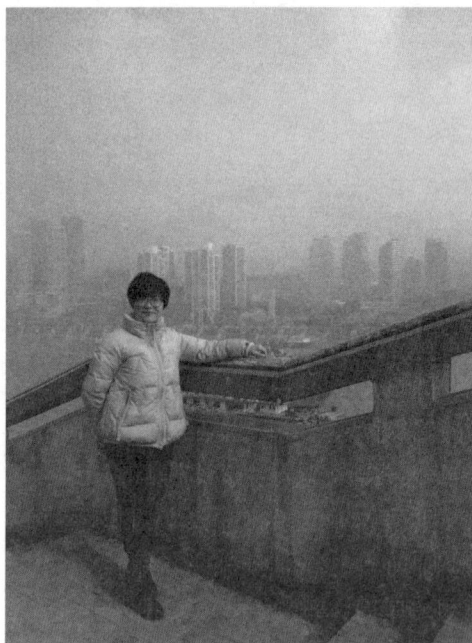

　　边凯，女，1980年生，大学中文本科毕业，坡头区政协委员，高中语文一级教师。现任教于湛江市坡头区第一中学。湛江市作协会员、坡头区作协理事。自幼喜爱阅读，业余时间勤于笔耕，自2015年起，陆续在《湛江日报》等省、市级刊物发表散文、小说50余篇。

不可辜负的

阴了一个冬天的北阳台，今天开始射入了第一缕阳光。我洗完脸拉开窗帘，一缕柔柔的金红色的晨光就投在我脸上，我让开一点儿，任由它照进洗手间，映在洁白的瓷砖墙上。我站在镜子前面，借着这明亮的阳光看着镜子里的自己，一瞬间觉得自己的脸庞都沾上了一层细亮的金粉，不用敷粉施朱而觉得明亮照人了。这一缕阳光，让我整个人、整个家、整个世界都变得明亮美好了。

我不能辜负这阳光，我得做点儿什么，我知道我无法留住它，我知道过不了半个钟头，太阳就会慢慢移到旁边那栋楼的后面，阳光也就会从我的家里移到别的地方去了，所以，我不可轻纵它毫无作为地离开。于是，我搬来小凳子，坐在洗手间的阳光里，特意洗了一件火红的衣衫，衣服还不脏，所以我慢慢地揉搓，故意激荡起白亮的水花，看水花在阳光里跳跃……

世上也并不独我一个这样不忍辜负阳光。每当阳光猛烈的时候，对门的阿姨就会翻出许久未曾穿用的衣服、被褥，细细地晒过。她笑着说：我看到大太阳不晒东西，总觉得好像很亏。邻居们都善意地笑了。

阳光晴好的日子，下班回家看到爱人闲坐电脑前，就会抱怨：看看太阳那么好，人家都晒衣服、被褥，你有空儿也不晒晒？爱人很惊讶地瞪大眼睛：见过羡慕别人有钱有权，还没见过羡慕人家晒衣服。听得我也哑然失笑了。

世上总有些东西，太过于美好让你不忍心辜负。不，我说的不是爱，不是需要回报而必须有所作为的爱，不是那些温暖却又沉重的感情。生活中被辜负的爱和付出还少吗？爱和胁迫，付出和索求，那些我们很难讲得清楚的是是非非，就不要讲了吧。

我愿意那些温暖的给予可以理性一些，就像阳光，它并不偏爱谁，它无私而不亲昵。它照到你，你觉得暖和，你觉得快乐，你觉得欣悦。它照不到你，你也无从抱怨，最热情的热情其实看起来往往是淡漠的。它也并不要求你回报它什么，甚至你连无力回报的内疚都不必有。最无私的无私往往也是淡漠的。但是，正因为此，我才更加不能和不敢辜负。

　　读书的时候，偶尔发烧，打针吃药在家睡午觉之后，疾病就减弱，把健康的我还回来。我看到屋外明亮的日光，就会平白多了罪恶感：这大好的晴日，自己好好的，居然在家睡觉？那时的心里，竟然奇怪地希望疾病加重起来，好让我能休息得心安理得。傍晚时分，疾病往往随着夜幕的降临加重，我于是只好又吃了药，沉沉睡去。

　　工作以后，没课的时候，闲坐在家，看看外面的日光，总无法心安理得：这青天白日，我居然没有正经事做。于是不敢懈怠，读本书，写几个字，安慰自己总算未曾将大好时日平白浪掷。

　　妈妈退休后的头一年，晴好的日子都要对着屋外叹气：多好的天气，多好的日子，我居然待在家里闲闲的，像个废人。我们都嘲笑妈妈劳碌命。但是我也知道，不可辜负时光的心情，妈妈也是一样的啊。

　　当我们的生命还有一点点活力，我们就不可辜负，只要上天还未将赠予我们的时光无情地收回，我们就不可辜负。只要暗蓝的天空中晨曦还能刺破重云雾霭照射到我们的脸上，我们就该回报一个最甜美的笑容：这些，怎可辜负？

　　时光太可爱，生命太可爱，阳光太可爱，都是不可辜负的。但是我无法回答你的下一个问题，我也不知道怎样就能不辜负。时光不曾责怪我们，生命不曾责怪我们，阳光不曾责怪我们，就好像，我们做什么，都得不到重视。就像我一样幼稚地在阳光里洗一件火红的衣衫，也不能向日光表达我无法言说的诚意。即使你在日光里在草地上奔跑，在大海里畅游，在高山上呐喊，你在雨中呐喊，在夜里吟唱，为自己的人生流下泪水，流下汗水，在生活的痛苦中一遍遍把自己的心磨出老茧。时光，日光还是生命，都不会为你驻留。这百代的过客，不是太匆匆，而是太无情。

　　我一直以为自己没有信仰，现在我知道，我也有，我看过生老病死，依然爱着生命；我走遍春夏秋冬，依然追逐着时光；我尝过酸甜苦辣，永远仰望着太阳。我不知道下一刻自己还能拥有些什么，我在我能够拥有这些的时光里，不论是正当年华还是垂垂老矣，不论是意气风发的时刻还是风烛残年的时候，只要我还在，总有些东西，是不可辜负的呀。

痴痴如醉

醉是一种什么感觉？是血脉贲张，头脑发昏？是双腿发软，全身发热？是忘乎所以，飘飘欲仙？是混混沌沌，不知所之？还是，三杯下肚，翻江倒海，抱着马桶还席？或是喝的时候叫嚣热闹，断片之后为所欲为，宿醉之后宠辱偕忘？当你全力追逐的成功近在眼前，那种激动和快乐，是不是醉？当你全心珍爱的人就在怀中，那种幸福的晕眩，是不是醉？醉有很多种感觉。

人生的很多时候，我都有点儿迷糊，那时一种思想掉线的感觉，如同微醺，不知所在，不知所谓，不知所求，不知所欲。不自由的身躯，却有着自由的内心，天马行空，无所不至，欲辩忘言。在生命富饶的大地上，我是晚熟的植物，如同一个贪玩的孩子，贪图着眼前的美与暖，忘记了孜孜追求、积极营谋。

这大约是我喜欢酒的原因。醉的状态，对于我，不过是一种糊涂混沌的常态。人说难得糊涂，大约是人们喜欢酒的最充分的理由。

快乐的时候我们喝酒助兴，酣畅淋漓；痛苦的时候我们借酒浇愁，未饮先醉；平常的日子我们举杯对饮，有滋有味；特别的日子我们飞觞醉月，激情昂扬。人生所有的日子都需要酒。"美酒加咖啡，一杯又一杯"，真是意义深远啊！平凡的人生中，大多是俗世生活的苦，如同咖啡，偶尔可以品尝美酒，体会微醺的快乐。所以美酒加咖啡，一杯又一杯，就这样耗完我们的一生一世。苦当中夹杂的，不是甜，而是醉。因为有了醉的快乐，所以不觉得生活是苦的。所以，最苦的生活中，最多酒徒。酒能把人从俗世生活的苦中暂时拯救出来，让我们忘却了苦，只剩下纯粹的自我。

我很好奇酒的发明，远古，是谁在怎样的偶然或是阴差阳错中发明了这种让人又爱又恨、欲罢不能的东西？此后的几千年，这天赐的精华在一代又一代人的手中如何传承下来？中国的、外国的，亚洲的、美洲的、欧洲的，不同的地域孕育出不同的文明，但是所有的文明都学会了用发酵的手段催生出这种并不是生活必需的东西，那么从某种意义上是不是可以说，其实，酒也是必需品。

我愿意相信酒是大化赐予人类的特殊礼物，否则就不能解释为什么全世界那么多个国家，那么多个民族，都有属于自己的酒酿。

无论酒从何处起源，最好的酿造师都该是时间。谷物瓜果刚入酿器的时候，往往气愤难平，怨声不绝，所以细细看来，有大大小小的气泡浮起；细细听来，有喊喊喳喳的声音传出。一个月、两个月、半年、一年的酒，怨气怨声虽然消弭，但浮躁之心未去，喧嚣之声在耳，喝起来必定是刺鼻呛喉的，让你的脸一下子就红了，让你的血液一下子就沸腾起来，让你的肠胃翻江倒海，让你的神智混乱不清……被压碎的谷物瓜果的怨气很容易化在你的血液里，变成你的怨气，让你冲动，让你难以自持，失去本性。

特别喜欢"女儿红"这个词，女儿初生，就埋一坛好酒于地下，十八年后，当日香软温暖的小婴儿，已经长成娉婷女子，并且天赐良缘，喜结连理，为人父母的，满怀着欣悦，启封开盖……

想象一下吧，一坛烈酒在黑暗的地下寂寞地埋藏了十八年，怨气应该完全消散了吧？浮躁和喧嚣也当沥尽了吧？如同白蛇被压在雷峰塔下的十八年、萧远山在少林寺蛰伏的三十年，人世间的贪嗔痴念都该打磨殆尽了吧！所以开坛的时候，一定不会太香，一定会沉稳深静得如同老僧的双眸，凑近看来，可能还有似云似雾的酒气，在坛口微氲，而不会飘散出来。这种酒，倒出来，才闻到微微的香，一杯入口，不复有当初的烈性，只觉得醇厚，几杯下肚，你才了解那股劲，它能让你忘却所有，一无所求，混混沌沌地沉醉其中。这时候，酒香才从你的喉头散逸出来。

很小的时候听舅舅讲过，他去人家喝满月酒，主人家招待的是一坛藏了多年的甜酒，红亮浓稠，味甘如浆，开始只觉得甜滑爽口，几杯下肚之后就呼呼睡去，醒过来已经是第二天傍晚，席终人散久矣。这段故事舅舅说来只当闲话，当时才几岁的我却对那坛美酒记挂了好久。浮华人世中，几年之后，你在哪里？我又在哪里？更何况一坛酒呢！酒更像是修行的忍者，必须忍得漫长的寂寞清苦，方才有郁馥浓醇啊。寂寞清苦的岁月，能磨蚀掉酒的浮躁与哀怨，却无法消散谷物果实生命中最典雅内敛的气味。所以，你还是会醉，沉醉不知归路啊。

俗人好酒，出家人忌酒，因为酒入愁肠，第一口总是辣的，它能把人好不容易压抑下去的性情和欲望牵扯出来，破坏了修行。这是个有趣的事，酒是修行者，可是当它修行成功之后，却能败坏人的修行，就像酒在酿造的时候，见不得一点儿油，但是酒和肉，又是多好的搭配啊，吃香的、喝辣的，酒肉穿肠过，佛祖心中留啊，其实修行当中，谁又知道酒是成全还是败坏呢？

"岁月是个养猪场，岁月是把杀猪刀。""岁月"这个词，多么文艺，这种文艺与通俗的奇异混搭，却获得了许多人的情感共鸣。岁月让我们长养，岁月同样弄死我们，但是你不能怨恨岁月，因为毕竟，岁月还给了我们酒。酒是粮食精，一斤谷物总产不了一斤酒，酒是岁月对生命的提纯，就像好人越老越善良，浑人越老越混账，酒是陈的香，姜是老的辣啊。

谷物腐熟，水果霉烂，你以为它们的生命已经结束，你以为造化的轮回画上了句号，可是对于酒来说，这才是个开始。人所以为的死，对造化来说，未必不是另外一种生，所以你怨不得时光，即使时光催人老；你怨不得岁月，即使岁月如梭。岁月如梭啊，这编织生活的器具，也可以是杀人的利器啊，往复来回，最终把我们送上新的轮回。

村庄的足迹

十多年来，我从南调路走过，来来往往，连一些铺面的名称都没记住。我所熟悉的南调，总是和我生活密切相关的那几个地方：我教书的学校，我所住的小区，孩子打疫苗的卫生院，某个深街僻巷里的一个特别灵的中医，或者应学生的盛情相邀绕来绕去到过一次的村庄。所以，南调对于我，大约仅仅只等于南调路。

借着作协的采风活动，我终于有机会和文友们走进南调，虽然惊鸿一瞥，但对我来说，能从南调路两旁的小路走进南调深处的村庄，就如顺着肌肤的毛孔渗透到皮肤里层，总算是勉强摆脱了"皮相之见"罢。

南调路西起南油码头，新修的六车道坦坦荡荡、风风火火地一路向东，直通到麻坡路，大路两旁是高高低低的楼房，红红火火的商铺，这种景象让人很容易忘记了这条大路两边，那些小巷的深处，小巷深处是村庄。

我们所到的第一个村——端山村，这是南调下辖的42个自然村中的一个。这个村子隐藏在南调街道中，并没有太多外人知道。在这个不起眼的小村落里，有两座八十多年前建的旧民居，这两座民居的主人早已故世。其中一户后人远渡重洋，定居海外，唯有本家的两位老人闲居这里，为亲戚守着旧宅。另一户的后人则进城居住，旧宅闲置而后渐渐荒废。旧宅并不是岭南典型的镬耳屋，因为屋顶檐头并没有标志性的镬耳山墙，然而"三间两廊"的肌理确是实实在在的广式建筑的格局，进门正对一排三间房屋，中间是厅堂，两侧为居室，房屋前是正方形的天井，天井两侧有房，是为"廊"，"廊"可做门房，也可做厨房。我们参观的这两座民居，前一户尚有人住，然而累世经年，旧物堆积，除去二老居住的房子，两侧的"廊"早已看不出早年的用途，不过正门右侧的墙上，开着一个小门，门楣上尚留着一处空白，据说以前是有字的，大约是"＊聚"罢。同行见多识广的老校长告诉我们，这扇门内，就是客厅；我们好奇地探头看去，杂物堆积的一间房，仍可想见当日的宽敞豁亮。经历了久远的岁月，在粤西的潮湿气候中旧宅的红砖院墙渐渐布满了青苔，春去秋来，阳光和雨水交替作用，让这些青苔生生死死，成为干燥的黑色或者湿润的青绿色，成为红砖墙上抹不去的岁月印记。现在，村子里大多盖起了小楼，在小楼四起的村子里，这两座旧宅默默伫立着，和白发伛偻的守护者一起，勾勒出过去的岁月中鲜活的生命和生活。旧民居保留下来的并不多，它们是村庄过去的足迹。

我们的第二站是富美村。早年的富美村并不如其名，既不富也不美；相反，它是一个贫困村。早在2002年，富美村的老党员龙秀忠就把一腔的热情全给了这个贫困的村庄。她关掉自己的医疗所，从城区搬回乡村，带着全村留守的妇女、儿童，修路砌井，栽树种花，彻底改变了富美村的容貌。如今的富美村，集体规划的民居一户户排列得很整齐，民居之间是窄窄的巷子，村庄外围的大路和村子里的巷子都是水泥路面，雨季也不会泥泞难行，房子用红砖砌就，外观简单朴实，家家户户门前都有一个水泥砌的小花圃，里面种着湛江人喜爱的火龙果、木瓜、金银花，让人觉得既美好又丰足。一户人家门前的杨桃熟了，一些虫果落果掉下来，主人家拿了一个小桶放在树下，掉落的小杨桃都捡在桶里，不但没有变成垃圾而污染环境，走近还能闻到淡淡果香呢。富美村变美了，它干净整洁，美得朴素而踏实。富美村还没有真正富裕起来，但是，有龙主任这样能干、肯干、苦干的基层干部，有热爱自己的村庄的村民，富美村真正变富、变美，并不是遥远的梦想。富美村的样子，大约是发展中的中国大多数农村的样子；它是村庄向前迈出的勇敢的步伐，是奋斗的足迹。

我们走访的第三个村子，就是力竹兜新村。这个村子在坡头这片地方，是小有名气的，一个原因是：它太漂亮了！每一个从海湾大桥路过的人，一定无数次地感叹过：多美的村庄啊！如果要去追寻另一个原因的话，我想应该是：它太幸运了。为了适应海东新区的规划，旧的力竹兜村必须搬迁，念旧守土本是农民的天然属性，然而力竹兜人却警觉到：这是一个重大的机遇。他们不囿于传统，不拘于常规，敢想敢干，利用旧村场和留用土地整合归一，在政府的扶持下积极规划力竹兜新村。新村四十二户，每户都是整齐的四层小楼，米黄色、浅咖啡色瓷砖和银色铝合金门窗在秋日的阳光下闪着光，蓝天高阔，椰树掩映，小楼旁宽阔的双车道边，带遮阳棚的停车位……

力竹兜新村的模样，一定是农民们梦想中的村庄模样。我们一边走，一边看，一边感慨，戏言"有女当嫁力竹兜"。在城镇化进程中，征地重建是许多村庄的发展之路。力竹兜村是幸运的，但是也不完全靠天降大运。我想，新时代农民们富于创新思维和创新精神，才是力竹兜大变模样的根本原因。

村庄从岁月中走过，留下一串串足迹。村庄隐没在街道两旁。村庄的主人也隐没在人群中。然而，他们不可能真正隐去。他们从村庄出发，创造财富，文明，改变村庄，也改变这片土地。从端山村的旧宅中，我们能看到村庄的过去，它曾经繁盛；从富美村的民居中，我们能看到村庄的现在，它正在成长；从力竹兜新村的别墅中，我们能看到村庄的未来，它并不遥远。

和坡头一起成长

2003 年，我和几个同校毕业的大学生，拖着行李，火车换汽车，汽车换轮渡，轮渡之后还要搭乘摩托车，舟车辗转，到了坡头区教育局。

这一行程中，印象深刻的第一是雨，从广州一程又一程断断续续的雨，从大巴车的窗玻璃上弯弯曲曲流下来，看着看着，也从我的腮上流下来；第二是的士，我们午夜十二点在街头下车，鼓足了万分的勇气在这个预想中语言不通的城市里打了一辆的士，傻乎乎地告诉司机：带我们去一个不太贵又安全的宾馆。司机师傅二话不说，直接把我们拉到了法院招待所，停车之后才用地道的粤式普通话对我们说：法院的，绝对安全。我们都松了口气；第三是早晨，第二天起来，出了招待所，看看天空，晴蓝一片，空气干净得让人不敢用力呼吸，生怕一下子宠坏了被污染侵扰多年的肺；第四是海，我们追随着海水的咸腥味，坐轮渡来到坡头。第一次看到海，惊讶地发现它不是我想象的那般蓝。实际上，海是浑浊的一片绿色。

坡头区已经十分偏远，料想不到的是，分配工作之后，原来还有更偏远的地方。我的最终目的地是爱周中学。这个还有着老式平房和厕所的地方，是坡头侨民许爱周先生资助修建的。这里的学生都是附近村镇的农村孩子。高中的大孩子们乖一些。初中的孩子赤着双脚在校园里球场上跑来跑去，像一群精灵的小猴子；有的不顾老师劝阻，坚持不懈地穿着或黄或黑的橡胶拖鞋来到课室和教师斗智斗勇，顽劣异常。

校领导把六楼的一套单元房分给了我们，虽不很新，但也宽敞，通风非常好，加上是校园里最高的楼层，住在里面颇有一览众山小的感觉，也很舒服自在。

出门过马路，就是菜市场。2003 年，新的坡头市场并未建起；旧市场靠近主干道，搭了雨棚，里面鱼贩往往席地摆开，菜贩用箩筐，肉摊上挂肉的钩子在黑乎乎的市场里幽幽摆动，和站在钩子后面、穿着黑色橡胶围裙的屠户一起构成一幅诡异的画面。鱼虾带来的咸水和小贩淋菜的淡水满地流淌，卖菜阿姨、阿公都讲本地话，我们一句都听不懂。还记得一个同来的甘肃籍同学想买几个鸡蛋，用普通话问了好几遍，卖蛋阿婆只顾摇头。同事急得抓耳挠腮，居然冒出一句"How much"；其余几人，在旁边笑看他连说带比划，听到这句，立刻笑得难以自持。回学校的路上，大家一路走一路笑，笑着笑着，一齐静默了。

晚间听到一种很奇怪的"喈喈"叫声，十分洪亮，总以为是某种鸟儿，仔细观察，并无所见。当地同事告诉我们那是壁虎。我很惊讶，料想不到壁虎小小的躯体竟能发出如此洪亮的声音。后来观察夜夜在白炽灯管下捕蚊子的壁虎，发现这小东西果真能发出这样的叫声，令人惊叹。写这篇文章的时候，仔细回想，来坡头城区这几年壁虎见得也不少，居然很少听到它叫。这也可以作为"世界都是坡头圩大"的论据吧。城区的壁虎就是比不上坡头镇的壁虎会叫。学校放露天电影，记得是《暖春》，我并不爱看，一边看学生，一边发现空中飞着一只只亮晶晶的虫子。学生告诉我，那是萤火虫。高大敏捷的男生一手捉来，放在掌心给我看，令人快乐。周末返校，有的孩子会带给我们大袋的番薯、又大又粉的芋头，有时还有自己在海滩挖来的小螺，淳朴的心意令人感动。

爱周中学门口有一档糖水摊，绿豆糖水清甜适口，是年轻的新老师晚修后的好去处，加上一碟盐焗鹌鹑蛋，初看很奇怪的搭配，久了就适应了，吃出了情味，也成了心头好。沿着门前的大路向前走一段，右手边是一排大排档，夜间出来，椒盐鸭下巴，炒海豆芽，拌海蜇皮，应有尽有。大师傅在炉火旁被烘得满头大汗，铁炒锅里散发出阵阵焦香。坡头的夜生活和其他地方一样热烈，旧市场内侧的街道两旁有酒吧、KTV，学校的斯文人不在那里斗酒，改作斗水，一样乐趣多多，兴尽而归。

大概是2004年吧，我还做班主任，坡头新市场建成，据说是附近一个老板投资兴建的。我托班里一个认识老板的孩子招揽到了打扫市场的活，带领全班男男女女，扫把、水管，一齐出动，在市场投入使用前做最后一次的清洁。我本不善于组织，幸得育兰、翠明两个班长全力相助。傍晚七点，天已擦黑，我和班里的孩子们还在市场忙活，生怕搞得不干净。管理市场的阿伯劝我：可以啦，市场嘛，怎可能跟你家厨房一样干净呢？最终完工，挣得五百块，又和孩子们踩单车去新华书店购书，为班级建了图书角。

新市场很快投入使用，给鱼贩和菜贩划分了区域，提供了台面，二楼租给卖服装的。坡头市场成了一个宽敞明亮像模像样的市场。市场西南角，有一家卖粥粉的店面，那的牛腩粉是我们很长一段时间一成不变的早餐。有时候也会碰上学生，常有慷慨的学生帮我们付账；我们过意不去，就赶紧在市场门口的水果摊上买了水果，回到店里，那孩子还在，拿个苹果或香蕉给他。

坡头市场的水果绝对称得上物美价廉，品种繁多。本地产的不同品种的荔枝、龙眼、黄皮，上市比南油市场早，味道也鲜，最重要的是价钱还便宜，真无可挑剔；外地的苹果、蜜瓜、水蜜桃，也能随季节出现在摊档上。至于大堆的橙子、橘子、皇帝柑，成箱的芦柑，金黄饱满的柚子，看看颜色你就挪不开脚步了。

坡头市场东面，有一家药铺，一年四季，门庭若市。大家来这里找陈老先生把脉，看看自己的小毛病。没毛病的，来药店里捡一点儿草药煮汤水。药店门口放着几个大笸，摊开药材在晾晒。陈医生精明能干的孙媳妇过一会儿就要从柜台里走出来，拿了舂捣用的铜家什，蹲在地上舂碎药材，旁边是提着活禽、蔬菜等候的乡人。

说起医生，不能不提爱周中学球场后面的一位牙医。这位牙医在自家房子里行医。他家的房子既不在正街上，也不在小巷子里，而是在村子里，地址真不好说，但是从爱周中学走过去，也并不难找。这个牙医口碑极好，许多南油的患者都过去找他，因而生意也很好。巷子虽深，掩不住酒香，依然门庭若市，又不接待预约，每次过去，只好耐心等候。牙医脾气好，有耐心，技术好，帮我拔牙，顺便往嘴角的口疮上涂些消炎药，又顺便把一颗缺了一小块的牙洞补上，令人感激。几年后在南油看牙，做了三颗假牙，我对医生说：能顺便帮我把智齿拔了吗？医生哂笑：拔个智齿好几百块，怎么顺便？后来我了解了行情，虽然不怨医生，但是态度口气，终究令人不悦。

人说，世界虽大，坡头圩最大。"圩"就是集市，本地人把赶集叫作"趁圩"。坡头现在还有集市，逢农历初一、四、七，每隔三天一次。每到圩日，热闹异常，除了本有的摊档，附近的村民带着自家养的鸡鸭、自家收的蔬果，大大丰富了市场。有时候几个西瓜，几把青菜，一小篮鸡蛋，和一个脸膛紫红、面皮枯瘦、头发花白的老人，就构成一个小小的市场缩影。价钱当然会便宜些，"自家种的，不叫你价"。世界大不过坡头圩，听起来好像是笑谈。坡头作为一个镇，应该是没办法和市区的商场、商城、商厦相比的，但是这样看看，坡头的确算是应有尽有了。

坡头圩的丰富，大概得益于其独特的地理位置。这个始建于明朝永乐年间的集市，地处黄坡、龙头、乾塘、麻斜的中心地带，从麻斜码头往北，从南油码头往东北，走到坡头镇，离海越来越远，土地越来越开阔。这里汇集了海里、陆上能够出产的所有，怎能不丰产富饶？经由坡头镇一路向北，把海抛在后面，就可以直奔珠三角、广州。当年法国人租占广州湾，把总公使署设在坡头圩，不是没有经过考虑的。

殖民的历史已经成为过去，法国人留在坡头小巷子里的公局旧址尚在，破败的院墙生满苔藓，只有精致雕花的绿色窗棂还完好如初，默默地纪念着屈辱但不能忘却的过去。

坡头镇的主干道如今已经修成了宽敞的四车道大路。路两边店铺焕然一新。我调离了学校，和我一起来到这里的人都调离了这里。我们离开前，爱周中学重修了厕所；我们离开后，爱周中学推掉了几栋旧楼，重修了校道、办公楼，里里外外都不一样了。平房翻新改作画室，孩子们肯定不是当年的孩子。教美术的老师我还认识，很出色的一个老师。

有意思的是，最近几年，认识的本地人，如果不是一中校友，肯定就是爱周校友。世界很大，坡头圩最大，几乎占据了我的整个世界。

荠菜与田艾

十几年前的西安城，还有许多农田，我读高中时从学校到家的路上，春天还能看见成片金黄的油菜花。

闲暇时母亲常常会去院子后面的野地里闲逛。母亲从农村来到城市，摆脱不了农民的朴实热情。她常常会跟劳作的菜农聊天儿，有时甚至下田帮助他们收茄子，摘黄瓜，挖土豆，掰玉米。"收获本身就是一种快乐。"母亲如是说。热情的农人常常赠送给母亲新鲜的蔬菜，母亲也不推辞。母亲亲切的为人，如同大地和泥土一样，总是那么纯朴。我们也常常从母亲与这些农人淳朴的来往中尝到最新鲜的乡土味道。母亲虽然离开了农村，但是她从未曾离开过她热爱的土地。

"土地是最无私的。"母亲如是说。土地给我们的馈赠，不仅在于它让我们立足藏身，还在于它长养谷物喂养我们。土地有时候还带给我们意外的惊喜，不需劳作就能获得礼物，北方的荠菜就是其中之一。每年春天，当柳梢上的嫩芽刚鼓出大米粒般的小包，当大地上的草色遥看都不足以称得上绿，山背后的冬雪尚未完全消融，荠菜幼嫩的芽苗已经蠢蠢欲动。实际上，我根本不知道它是怎样长出来的，甚至没见过荠菜小时候的模样。一个和暖的晴天，带上小篮子、小铲子去野外挖荠菜吧。不知何时，荠菜已经蓬蓬勃勃，旺盛得如同绽开的花。它毫不瑟缩，毫无畏惧地把自己的叶片张扬地伸展开，占据一大片土地。荠菜并不向上长高，它是贴着土地生长的。我们挖荠菜，也很容易，用小铲子齐根整朵铲下来就行了。从野地里挖来的荠菜张牙舞爪，大片小片，带着黄泥，比不得市场上的蔬菜那么整齐干净，可它是土地宠爱的孩子，也是土地无私的馈赠，更是春天鲜美无比的礼物。

古人"见秋风起而作莼鲈之思"，居然可以为家乡的莼菜鲈鱼烩弃官还乡。虽则我没见过莼菜，更没尝过这传世的经典羹汤，可是当我想起荠菜饺子的时候，便理解张季鹰了。妈妈教我辨认荠菜的时候，嘱咐我"采下叶子闻一闻，有股窜味。""窜"是方言词，形容浓烈诱人的味道。荠菜的气味，在我的记忆深处是有点儿辣味的。但是荠菜切碎，和猪肉一起包成水饺，辣味就不见了，代之以一股独特的鲜香。去年，我还在超市里买过冷冻的荠菜水饺。吃到第一口的时候，我就十分确定：这就是春天的味道，虽然这些饺子在黑暗的冷柜里面不知道冻结了多久。荠菜的种子和根芽在冻土里沉寂许久，最后在春风中伸出地面，和万物一起庆贺新生。荠菜包成饺子，在冰柜中沉寂许久，依然能在出锅的瞬间把春天的鲜美馈赠给我。

我来到遥远的南国，再不曾享受过荠菜带来的惊喜。

去年春天，我带着孩子跑遍了周围的田地，希望能在红土地上看到熟悉的影子。但是终于无果，渐渐我也就失望了

邻居看我总是无功而返，于是引导我："这个时候，你也可以摘田艾啊。"这个热情而勤劳的女人积极地加入踏春摘野菜的行列，她教我辨认一种叫作"田艾"的小草。它细细的，矮矮的，颜色灰绿，长满了小米粒般大小的毛茸茸的花苞，闻起来也很"窜"。"花开了，田艾就老了，不能吃了。"我们把田艾的嫩梢掐下来，特别要保留那些花苞。邻居告诉我，讲究的人家做田艾饼的时候只用花苞，把它们洗净、煮熟，然后一点点搓进糯米粉中，做成田艾饼，广东人叫作"粄"。

对田艾，我没有太深厚的情感，可是在田间弯着腰采摘了一下午，收获了一大把鲜嫩的田艾，我还是很欣喜。是啊，收获本身就是一种快乐。即使我来到了南国，春天还是有出人意料的礼物送给我，怎能不让人打心眼里欢喜呢？

在邻居的帮助下，我也学会了把采来的田艾一点点搓进糯米粉中，包上花生、芝麻馅料做成粄。儿子很爱吃。"有股特别的味道。"儿子说。也许，岁月变迁，那些在田野里采田艾的时光，那带着糯米清香的香甜的田艾粄，会成为我生命中另一种味道，让我依然能够感激土地，并为春天的来到而无比欢喜。

"妈妈，我们去田里采田艾吧！"儿子对我说。

……

又一年春天来了。

头等大事

元旦一过，春节就近了。过了元旦，要等春节大喜大庆之后，新的一年才算真的来临，各行各业回岗复工，但是从心理上，要等到过了正月十五，两年才算彻底交接完毕。中国人的新旧年交替，很得传统文化的精髓：总不那么干脆利落，透着委婉缠绵；旧年去得依依，新年来得姗姗。

年关临近，家家户户洗涮采买自不必提，种种准备工作当中"头等大事"该算是理头发了。只要日子过得去，无论男女老少都会在年关之前去一趟发廊，在理发师的帮助下让自己有一个全新的面貌，新年新气象嘛！

"理发"这个词，应该划归男性专用，男人——无论是小屁孩儿还是大老爷们儿甚至老爷子，进到理发店里，无非是洗洗抓抓，之后用剪刀、推子这些工具，把原本稍长凌乱的头发像整理草坪一样剪短理整齐，有胡子的顺便刮个胡子。男人从理发店里出来，只觉得"焕然一新"罢了，基本还是大型不变，能认出原样的。这套流程，实实在在是"理"发，修理、梳理、整理之意，贴切得很。

女人，尤其是年轻女人，是不说理头发的，她们的正确用词是"做头发"。"快过年了，做个头发去。""你做头发不？一起去吧。"女人做头发，实实在在是把头发当作原材料，动用各种"水深火热"的招数，利用发剪、发夹、卷发棒、蒸发机等科技成果，多种化学药剂综合运用，"制作"出一套全新的造型，一套顶在头上让人"就像换了个人"的发型。

男人理发之后，最好的评价是：精神！女人做了个新发型，最好的评价是：完全变了一个人！

《三国演义》里写道："天下大事，分久必合，合久必分。"女人的头发也有这样的发展势头，无非是，长久必短，短久必长；也有可能是，卷久必直，直久必卷；还有可能是，黑久必红，红久必黄。长发绾君心，刘大天王的广告里，也曾说过："我心爱的女人，一定要有一头乌黑亮丽的长发。"可是短也有短的好处啊，飒爽英姿，干练利落，御姐范十足。如果只在长短上下功夫，那还不算什么，我们还能把直发烫成洋鬼子那样的卷卷，把卷发拉成清汤挂面式的直发。再说发色，"黑头发，中国货"，色彩多么单调，没关系，有了染发剂，即使染白都毫无压力，别说桃红柳绿……总之，只有你想不到，没有我做不到。女人在追求美丽的道路上跃马扬鞭，一路向前，美丽的事业也蒸蒸日上，日新月异。

说到女人的美丽追求，就不能忽略美丽投资，不舍得买贵点儿的衣服的女人，进了美发店却大方得惊人，"衣服不好看可以不穿，头发做不好就没法见人了！"说得倒也是。所以美发店的价格牌上面的数字也就水涨船高，一二百是"最低档"的药水，三四百是中等，千八百块做个头发，是很普遍的。即使如此，年前的美发店，好点儿的师傅都要排队等。年关将近，理发师们迎来了一年一度的做头发高潮，从早到晚，忙得完全没空儿吃饭。

几百块的消费，自然不能马虎，要精益求精，"做头发"耗时也更久。男人理个发，最多两个小时；女人做头发，常常要耗去五六个小时甚至一整天的时间。有的七十多岁的阿婆，想要"换个发型"过年，颤颤巍巍在理发椅子上一坐就是六个钟头。女人的爱美之心实在令人叹为观止。

没有丑女人，只有懒女人，美丽的发型更需要时时刻刻注意，每天早晚打理。那种一根黑皮筋，从早到晚扎马尾的女人，久而久之必成众人眼中的黄脸婆，"女人要多爱自己一点儿"。

美丽的发型常常是和整个造型相关的，所以衣着妆容也要搭配，整体气质自然提升；美丽的发型常常需要小心翼翼来维护，所以女汉子们的各种粗野动作都收敛许多，整个人都柔和了；美丽的发型还可能带来不便，比如：吃饭的时候必须用手挡住头发，这样却能使吃饭姿态更斯文；披散的头发常常会挡住视线，免不了经常用手撩，却平添了风情韵致；当你下楼梯时，你若低头看路，免不了受头发困扰，看不到前方，却大大增加了撞进帅哥怀中的概率。有了这诸多好处，发型带来的那点儿麻烦，都可以忽略不计了。

做头发看起来是女人自己的事情，可女人的爱美之心确实不可小觑。女人对美孜孜不倦、一往无前的追求，促进了消费，拉动了内需，增加了 GDP，引领了时尚，推动了科技进步时代发展……

这样细数起来，"做头发"真可算是"头等大事"，是万万马虎不得的。要过年了，做个头发吧！

附记：笔者常年扎马尾，最近理发，换了个扰人的新发型，同事、家人众口一词地说："很适合你，年轻了许多。"殊不知，额前散发常常挡住视线，吃饭、写字、下楼梯，时时烦心，刻刻困扰。不免感慨：美丽扰人，故有此文，与女同胞们共勉。

我是怎样来爱文字的

某天发一篇文章给某个杂志社的编辑，发完加了QQ，礼貌性地打个招呼。这位编辑回复我的第一句话是："要发论文吗？"我赶紧告诉她："不是论文，是篇散文。"该编辑同志发给我的第二句话是："你准备了多少版面费？"我小心翼翼地问："不是论文，普通文章也要版面费吗？"得到的回答是："你就做文青梦去吧，中国能写会写的人多得很，每年中文系硕士毕业的一抓一大把。"我被呛得半天无语，我虽然凑合读了个中文系，谈不上有啥文学的造诣，可是，听到这样的当头棒喝，还是怔愣了好一会儿，我竟有点儿后悔没有读个硕士博士，好在面对这样抢白的时候不至于无话可说。

这样当头棒喝，对一个一味沉浸在文学梦里不顾现实的年轻的梦想家，也许算不得坏事情，至少能让他们认清现实，不至于把这条路看得过于简单。这是一个文学青年修炼的路上必经的小小的磨练吧。大师如贾平凹，当年也收过许多退稿信的，不知有没有人像这样给他当头棒喝？

可我不是那个编辑口中的文青，我既不文，也不算青，我只不过是一个把写写自己的小世界当作消遣的小女人。有人爱好音乐，有人爱好美术，有人爱好旅游，有人爱好摄影，我只不过爱好文字罢了。我当然知道中国能写会写的人很多，但是这样，就不许我爱文字了吗？在所有的艺术当中，文字是最亲切的，我见过农民工在工地上吃完饭捧着《傲慢与偏见》，我也见过摆地摊的阿姨放在手边的《第二性》。（说实话，当时真的大吃一惊。）只要认识字，就可以亲近文字。

谈到写，中国文坛上没读过大学的"野狐禅"，还少吗？只要你有一本字典，有一颗爱着文字的心、爱着生活的心，你就去写吧，写写自己的心里话，写写花的红、草的绿、太阳的娇艳，写写朋友的可爱、亲人的可恋，写你的家乡，写你成长的那个城市或村庄。只要你愿意，无论写什么，又有什么不可以？文字的亲切，能安慰每一个懂文字的人。

生活中有愤怒，生活中有感动，生活中有种种隐痛，也有一些不为人知的秘密的情怀，一些不愿人见的真实的内心，如果没有了文字，我永远是个孤独的孩子。我可以把那些无法告诉别人的秘密告诉文字，文字不会嘲笑我，不会抱怨我，不会批评我，不会疏远我。只要我需要，文字永远陪在身边，做最理解自己的那个。我想那些爱好音乐、美术的人也是一样的，他们也是借助这些艺术形式来安慰孤独的自己罢了。

这样的人从不担心会没有读者听众，因为其本意原不在于寻找知音，如果意外寻着了，不过添了"原来你也在这里"的意外欣悦。如果没有寻着，那就和彼时文字里的自己在文字里约会吧：当我想见彼时的心情的时候，我就会读自己彼时的文字，触摸到彼时的自己，像左右两只手，彼此交握，互相取暖。

仓颉造字，鬼神夜哭。我知道文字有更神圣的责任和使命，我也知道自己缺乏一个真正的文人该有的以天下为己任的伟大情怀，我没有能力去表现二十一世纪的陕西或是广东，中国甚至世界。但是，这样，就不允许我爱文字了吗？我的文字还没有长大成熟到可以去安慰整个世界，让它安慰一下自己不也可以吗？

我就是这样爱文字的。有那么一天，我老了，父母走了，爱人也老了，孩子大了，我翻出当年写过的文字，还能再回味一回有父母疼爱的温暖，看一回孩子稚嫩的容颜，听一回他满含童稚的言语；我还能重温一回初会他时甜蜜的誓言……有的人走进我的生命，有的人只是路过，或许，他们会在我的文字里留下一些痕迹，让我翻看的时候能再想起那些有趣的人和事。我就是这样爱文字的，像爱我这无法回头、无法更改的一生一样。

又是一年晒瓜季

晴好的太阳，加上时不时来一场暴雨，亚热带的夏天来了。空气永远湿乎乎的，但是太阳好啊，再说啦，黄瓜当季了，又嫩又便宜，时不时的一场暴雨把院子里的水泥地冲洗得几乎可以拿来当餐桌，天时地利占全了，院子里退休的阿姨们张罗着晒起了腌瓜。

女人做事容易跟风，往大了说，叫作"时尚"；往小了说，就是不甘寂寞。东家张姨开始晒瓜啦，西家李姨凑过去一看：哟，这么大黄瓜？好水嫩啊！多少钱一斤？哎呀，真便宜。明天我也买几斤晒！就这么愉快地决定了。明天张姨晒场的旁边就会多出一小片明显新鲜一些的剖开的黄瓜。楼上王姨在自家阳台远远看见了，就会寻思：大家都晒黄瓜了？那黄瓜肯定便宜了。不知道新不新鲜。不知道不要紧啊，离得那么近，过去看看就知道了。于是王姨出门下楼，凑过去看看，一边和两位晒瓜人聊几句，价钱，新鲜度，就全知道了。明早早点儿去市场，也买些黄瓜晒来吃，嫁在深圳的女儿最爱吃这个了，他们小夫妻，没空儿晒，市场上买的哪有自己晒的好吃？第三天，院子里的晒场上就又多出了一片更新鲜的剖开的黄瓜。这个时候，张姨第一批晒的黄瓜已经皱缩成细细的一条条，闻起来不复有生鲜时的清香，代之以一股咸鲜的气味。这个时候的黄瓜，切碎炒炒，是顶好的送粥小菜。

这个家属区是一个老社区，楼房都是步梯，当各大楼盘在港城遍地开花，稍有能力的年轻的一代都在新兴楼盘买房子住电梯房去了，恋旧的老年人不愿离开这个住惯了人头熟的社区。于是，社区居民就以老年人为主了。退休的阿姨们时间充裕，生活又讲究，每年的晒瓜、晒萝卜、晒虾、晒花生就成了一股风——刮在小区里的"流行风"。

雨季晒东西，是绝对马虎不得的。早晨六七点，看看朝霞微红，太阳已经露出半个笑脸，赶紧提了大桶，把洗净、剖好的黄瓜整整齐齐地码在干干净净的地面上。这块地方本是小区道路，因为靠近围墙，远离大门，走的人很少，四周又无遮挡，是绝好的晒场。码好之后，你以为就可以一劳永逸，静待夕阳西下收瓜了吗？完全不是那么回事。港城的夏天，暴雨说来就来，有时候半分钟不到，就由滴滴答答变成倾盆而至。无论是晒衣服、晒被褥，还是晒瓜、晒虾，都马虎不得，要随时观察天气。午后时分太阳最好，但是天气也最容易变，所以晒瓜人一定不能回家小睡，必须坐在树荫下看着。当然，心大的人也可以回家休息，反正这个院子永远不缺午间不睡觉随时大吼"下雨啦"的热心观众。不过，只怕听到这一声再从楼上跑下来，你的瓜已经淋了水。此外，讲究一点儿的人还会隔段时间翻动一下，好晒得均匀。所以，开始晒瓜，就要时时操心，不可马虎。

傍晚时分，夕阳斜照在一片片整整齐齐的瓜条上，太阳的温度还没有下去，晒瓜的阿姨已经提了桶，坐在台阶上，一边收瓜，一边用粗盐搓这些晒去水分变得柔韧微黄的瓜条。黄瓜由青绿色变成了名副其实的"黄瓜"。尚小的孩子在爷爷奶奶的照看下摇摇晃晃地走过来，瞪着眼睛专注地看着婆婆们搓瓜，一边天真地问：姨婆你在做什么啊？热情的阿姨会立刻从晒好的瓜条中抓出一把，递到孩子手上：姨婆晒的瓜，拿去叫奶奶炒给你吃。孩子用小胖手横七竖八地抓着，对不远处的爷爷大声喊：爷爷，姨婆送我瓜……爷爷笑应着：你谢谢姨婆没有？孩子于是想起来，回头对送他瓜的姨婆认真地道谢。闲溜达的老人们三三两两地围过来，看别人收瓜，聊聊瓜，聊聊别的，有时候也搭把手。

五月份晒瓜，六七月晒萝卜、晒花生，八九月如果虾丰收价钱好，就可以晒虾米、大虾。晒萝卜和晒瓜程序差不多。晒好的萝卜干和五花肉一起切碎蒸来吃，是雷州人的菜式，被许多雷州以外的人学习和接受；带壳的红皮花生用盐水煮熟，烈日下晒干，慢慢剥来，细细嚼，越嚼越香，是老少咸宜的好零食。用来晒的虾米，多半是小虾，四五厘米大小，长长的须子，往往纠缠在一起；煮熟之后，全身通红，须子更红，叫作红须虾；晒干之后，装在蛇皮袋子里，用力敲打，除去皮壳，就是干香的虾仁，煮粥的上好食材，包粽子的必备佳品。

婆婆在世时，往往跟着这股风，随季节晒各种干货。婆婆去世几年了，我住在这个小区，年年从阳台向外看那个仍然热闹的晒场，和那些来来去去的晒瓜人，她们粗门大嗓，一丝不苟，热情而又热闹。

中医即世界

　　小时候吃火柿子，吃完了就把还带着黏糊糊汁液的柿子梗就势黏在土墙上，这东西就这样黏在农村的土墙上渐渐被风干，虫蚁们吃光了残存的汁水和果肉，最后只剩下一个干干净净土灰色的柿梗，古朴而踏实地黏在土黄色的院墙上，像一朵朵别致的花。直到某一天，谁知道呢，某一天一个孩子打嗝呀，呕吐呀，谁知道这些熊孩子会在哪天偷吃什么东西把自己弄出些不大不小的毛病来，然后，这些柿梗就派上了用场，抠下来，用水冲冲，放在砂锅里煎成微黄的汁液，给生病的孩子喝，"就好了"。大人们这样说，"这是一味药。"好像果然也就好了。

　　春末夏初，蝉儿蜕下的棕红色的精致完整的壳，从树下草丛里捡起来，细细地观察，小心地收藏，那也是一味药。假期和同村的孩子们拿了小锄头，去野地里挖起拇指大小裹着泥巴的圆圆的半夏：这东西外观黑乎乎，偶尔被锄头挖破的地方会露出红薯一样奶白的肉质，但是那是不能吃的，它有毒，农村的孩子都知道。这，也是一味药，但是这个不能留在家里自己吃，要卖给药店炮制过才能入药的。

　　银白色发亮的蛇蜕，多脚的风干了变得笔直的蜈蚣，牛的角，驴的皮，猪狗羊马兔，这些人类能畜养的，既是食材，又是药材。还有蛇蝎蜈蚣，这些自由生长在山林泥土中的，也可以是药材。此外，干枯的木头，颜色、样子十分奇怪的树皮，草木长在地下的根，和它们长在地面上的茎叶花果，都可能是一味药。这都不算最奇特。最奇特的是一些灰土，一些砂石，一些金属，一些自然界完全没有生命的东西，在中医世界里都有药性。

　　中医用一种独特的方式认识世界，中医比黑格尔、萨特都更早地认识到这个世界的无上真理——存在即合理，并融进一种可以称得上高瞻远瞩的认识——存在即有用。当然，牛长了结石，对牛没啥用，但对人是有用的，是为牛黄。同理，羊也可以产出羊黄。从中医当中，我们看到的是人类无坚不摧的自信：世界皆可为我所用。中医治人好比大禹治水，从不以硬碰硬，常常因势利导，必要时候还可以毒攻毒；中医和疾病的周旋，好比太极，极尽顺势而为之能事。中医用极大宏观的眼光观照这个世界，告诉世上的每一种动物、植物"天生尔等必有用"，也用一种极大乐观的情绪告诉人类"无论啥病必有因"。中医的因果在于平衡，人体内部、人体与自然，微妙的，变化着的平衡。中医不能保人不死，西医也不能。谁都知道，动物会死，植物会死，人也会死。但是，大自然给了我们星河日月，山川河流，泥土森林，飞禽走兽，大自然也给了我们生老病死。我们喜悦于那些美好的馈赠，也不能拒绝在我们看来不太美好的东西，比如疾病。中医把自然的馈赠利用到了极致，并把这种利用上升到了哲学的高度。

我不想打听中医和西医在诊疗疾病上的优劣。中医留给这个世界的，绝不仅仅是治好身体上的疾病那么简单。中医赋予了人和万物"天生我材必有用"的自信，让我们在纷繁复杂的世界不觉得自己渺小，并能凭借已有的资源保持微妙的平衡。当然，它已经先认识到世界就是在变化中保持平衡的。

母亲的姑表兄弟是当地远近闻名的中医，在穷乡僻壤，用土地上得来的最常见的东西为乡亲们祛除病痛，得到了和当地德高望重的学者一样的尊敬。他穿白色或灰色的绵绸裤褂，大背头梳得一丝不乱，在陌生病人面前永远带着宠辱不惊的浅笑，从不曾高声大气说话。面对家人、朋友的时候，脸上的浅笑不过加深了一点儿而已。谈论起来，常常会引《本草纲目》《黄帝内经》，令听者肃然起敬。"你表叔这些年本事越来越好，脾气也越来越好了。"母亲带着顽皮的笑意接着说，"我以为人都是本事越大，脾气越大呢。"也许一个中医，用他的医术医理，先医的是自己的心，然后才能医治世人吧。

古人曰："不为良相，便为良医。"前者济世，后者济人。要么把自己融入人群，要么把自己融入苍生。古代负有盛名的中医，往往是学富五车的大儒，儒生们本意是要做天下的良药良医的，阴差阳错，成了人体的良医，大约也不错吧。

昨夜的访客

幸而窗外种的不是梧桐芭蕉，否则真的无法安睡了。它刚来的时候，无声无息，像个斯文的客人，悄声细气；渐渐地，仿佛熟稔了些，声音也开始变得响些；下得久了，如同由熟稔开始生出嫌隙分歧，需要大声地表达自己的意见，就叮叮咚咚，让人无法忽视它的存在了。雨和金属雨棚合奏起起床号角，让人不得不从甜梦中醒来。

也就只好起来了，看看时间，已经七点多了，穿着睡衣到阳台上看雨，看雨中的植物，随手操起一把园艺剪为它们剪去不知何时新败的花叶。雨让整个世界变得清冷。我穿着短袖，但是也还耐得。我贪婪地吞咽几口湿冷冷的空气，既算是晨练，亦可当早餐前的开胃菜。

除去现实的考虑，比如不得不撑伞出门，多拿了件东西，洇湿了心爱的鞋子，开车时影响视线，孩子放学必须送伞等等，我多是欢迎这访客的。微雨如烟，便能在阳台外面的绿化草坪上造出一个烟雨江南；阴雨绵绵，是拥被补眠的最好时光，失眠症的最好药物；如遇夏日大雨倾盆，则不妨返璞归真，重拾一回孩子的顽皮，向大雨中奔跑过去，一边高声尖叫，觉得自己整个人都变年轻了；大雨过后，街面被濯洗干净，柏油路面或水泥地面上的雨水汇集起来，淙淙响着，流向下水道，别去看它，听那声音，可以想象溪水潺湲；水泥地红砖路的好处，在雨中就凸显出来了，你尽可以赤着足、提着鞋从灰地红砖上从容走过，除去清凉的触感，也会惊喜地发现自己的双脚格外白皙，平添自信；如果某处地势略低有一洼积雨，还能看到其中倒映的蓝天白云，方寸世界中的美景，也能让人一下子快乐起来。

即使有了天气预报，雨的来访依然是意外的；即使知道今天有雨，也并不太能准确地知道何时会下，有时也是个惊喜。"随风潜入夜"，倒是无声无息，不过听起来好像不太像什么好人好事，幸亏作者又找补一句"润物细无声"，才不至于让春风夜雨沦为趁夜潜入人家的偷鸡摸狗之辈。偷偷潜入，居然只是为了做好事，老杜写的算是新奇大胆了。不过，这不告而至的夜间访客还真的常常能给我们带来些好处：你本习惯晨练的，睡梦中听到雨声，于是心安理得破例，翻身继续先前的好梦；本来早上有个露天的晨会，因为这夜间来访的客人尚未有离开的意思，只好临时取消，于是你偷得一刻钟的懒觉；或是昨夜睡时，还是暑气熏蒸，热浪袭人，半夜听见它踢踢踏踏地来过，挟裹着呼呼的风，于是暑热消散，睡梦酣畅……

我喜欢这访客，大约因为它跟我一样，都很性情吧，想来就来，想去就去，来时不必预约，去时也无须招呼，生气时大发雷霆，高兴时酣畅淋漓，伤心时缠绵悱恻，爱就痴浓热烈，恨则彻底决绝。

这个至情至性的访客常常让人也能从常态和俗世的规矩中解放出来，你衣裙俨然，穿着高跟鞋，昂首挺胸，目不斜视，下班看到雨势惊人，天晴无望，大约也不妨脱鞋提裙，以手抱头，鼓足勇气冲进雨中，引来一起避雨的同事们的阵阵善意的笑声。如果这访客喜闻乐见眼前景象，迟迟没有离去的意思，大家也都会八仙过雨，各显神通了，虽然狼狈，也是有趣的。在雨中，你头顶一口新买的铁锅，在大家忍着笑的好奇目光中淡定地走过，也是件趣事吧。有哪个暗恋的情人不曾盼望过下雨好给自己机会和勇气为心爱的她撑把伞呢？迟到的家伙如果有了雨的掩护，大约也更容易被谅解吧？雨中共伞不知促成了多少友情，成就了多少姻缘。

年少时，我最爱与这访客零距离接触，感受它带给我迷蒙的浪漫和酣畅的快乐，但是世间能懂这份性情的人，大概不多。犹记得 1999 年的夏天，我是刚进大学的傻女生，一个多月没有下雨，北方城市的干燥暑热和灰尘，加上军训期间日复一日的枯燥训练，让人烦躁郁闷。那天中午，天色突变，大风卷起漫天黄尘，吹得人几乎无法出门。人们纷纷关门闭户，但是无论怎样，都挡不住无孔不入的黄尘，半个小时过去，桌上已经是铜钱厚一层细尘，这就是大名鼎鼎的沙尘暴。沙尘暴过后，空气无疑是脏的，家里到处都是灰尘，行人脸上身上也全是灰尘，沙尘暴中走过的行人，翻翻白眼就可以看到自己睫毛上的灰尘了。这种天气最好的结果是一场大雨。那一天，我们惊喜地迎来了这访客，它也许那天很兴奋，大着嗓门粗声粗气就来了，一瞬间把漫天的黄尘冲刷得干干净净。它直截了当地落到地上，洗干净了空气；它乘着风扑到墙上窗上，洗干净了这些建筑；它大力拍打着大树，拍净了树上一个月来积起的灰尘，还有街上的车辆，路上的行人，路面和草地。两个小时过去了，它渐渐地打扫干净了这个世界，也有点儿累了，动作就慢了下来，渐渐渐渐沥沥。我知道这访客将要离开了，于是开门出去，穿着短裤、拖鞋、宽大的短袖上衣，沿着校道，跟着校道上哗哗的流水，走走跑跑，时而转圈，开心得无法自已。料不到的是，一个大三的师姐撑着伞跟了我很久，一直跟到畅志园，在我站定欣赏绿肥红瘦的时候，为我撑起一把伞。不过接下去的故事，就让人哭笑不得，师姐话里话外，总结起来几个字：想开点儿！我听来听去，啼笑皆非，就诚恳地对她说：我很好，我没事。她大约完全沉浸在自己假想的故事里，并不相信我的解释，还是继续宽慰我。最后我只好趁她不备，一溜烟跑出畅志园，边跑边笑，一口气跑回宿舍，一路未敢回头。这个故事让我们宿舍的孩子们着实乐了一阵子。

那一年，我快乐地走在雨中，一个师姐劝我不要悲伤，要想开些。此后的许多次，我悲伤地走在雨中，遇见的都是行色匆匆的行人，和几乎看不出表情的漠然的脸。我才知道，当时我们是不该笑那个师姐的。再以后，我已经不再年轻，无论快乐与伤心，都学会了放在心里。飘风不终朝，骤雨不终日，不再年少的我却不知道，过于强烈的痛苦与快乐，也是消磨人的，无论快乐还是痛苦，我都不敢也不必再跑进雨里。但是，昨夜，若它偷偷来过，在院子里添了些深色的水渍，在车顶上留下点点泪痕，我还是欢喜的。若它依恋着今晨还未离去，我愿告诉它，我依然在这里。

吾心安处是故乡

　　前几天，一个当年一起来坡头后来调回家乡的同事跟我在微信闲聊，突然说了一句：好想吃肠粉啊！我不由得愣了。手机那端的她看不到我的表情，如数家珍般列举了湛江的种种美食，然后总结一句：等我有空儿，一定要带着孩子去坡头看海、吃白斩鸡。

　　我在两千里外的朋友的话里，突然读到了一种陌生的眷恋。

　　这里不属于我们，我们也不属于这里。

　　坐了一天一夜外加五个小时的硬座，摇晃着似乎停不下来的身体，又继续摇在一辆大巴上，路过了一个又一个城市，然而，都不是我们的终点。从中午到晚上，从艳阳高照到雨雾迷蒙，我盯着车窗上泪水一样的雨痕，心里是无边无际、无以言说的荒凉。我记得我哭过。

　　这就是我第一次来到湛江的情形，回忆起来历历在目，很清晰。一夜之后，我们开始认识这个温湿的带着点儿腥味的亚热带城市。阳光很亮，空气清新，高高的椰树挺拔如少年，矮壮的榕树拖着长须，慈和如老人。

　　重头戏是海和轮渡。多年以来，我们从电视上歌词里得来的印象是：大海是蓝色的。但是，我深深记得，当时从南油渡口看过去的时候有多么失望：一湾浑浊的绿水，击溃了我对大海的美好想象。还有风，湿热的、咸腥的。轮渡和电影上的泰坦尼克号也天差地别。2003年的夏天，在我的记忆里是湿热而咸腥的一片绿。

　　"坡头欢迎你"，现在的南油码头还有这样的字牌。这锈迹斑驳的字牌把我从梦中惊醒。所谓的海滨城市，不是梦中天堂的模样，只是人间的一座小城。

　　我们不喜欢某个地方，有数不清的理由，物质上的匮乏是最根本的一条。十几年前我来到这个地方，举目四望皆是贫穷的痕迹，阴暗破旧的市场，狭窄的脏乱不堪的马路。向东走，过了南油生活区，满眼皆是荒废的土地，丛生的野草中有几只水牛或黄牛。向西是海，还保留着原生态的海湾模样，做海的渔人驾着小船从这里出发，赶着潮汐，在清晨或是黄昏，从地平线上渐渐升起来，再用摩托车将海鲜带到市场售卖，赶海的人带着小铲小钩，在退潮的海滩上挖蛤蜊、挖生蚝，海滩上常驻着破旧废弃的渔船……新鲜的好奇过后，严峻的现实摆在眼前。

湿热的气候，清淡而极具地方特点的饮食，文化生活和娱乐活动的匮乏，极低的薪酬，消磨着初入社会的年轻人的热情。感觉自己被飞速发展的城市抛弃在了这一片荒凉的土地上，仅仅隔着一道海湾，仿佛隔了一段岁月，我们是被放逐在天涯的浪子。那时每逢周末都要过海，先搭乘梅菉霞山乡村快线，越过海湾，然后再在海滨大道上搭乘其他车辆。费用是四块钱，高于大多数城市公交。我们领着几乎最低的工资，却坐着几乎最贵的公交车，就是为了靠近城市，感受城市文明的温度。

不知道有没有科学家研究过，要在一个人的记忆里烙下某种印记，到底需要多长时间。我已经不记得是哪一位同事最先教会我们在黑乎乎、水淋淋、烟火气息十足的菜市场挑选新鲜海鱼，也不记得煮活鱼这种做法是哪一位热心的鱼贩告诉我的；记不清如何发现并长期在一个摊档吃牛腩粉当早餐；记不清有多少学生热情地带给我他们家新做的田艾饼、他自己亲手挖的蛤蜊、他妈妈种的番薯，还有异常软糯的芋头；记不清自己一年一年送走了多少学生；记不清大家由当年的迷茫到如今的坚定经历了多少思考对话，自我否定之否定。

大概这些都会在一个人的记忆里无声无息地烙下印记吧！我们渐渐学会了在坡头生活。在一饭一蔬间成长，在不断逼问自己的生活意义的同时，也学会认真思考一个问题：这里的孩子，也需要有人教他们；如果没有人愿意教他们，那他们怎么办呢？这样，物质生活以及意义的问题，都解决了。

世界在变化，坡头也在变。海湾大桥在无数沉默而期待的目光中终于建成通车。城市文明顺着这条通道，缓缓流注坡头。路越来越宽，越来越长，楼越来越多，越来越高，坡头人从桥上走过去，海那边的人从桥上走过来。坡头"活"了起来，坡头人的钱包鼓了起来，坡头教育工作者的待遇也一天天变好，坡头人的梦想随着这个国家梦想的一点点实现而变得越来越清晰。高铁从广州延伸向湛江。节假日间，更多的人通过这条通道流注湛江这个南海边温暖而美丽的小城，带走湛江的海鲜，带走一段回忆。

然而，我还在这里，日日吃着坡头的海鱼海虾，把自己见到过、想到过、梦到过的世界告诉坡头的孩子，关注坡头的变化，闲暇时光带着孩子到奥体洁白细腻的沙滩上玩沙玩水捉螃蟹。在点点灯光和星光交织成的梦幻世界里，面对被大桥灯光映照的波光闪闪的大海，我陷入了深深的思索：世界在变，坡头在变，过去的贫穷和荒凉不复存在。但是总有一些没有改变的，总有一些人，用一颗赤子之心，时刻关注着这里的发展和变化，凭借自己的微薄之力，推动这里的进步与发展。

于坡头，我最终从过客变成了归人。无所谓坚守，仅仅是生活本身而已。

万里归来颜愈少，微笑，笑时犹带岭梅香。试问岭南应不好，却道：此心安处是吾乡。

他日万里归乡，必定做不到"万里归来颜愈少"，但是，我若能在异乡生活中始终带着笑，那些笑容必定已经沾染了此乡人的几分热情与坚韧。

这里已经属于我，我也属于这里。在地图上用手掌丈量，从塞北到粤西，千万里，我终究还在这个熟悉的怀抱里。

许金作品

　　许金，女，1985年出生，大学中文本科毕业。湛江市坡头区第一中学语文教师，湛江市作协会员，坡头区作协会员。作品散见于《湛江日报》《湛江晚报》和碧海银沙网。

一个中学生的科技创新之路

2017 年 3 月，"全国最美中学生"的光荣称号，落在广东省国家级示范性高中湛江市坡头区第一中学一个 19 岁高中生的头上。他，就是文浩。

文浩，出生于坡头区乾塘镇。2011 年 9 月至 2014 年 6 月在坡头区一中初中部就读，2014 年 9 月考入坡头区一中就读高中。从初中开始，文浩就显示出对科学发明创造的浓厚兴趣，多次参加省市各种科技创新大赛并取得优异成绩。翻开他不长的履历表，却有着长长的获奖奖项：

2013 年，他的作品《混合式计算机》获得湛江市青少年科技创新大赛一等奖、广东省青少年科技创新大赛三等奖、广东省科学基金会专项奖。

2014 年，他的作品《Aricloud 互动云计算平台》获得湛江市第二十九届青少年科技创新大赛一等奖、广东省青少年科技创新大赛二等奖、海富通科技创新奖、卢驭龙实践奖。

2015 年，他的作品《双频耦合无线电力输送》获得湛江市第三十届青少年创新科技大赛一等奖、广东省青少年科技创新大赛一等奖、广东省专利申请奖、广东工业大学校长创新奖。

2016 年，他发明的"磁浮激光头激光加工装置"获得湛江市第三十一届青少年科技创新一等奖、广东省第三十一届青少年科技创新一等奖、翰阳英才奖、专利申请奖和第三十一届全国青少年科技创新大赛一等奖及茅以升科学技术奖。这是湛江市在全国青少年科技创新大赛上的首枚金牌。同年，他被评为"最美南粤少年"。

2017 年 1 月，文浩入选 2017 年中国科协青少年国际科技交流项目遴选培训暨英特尔冬令营。他是湛江乃至粤西多年来唯一入选的学生。3 月，他被授予"全国最美中学生"称号，是湛江市的唯一代表。

一路走来，文浩在科技创新之路所取得的成绩越来越突出。那么，他是如何走上科创这道路的呢？

初一开始规划人生

都说人生是一趟旅行，只卖单程票，不卖回程票。及早规划人生，因成竹在胸，所以任何时候都可以淡然处之而始终立于不败之地。早在 6 年之前，文浩即开始规划布局自己的科创人生，那时他刚上初一，13 岁。

"我觉得如果有一天，人们都能直接或者间接使用我的发明，那是一件很伟大的事情。"选择科创这条路，除了是文浩的兴趣爱好外，重要原因是想让自己的发明使更多人得益，让科技服务社会。

小时候的文浩，就表现出对设计的极大兴趣。对文浩来说，童年就是在不断地设计和组装玩具中度过的。别的小朋友都爱买玩具，文浩则喜欢自己"做"玩具。爷爷那副旧麻将，就是文浩"做"玩具的材料。那时候的文浩，可以一整天坐在客厅里，拿着麻将反反复复玩"造桥"，堆砌各种形状的桥。他把自己的奇思怪想，全都用在"造桥"上。到了六年级时，文浩的玩具变成了电脑。放学后除了做作业，捣弄电脑就是他的娱乐。就这样，文浩逐渐养成了较强的观察能力和动手能力。

进入中学，特别是进入坡头区一中这样人文氛围浓厚的学校，小文浩如鱼得水，他的人生轨迹被导向了科技创新之路。学校每年都举办科技文化艺术节，并组织对科学创新感兴趣的学生参加各种比赛。初一那年，文浩首次接触科创，知道了青少年科技创新大赛。初二，他第一次参加青少年科技创新大赛。从此，他对科创的热情便一发不可收。

一步一个脚印，文浩给自己定了一个规划：第一次参赛，要拿湛江市一等奖，进而进入第二十八届广东省青少年科技创新大赛，摸清比赛规则。第二次参赛，要拿到省二等奖以上，拿到专项奖奖金，同时要更深入地摸清评委的问辩方式，为下一次拿省一等奖和进入全国青少年科技创新大赛作铺垫。第三年，发明必须商业化，必要时可抛弃奖项。第四年要做大项目，依靠第三年的发明商业化来筹集资金与配置资源。

六年来，文浩专注于发明、制作，那他的学业怎么办呢？坡头区一中自创办以来，就确立了"育人为本，全面发展，各有特长"的办学思想，学校注重素质教育，充分考虑和尊重学生的兴趣特长，激发和培养学生的学习兴趣，使学生的专长得到充分发展。所以，从初中到高中这些年，学校一直都注意培养和充分发挥小文浩在科创方面的兴趣和天赋，支持他进行科研发明，尽力帮助他开展科创活动，提供最大的空间让他可以充分发挥自己的特长。在这种宽容和谐的育人环境中，文浩可以一直专注于他的科创之路。

攻坚克难探索前行

有志者自有千计万计，无志者只感千难万难。在这六年的科创之路上，文浩碰到的困难不少，但都在他自己的摸索中逐个逐个解决了，就像他自己说的"在摸索中前行，在前行中成长"。文浩作为一个设计者，同时又是制造者，不得不提他的得意之作——磁浮激光头激光加工装置。

磁浮激光头激光加工装置的研制，让文浩碰了不少"钉子"。

为了让"磁浮激光头激光加工装置"设想成为现实，从 2015 年 8 月份开始，文浩通过上网查阅资料，购买专业书籍，甚至到国外网站学习，制定了初步方案。为了增加磁悬浮系统的稳定性，文浩采用两个磁悬浮系统，并用亚克力将其固定，但问题仍没有得到解决，固定后的磁铁不能归零，导致电流增大，系统被烧毁了。文浩又设计出了一套方案，用润滑油涂在磁铁上方，但进行老化测试，一个星期后润滑油被消耗了，系统又被烧坏了。不得已，文浩又修改方案。如此反反复复的设计方案—实验失败—重设方案，文浩就花了 3 个月的时间。

为了进一步优化数控系统，需要重新编写 1000 组代码。文浩凭着自己的努力，编写了出 1000 组新代码。文浩利用周六日的时间，在国外网站搜索资料，结合自己高中所学的物理知识，终于悟到了其中的玄机。那段时间，放学回到家，文浩埋头写代码，有时忙到深夜 2 点才入睡，前后共花了一个多星期时间。

材料性能的好坏直接影响到激光加工装置的工作效能。为了寻找重量轻、硬度强的导轨，文浩共找了 8 家模具工厂，然而都不理想。在山重水复疑无路之际，行内朋友向他推荐了一家生产机床模具公司。该公司根据文浩设计的产品图纸进行制作，才解决了这个问题。

家长老师助力圆梦

家，是每个人成长的第一站。开明的父母，不是孩子人生的设计师，而是孩子成长的导航人。一路走来，文浩的成长与其民主的家庭氛围和开明的老师是有较大关系的。

文浩从小就爱设计，小学时就经常设计各种各样的桥，喜欢拆装家里的电脑、电器；父母也是睁只眼闭只眼。上中学后，文浩更是专心致志投入发明创造中。在当今的应试教育体制下，文浩双亲对他的学业忧心不已，曾有一段时间中断了资金支持，想让他专心学业。但文浩仍在坚持，把自己吃早餐的钱都省下来用于购买材料。后来，双亲见儿子如此热爱科创，就尊重他的选择。几年来文浩父母慷慨解囊，支持文浩的发明创造，陪着文浩参加各种比赛，做文浩的坚强后盾。

陈达文老师是文浩的电脑老师。刚上初一，文浩就经常向陈老师请教软件方面的问题，经常一问就是三四个小时。特别是在编程方面，陈老师倾囊相授。得益于陈老师的指导，文浩在设计磁悬浮数控激光切割机时，可以独自一人完成上千组代码的编程工作。

梁化冰老师是文浩的英语老师，也是三年高中的班主任。文浩常常要上国外网站搜索资料。英文资料的翻译工作，一般的可以由翻译软件完成；另有一些英文资料，文浩则会找梁老师帮忙翻译。梁老师知道文浩是一个特别有创造性的孩子，所以她尽可能为他提供宽松的科创环境，例如为他向学校申请免晚自修。更重要的是在心理上对文浩进行支持。因为文浩是个小红人，所以难免会遭到妒忌，文浩有烦恼都会找梁老师倾诉。在别的中学、一些大学向文浩伸出橄榄枝时，文浩都会与梁老师商量怎样处理。

"我一生只追求自己所爱，不拘束，无怨无悔。"说起未来的打算，文浩坚定地说。他对自己未来三十年的规划已经清清楚楚：眼前最重要的就是考上大学；10 年内，要创立一家咨询公司；30 年内自己的公司要进入世界创新 100 强，让人们直接或间接用他的发明。

科创蓝图已绘就，奋斗号角已吹响。我们期待着科创雏鹰，在漫长的科创之路上展翅高飞。

李莫兰作品

　　李莫兰，女，大学中文本科毕业，高中语文中级教师，现任教于湛江市坡头区第一中学。湛江市作协会员、坡头区作协会员、坡头区朗诵协会会员、华南师范大学本科师范生兼职导师。自小喜欢文学，喜欢用文字探索生命的美丽、世界的斑斓。文笔追求清新中的灵动、朴实中的绮丽。有近百篇（首）散文、诗歌作品散见于省、市级报刊及网络。

南调河的声音

幽静而神秘的南调河
静悄悄地横卧在杂草中
清澈的河水梳理着岁月
我静静地立在年轮的边缘
微风轻吻我的裙摆
浅浅的喧哗的浪花
在我眼角徜徉
我触摸到　涟漪的多情
触摸到模糊中清晰的故事

南调河
你如母亲般沉静
多少年
枕着你的臂弯安然入睡
与你喃喃耳语
扯出心中缠绵或坚硬的诗行
此刻　你名叫静谧
山百合含苞的洁净
微醺了我多日的寂寥

终于摘下口罩
融入群峰飞舞的春天
文字和音符哔啵作响
在波光涟漪里悄然起飞
如今　在你面前

坐在彼此的心跳里
我是酣睡的女婴
让目光与邈远的时光对接
静静地　聆听你的叮咛
顺便　听蛙声与虫鸣
听时光诉说缓慢的安详

是的　生之沙漏中
从来不缺乏侧耳细品的日子
有关南调河的声音
我也并不能听出更多

南调桥

多情的南调桥
静静地横卧在大海之上
日夜倾听流水的歌唱
任潮起潮落

立夏的风
在寂静的南调桥上驻足
抚过岁月的青苔
致敬苍茫辽阔的大海
我想　夏风已经
将梦想挂在桥头
唱着小夜曲　飞向远方
桥底温柔的海水
跳跃着亲吻桥桩
那是浪花的言语
水做的诗章
悠然入心　如烟如雾
那是岁月的涟漪
心中的浪花跌宕起伏
让纤细的身影去触摸
坚毅的彼岸

夜晚的南调桥满是柔情
渐行渐远的爱恋
淹没在水畔的回忆里
我的诗行　仅仅是
今夜南调河一缕波光

朝霞中这一地的芦花白

握住风中那一撮舞动的银白
走进秋日草色隐隐的田野
在指尖有音符跳动情意缠绵
远方是黑嘴鸥翅膀层叠
朝霞中这一地的芦花白

一圈年轮就这样画到了末端
只留下一缕洁白的思念
泪水打湿许多难眠的夜晚
记忆的窗棂闪烁着逆行与驰援
朝霞中这一地的芦花白

总有一个声音在耳边呼啸
总有一缕情丝在水底招摇
故事裹着时光渐行渐远
哪一个九月没有激荡的新潮
朝霞中这一地的芦花白

蒹葭苍苍是因为白露为霜
柔软的温暖离不开浅笑的朝阳
我的诗句是小儿的梦呓
你的名字是青春偶像的总纲
朝霞中这一地的芦花白

关于稻香

稻花过滤着阳光闪亮的光芒
充盈的稻穗摇动迷人的欢畅
其实我早已嗅到秋天的味道
台风刮不走碗里的新米清香

小路弯弯是故乡田野的项链
沉甸甸的心事悄悄埋进土壤
不必说话默默生根发芽抽穗
莲的声音足以让我涟漪荡漾

诗人海子说麦穗是他的妻子
诗人彭斯说高原有他的牛羊
多想让他们来琼州海峡看看
海岸线起伏婀娜蜿蜒的稻浪

大自然与你我心中都有金秋
富足二字是祖祖辈辈的希望
你说风中会有你的声音呼唤
我说你留下的记忆—陇金

睡在春天里

睡在春天里
一棵一棵开花的树
香满枝头
沁人心脾
仿佛整个春天种进
心田
储蓄了一冬的暖意
撒向大地　供养人间

睡在春天里
梳理打扮更新自己
捧一脸羞涩的爱慕
等一场春风
吹绿苍茫大地
吹红万缕霞光
温柔吻过脸庞
双眸微醺陶醉
在春风的
柔情蜜意里
心花已开
在真实与虚幻的自由中
含情脉脉的花蕾
露出笑脸
带着所有美好
安然绽放

在春风中灿烂
欢喜得泪流

睡在春天里
写不尽的诗情画意
氤氲成一缕遐想
飘过热闹的炽烈的春天
乘着心事的韵脚
品一杯淡淡的清茶
感悟深深浅浅的时光
吮吸着自己的惬意
刷新自己
在春的天堂里
迷醉

等晚霞也等你

夕阳里

静坐岸边

等晚霞也等你

一不留神

妖娆的晚霞

披着斑斓的锦衣

踏着舞步

像洒向人间的爱

红了天际

暖了黄昏

踮起脚尖

双掌合十

虔诚地仰望

这位向着太阳奔跑的使者

此刻

内心安详

真想扯一缕晚霞

装进我的心

与君共舞

美妙的时刻

情丝的浪漫涌上眉眼

透过阳光和风窥视你

聆听你的呢喃

我愿是你的眼

看透生命的五颜六色
迷醉在你的万种风情里
我和你的情怀随着一缕霞光飞翔
漫过大海　高山　草原
自由自在
青春　理想　憧憬
统统
剪影出生命的模样
幻化成一个你
亲爱的我想告诉你
你百毒不侵的样子
真可爱

来不及太多的抒怀
你便用时光
将自己掩埋
在深深的夜色中
我挥一挥手
留下我一脸幸福的孤独
明天我一样等晚霞也等你
你来吗？亲爱的

四月，你好

蔚蓝轻暖的四月天
漫步在校园运动场
微风穿过你的温柔
轻捧我盈盈的心事
呢喃的燕子成双飞
叫醒了一树新绿
木棉花已被时光
偷去了它的红
身旁青青草在风中
坚韧摇曳点燃那抹绿
轻轻抚平内心的喧哗
坐在岁月斑驳的老墙
我把四月芳菲藏心里
拿一本海子诗歌全集
在静谧的文字里
聆听温暖的诗行
尘世人我要为你祈福

此刻
我只想安静地守望时光
抓住阳光和风
抓住岁月的力量
书写生命的隽永与辽远
身后教室有我沉重的牵挂
不知道立夏能否复课
洗净泪花　静待琅琅书声

土地的守望

把灵魂挂上竹篱
把酒话青春
哪里有诗有远方有呼唤
哪里就有你

风中的芳香
一如既往地迷人
野花争艳
野草摇曳
稻田的海在等待起飞
纵然一切风都累了
斜倚在绿树薯花边
土里的守望依然坚实

蹲下　让纱巾摸抚泥土
裹进田野的气息
暖暖的　深深的时光
折叠着起起伏伏的回忆
往日不可追
田园是不间断的诗行
情怀如九月的黄昏
芬芳着你我与秋色

我轻轻地来了
徜徉　披一抹暖阳
叹息在露珠上闪亮
远处　站在枝头的小鸟
啾唧着光阴的故事

秋天的味道

秋天的味道在蝉鸣声中
在黄昏的书签里
在窗檐下风雨的呢喃中

斑驳游离的浮影装饰了天空
刷出悠长悠长的回忆
酸涩的流年是杯中的倒影
南国树叶飘了一地的寂寞
秋天的味道浅而又浅

是的，港城不记得秋色
艳阳依旧是保留节目
秋天出生的我
最爱在初秋的静夜
穿起那珍藏已久的碎花裙子
到公园　不为别的
只为染一袭秋草的淡香

一夜秋蝉为我提词
一园的风情尽我拥抱
秋天的色彩总有回甘
偷偷拣起每一枚落叶
都可以嗅出秋的味道

红土地上　秋天的味道

是催人顿悟的试剂
催发饱满　沉实
和喜鹊的双翼
以及平素不轻易吐出的情语

荷美乾塘

一万道阳光
是射给夏至的金箭
一万亩荷叶
在讴歌着六月的乾塘

乾塘的荷叶
从隋朝的洛阳
带着洛神的馨香漂来
乾塘的荷塘
曾经是抵御外敌的战场
如今　乾塘人的深情厚意
醉了整整一夏的温柔

一年两季的红芽藕
白得像婴儿的臂膊
酥脆如妹妹唤哥哥
莲藕镇是碧绿的别名
荷叶随风动
是裙裾的连缀

荷叶上的露珠
是惬意舞动生命音符
平平仄仄的涟漪
起伏新农村的诗韵
暗香浮动

淙淙耳语在流淌

来到乾塘
满眼的人间烟火味
荷风轻拂
轻揉绿肥红瘦的心事
是家乡的味道

夏日情怀

夏天，水碧天蓝
大地以绿的姿态存在
生命的绿轻盈着我的思绪

宁静在夏天的风里
默默感受时间的分量

静静躺在校园草坪上
注目那株在风中摇曳的
娇羞小草
空气弥漫着青草味
没有鲜花的芬芳
灵魂缠绕在
那一抹夏日的清凉
飘着扑面而来的希望
触动了我内心最深的温柔

教学楼灯火通明
唐诗宋词里
沉甸甸的光阴
正流淌着夏日的情怀
深情的文字　长长短短的诗行
折叠着夏荷的记

凤凰花

五月，凤凰花开了
安静地对着校道倾诉
默默地点燃幽静的校园
有谁能够明白
夏日的情怀滚烫还是清凉
只知道你即便落地
仍然是含苞的新鲜

凤凰花的诗心与诗行
包裹着青春
都是一瓣一瓣的
那是青葱岁月的絮语

凤凰花是五月的语言
用绿叶链接鲜红与黄晕
你的别名叫森之炎
缕缕阳光是波浪的琴弦
从马达加斯加飞来
你已经是岭南的凤凰

面对你我什么也不能说
像面对大海与睡莲
那些衔着一颗滚烫的心
敢于把生命
赤裸裸挂在枝头的
我除了赞叹还是赞叹——
凤凰花是五月的名片

又是木棉飘絮时

那天木棉树下驻足仰望
棉花糖般的棉铃晃动枝头
多情的耳语摇曳在风中
送来一树洁白的温柔

温柔原是心海的笑靥
唤醒所有的柔软时光
飘落的棉絮缠绕着草叶
满眼漫漶水做的思绪

思绪摸抚着我双颊
留下轻轻轻轻的指温
棉絮也如此解语知意
似久违的故人深拥无言

无言中自有呼唤轰鸣
木棉花也曾脱下过红装
心中的种子长成大树
春来秋去刷新了记忆

记忆与笑傲沉淀为故事
丰腴与坚韧是清晰的年轮
夏风会吹走沉重的呓语
留下那一颗柔软的春心

忆高考

操场上开满花一样的学子
于从容中紧张背书
我仿佛看到了当年
那个清晰又模糊的自己
年轮荡开了好多圈
高考面庞依旧
多少次从梦魇中醒来
没有答完的试卷
晃动揪心的空白……

想起潮湿的高考日
心还是会一阵颤抖
仿佛听见炙热空气里
时间刻在玻璃上的声音
和笔尖与答卷纸的摩擦

总有一些时间和地点
拔响心底轰鸣的琴弦
那是心口发烫的日子
梦想填满了我的行囊
笔下流淌廓大的情怀

笔记本已经发黄
录取通知会成为珍藏的旧物
但每年的高考日
都在明亮地提醒着
你　生命里有过高考的岁月

看 海

看海是要把自己看成海
纯洁的蔚蓝就是我心房
这一刻时间定格
空间定格
波光潋滟是你的目光期待定格
所有的呼吸聚集在你的港湾
聆听你绵绵密密的呐喊
读懂你那倾泻既久的秘密
当然还有无边的寂寥惆怅
我的大海
更想你为我洗去每天的尘埃
用澎湃的声音给我最细腻的温柔
我的大海
只有你使我疯狂中安静
在波动中泰然　澄明
我只想说
走过岁月的地老天荒
我的大海
请你用目光温暖那个穿白纱裙的女孩
如今　对视你的深蓝
繁华的大船满载喧嚣离去
黄昏落日　水随天去
我的心潮已是海的呻吟

刘彩英作品

　　刘彩英，女，笔名小采，广东湛江坡头镇人。中共党员，坡头区妇联兼职副主席。现任教于湛江市坡头区一中，高中英语中级教师，是广东省骨干教师、湛江市教育局教研室兼职教研员、湛江市黄雅苓名师工作室成员、坡头区首批名师工作室主持人。主持及参与多项省、市课题。湛江市作协会员、坡头区作协会员。有多篇散文、诗歌和论文发表在《湛江日报》《湛江文学》等报刊发表散文、诗歌、论文20余篇。创作和执导的13个校园话剧参加学校和区文艺演出均获好评。

回归野性

丹麦哲学家哥尔科加德说："野鸭或许能为人驯服，但一旦被人驯服，野鸭就失去了野性。"这，听起来似乎有惋惜的味道。

我们经常想着去改造一个人或者驯服一颗心，但最后也许发现其已失去原有韵味，然后失落之感油然而生。现实镇压了您，或者您驾驭了他人，结果，您变乖巧了或者他变规矩了，虽有意思但会倍感疲倦，过程我们或丢失自己，或毁掉对方，或磨掉我们原有的一分童真和狂野。人要进化成熟需时间和阵痛；人想返璞归真需历练和勇气。

2016 年 1 月 3 日，大雨滂沱，沉重的思绪连同沾水的头发似乎阻拦了我的明目，我突然想起一句话：头发，代表着主人的灵魂。或许我的灵魂需要沥干一下了。于是蓄了多年的长发在我坚毅的指令以及在理发师的果断剪刀下，瞬间变成了齐耳金色短发。而后，一袭牛仔套装披身，立即有了西部牛仔风格，虽没有奥黛丽·赫本那样出落得惊世骇俗，但这份接近剃发的勇气也足够在我的朋友圈砸起一点波澜了。大伙调侃：这野味十足的外表终于吻合您奔放狂妄的个性。

盯着镜中陌生而熟悉的自己，我似乎重见了久违的另一个我。是啊，剪断青丝何尝不是一种解脱？我本非典型闺阁裙钗，故给自己重添一丝须眉气质未尝不可。看着自己灿烂的笑容，我竟找不到被无奈现实蹂躏过的印记：

刚刚结束的 60 天里，那个医院的路灯记得我忘记疲惫但羸弱无助的身影，嗯，父亲病了；还好。

两天前，我一位温柔的小舅妈的芳魂最终还是留不住——听说那边的青山绿水喜欢她了。在殡仪馆瞻仰了她干枯的美丽，我的心连同脆弱的躯体一起决堤，此后大病一场——但我很愿意，大概我觉得生老病死的亲人值得活着的人用最深的悲痛去凭吊。她和我名字相仿，也是带着乡村女教师独有的气质，以前大家还玩笑我们的相似，多美好啊。她最终还是走了，带着病魔和我们无边的怀念与死神同归于尽，带着我们对疾病的畏惧远去了，因为她希望我们快乐……

老爸终于出院了，我虽没欢喜雀跃但也起码心石落地。人食五谷杂粮岂能一辈子无疾？人生无常，我们应心无旁骛地活着！卸下面具，放下盔甲，直视最真实的灵魂，寻找我行我素的自我，何尝不敢？

携上背囊，穿上皮靴，拎着鸭舌帽，顶着一头蓬松的短卷毛，我迫不及待地希望立即置身六公里外——那生我养我的载着我完整童年的村落，我心灵皈依的圣地。最关键是那里有我今生最爱的男人——我的父亲，我心灵疆域内最高的天。他的阳光笑容总能让我冰冷苍白的双手在人生的寒冬里逮到一个暖春。

"我回来啦！"回到村边的池塘，我就冲着不远的房子大喊，然后老妈就迎出来了，仿佛回到了我七八岁时。每次放学，还没回到院子就把书包一扔，然后用力地甩飞两只被砂砾烫得发热的塑料凉鞋。有一回我的鞋居然飞到了"五土龙神之位"旁边，老爸的手高高扬起然后轻轻停放在我的头发上，笑了："女王回来啦？"

"哼，爸！今天我和猪牙打架了，因为他不听我话，上课走过位和吃零食，我这班长肯定要教训他。如果下次他还躲在甘蔗林撒沙子给小朋友，我就毙了他！"然后，爸爸："阿妹儿，……"

看过父母双亲，我本可以打车的，但我还是想一个人走走。独步田野，是最浪漫的事。于是顶着如烟细雨出了村口，走在乡间小道上，我如重出樊笼的麻雀飞向满沾雨露的田埂上，太久没好好看看这荒芜过但也丰收过的田野，小时候的宽田埂已变窄，我爬过的那棵老树已倾斜在池塘边，我隐约看见那个坐在番薯沟里雕刻"萝卜观音像"的放牛女娃，我仿佛看见喜欢趴在稻草堆里捕捉蚱蜢的假小子……啊，这是一口井！我差点儿踩进一口被枯草遮住的水井里，太险了！我顿时热血沸腾，心扑通跳，全然不觉自己的皮靴已陷泥泞窝儿里，曾无所畏惧的那个年轻的我突然在我的精神世界里矗立起来了。

举目四望，田里一人都没，尽是被毛毛冬雨统治的画面。我心生歪念：偷菜回家种在阳台！于是就兴高采烈地拔了一棵大白菜，两株红萝卜，三束生葱，四撮花菜……好啦，我把它们轻轻地连同根茎和泥巴一起装进路上捡的一个袋子。心花怒放地，我在每个拔过菜的痕迹塞了一元纸币，心里默念对不起，但愿菜的主人骂我这个"野"孩子、这个"火秧"骂得轻一点儿。然后又采了一把叫不出名儿的野花野草塞进包包里，心生满满收获感同时也有一丝丝惆怅：我能移种这野生状态的花草果蔬，我移得走它们本该属于这野外的美吗？我该不该结束它们的野生或户外生存状态？

我想起了《小白狮》。一个小男孩和一个小白狮在英国南方庄园快乐地生活着，他和宠物感情极深。到了适龄上学的时候，父母决定偷偷帮他报名并送他去伦敦读书，然后试图拐卖他的小白狮到马戏团。小男孩忧心忡忡，半夜穿着睡衣，带上老爸的来福枪，领着小白狮到了荒野外，然后往回跑，希望甩掉狮子，可是他跑，白狮也跑；他停，白狮也停，于是小男孩朝它砸石子，可是无济于事，无奈，小男孩朝狮子头顶上空扣响了来福枪，撕心裂肺地哭喊着："Go！Be wild now！"（滚，回到荒野去！）这画面让我经常热泪盈眶：爱一个宠物就让它受宠于大自然所赋予它的雨露。

美国女生物学家珍·古道大学毕业时，为了在原生态的环境里研究猩猩的习性而放弃优越生活自愿到非洲森林里和猩猩家族居住生活几年，她说："您是没看过他们被锁在动物园铁栏后的无辜和可怜眼神……我一想到他们在铁笼里挣扎着要自由的样子，我就辗转反侧，彻夜难眠。"可见野性状态是动物生存最基本的需求。

杰克·伦敦的《野性的呼唤》（*The Call of the Wild*）里那只名为巴克的良犬历经了阿拉斯加州的寒冷，享受了英国大法官家的优越生活，经历了法国主人不同的待遇，几度被拐卖，几易主人、最终遍体鳞伤但还是听从回归野性、重返荒野的内心呼唤，最终重回森林。

前不久，我再次细细观看电影《燃情岁月》（*Legends of the Fall*），这是一部比《可可西里》《狼图腾》更能触人心弦的美国西部片，看完后我竟歇斯底里地失声痛哭着……我不知道为啥那么有共鸣，但若当您看到一个简单的故事成了一部史诗，当您发现一个看似是家庭和爱情的体裁却成了一个关于美国军事和政治的失落梦的缩影，你也会触动。若当您看到血性男主角崔斯汀在粗狂荒野快马驰骋的画面和他与兄弟们无奈地决裂的深沉场面；当您看到他为了保护脆弱的但又执意征战的弟弟而毫不犹豫血刃德军的残忍镜头；当您听见他内心的那头荒野的"大熊"被唤醒时；当您看见他那不可驯服的如深渊似大海的狂野眼神，您一定也会如我大哭，您一定也被震撼。我们为电影的大气苍然的画面质感震撼，我们会为泯灭的爱情和重拾的亲情而感叹，但我最震撼的一定是崔斯汀狂野不羁、皈依本质的灵魂。

至于代入感强弱，其实都是借口，也许哭泣是为我已被现实泯灭了的粗糙本性的事实悲鸣。混沌是多么珍贵的状态啊，在磨砺中我披上了成熟的外衣，却忘记好好安放最初的本我，那可是父母授之和护之的"璞玉"，那可是我儿时厌恶过、欢喜过的弥足珍贵的幼稚。

回到生活，本性和野性同样值得珍存。如今，新生代性别模糊的青少年，不少意志脆弱缺乏勇气的独生苗子，很多温文尔雅的后代，那些"暖男"或缺乏豪气的男儿……我们也许扼腕叹息：倘若当今多点血性教育和挫折教育那该多好！看着那些光着脚丫玩沙子的孩童以及那些摔倒即刻爬起呵呵大笑的小子，我心感欣慰。我们需要多些敢于登山爬树的毛猴小孩和敢于指点江山的少年，我们需要勇于挑战权威的倔强学子和路见不平一声吼的侠气英雄，我们需要登峰造极的高昂气度但我们也需要返璞归真、回归本质的接地气心态。

我们不懈追求文明，继续进化，逐渐完美；我们井然有序，我们掌握生存规则。当然，我们会变得小心翼翼，唯唯诺诺，老练成熟，事故圆滑……那我们是否可以允许自己培养属于内心的一丝血性呢？我们很守规矩的同时保持血气方刚的个性，这根本不是悖论。既然如此，我们一起寻回迷失的野性吧！

载 2016 年 1 月《海东文艺》刊

蓝丝带

"李小贝，你的信！"黄昏时分我挽着我心爱的 4/4 型小提琴，大步流星。刚跨进学校公寓大门时，和蔼的宿舍管理员陈姨就笑脸相迎，递给了我一封信并说："小姑娘，你真行！"这话似乎包含了很多层意思，这熟悉的画面每周都会上映。

我是一个来自广东某大学艺术学院音乐表演专业的大四女生，芳龄二十又二，即将毕业。别人说我"五官清秀、身段婉转但个性冷艳、心气极高"，加上多才多艺还年年稳夺一等奖学金，关键是我三年多以来拒绝校园恋爱，不曾风花雪月，这样一来我成了学校一朵奇葩。情信，自然是不少；当然，绯闻也多起来：她估计同性恋；她早出晚归的也许有个来自社会上层的男友；听说她爸爸是领导……唉，大学氛围有时确实过分民主自由，尤其女生们的话语总多了那么一丝愤懑失落的情绪。解释是最吃力的动作，于是我学会一笑置之。

路过走廊，再次感觉到毕业的味道，个别宿舍多了一些狼藉的行李。回到桌前，我如往常一样随手放好信件。信，不焚烧也不细读，就让所有诚意或非诚意的爱的表白都密封在这早已拥挤的抽屉里吧！咦，这信封怎么有点凹凸不平？不假思索，我拆开了信封，哟，里面装了三枚大小不一的白色净洁的贝壳，还附有一条蓝丝带！这看起来就像迪斯尼乐园里"黛西"的蝴蝶结。呵，幼稚的玩意儿。我定神一看，信上整齐有力地写着：想看湛江奥体中心夜色吗？本周六八点校门口见，不见不散，2015 年 5 月 2 日。我笑了：这有点儿意思。那里的夜景我早已在百度里搜索几次了但还没亲自看过呢！而且自从今年初当了湛江海洋博览会礼仪小姐后我对它多了几分惦念，这不，我又将成为省运会的志愿者呢！赶紧看来信人：林海?! 这人，隔壁班的一位男生，我连正眼都没瞧过，不过感觉淳朴。只听说他经常跑到奥体中心附近一棵大榕树下许愿，我想准是些早日告别单身的俗气的姻缘愿……看着那人挺可怜的，我去拯救一下他的价值观？自以为伟大了哈。难道我要赴约吗？

周末怎么就来了？晚上 7 点 45，我一身白色雪纺短袖网球套裙——懒得换，反正以最随意最伟大的心情赴约，仅仅为了奥体中心的梦幻夜色。8 点正，我一到校门口，那个傻人似乎早就在那儿了，只见他身穿蓝色球服焦虑地盯着手表。我咳了一声："嘿，久等。"他 45 度华丽转身，喜出望外："小贝，真的是你吗？"。我们需要走一小段路才到车站，林海似乎很激动，叽叽喳喳不停说着校园趣事的嗓音，伴着路上车轮摩擦着雨后路面的"沙沙"的声音，揉着柔和的微风，缭绕在左耳边，我没笑也没回应，心里只想着湛蓝的大海、象牙白的体育馆……倒是昏黄的街灯夺走了我的视线，只见几只飞蛾一厢情愿地紧紧贴在炙热的灯罩上，街灯把我们的身影拉着很长很长，把路人的孤独裁剪成一圈圈、一晕晕暗淡的夜色。

终于上了开往海东新区的公交车，路上我保持缄默。很快我们上了光彩熠熠的海湾大桥，我错觉成金门大桥呢！哇，那不是奥体中心吗？我记得白天的她如海贝，似彩羽，宛如晶莹圣洁的含珠贝壳含蓄娇滴，可此时的她仿佛摇身一变梦幻女神，披上一袭孔雀晚装，飘逸美艳、璀璨夺目。五光十色的 LED 景观灯不断游走，变化莫测，彩光跌落在摇曳的深邃海面上，散作满海的点点星光，让人赏心悦目。我的心跳得特别快：湛江真的好美！海东真的腾飞了！林海呢？脸色表情难以掩盖满满的成就感，他大约忙着在心里草稿上千字的表白台词吧，哼，我才不会喜欢这款"暖男"。

下了车，我们肩并肩缓缓走向这一座耀眼的城市新地标，一如虔诚的朝圣者走入了供人膜拜的圣地。走在宛如白日光照下的体育馆地面，尽情沐浴在高贵霓虹灯光芒中，我们有节奏感的脚步声为这诱人的夜晚增添了清新的韵脚，此时此刻人的心境亮了，感觉心中的秘密也将流露无遗。走到碗状的观望台，凭栏远眺，美景尽收眼底。林海终于清了清嗓子，我想：启动俗气老套的表白模式吧，反正我将无动于衷。"小贝，我知道你喜欢我很久了，但我很快要跟老爸回去湖南老家工作了，所以我给不了你幸福，所以我才一直不敢面对你默默的爱慕……"我一愣："什么?! 什么跟什么？"林海打断我："你先听我说……"。

我心塞啊！他继续说："我知道你很难接受，但有些事情我还是要面对，毕竟很快毕业了，我也很喜欢你但我不能……我爸爸就是湛江奥体中心施工单位中建八局的工程师之一，2011 年 9 月我跟随他来湛江读大学，我妈走得早所以就剩我爷俩相依为命，所以这项目完全竣工并顺利举办省运会后我就跟随他回老家就业，毕竟这些年背井离乡我连老妈的坟墓都只去看过一回……"

他哽咽一下，我向海湾大桥发誓：姐姐没暗恋过你！可我终究没说出口。林海说："小贝，我爸告诉我奥体中心的建筑理念就是'海之贝'，项目设计主题为'蓝飘带'，三馆串联如三片洁白的海螺悠扬栖落于沙滩上。也许你和大家一样看到的都是这建筑的辉煌，可是我看到的是爸爸和工友们挥洒的血汗，每次来找他，他如果不是汗流浃背地对着对讲机大吼些什么就是和队友们高高悬在钢铁架上，我爸就是我心目中的蜘蛛侠。"

我递给他一张纸巾，"小贝，我带你去一个地方。"我纵使有千言万语也只能无语了，我们来到了会馆外的一棵硕大的榕树下，"我爸爸在去年的台风中受伤住院了，我很担心他就常跑来这为他祈福，我把平安符埋在这树根下……当然，每当来着我就会想起爸爸说的'不能恋上湛江的姑娘，因为她们不会离开故土随你高飞'的叮嘱，我就会怀着对你的爱慕折成一条条蓝丝带打结在这棵树上……"一阵风吹过，我看见了成团的叶簇后面密密麻麻绑着一条一条蓝色绸带，我泪欲奔，"小贝，我记得大一时你借给我雨伞（雨伞？我那年轻的该死的善良，被这人误会了，呜呜），我记得去年你写的诗歌《海，我的眷恋》，我记得上周你对我淡淡的笑……正是你这些年的轻风淡云的爱驱走了我的孤独，让我恋上了这座海滨城市……"我百口难辩，但也舍不得再辩。静下心，放低我的孤高，随风摇曳的蓝丝带反而瞬间在我的视线中变成一个个蓝精灵。

如果误会能让你多一丝温暖，那么我宁愿一直被误会……

那晚我做了一个梦：奥体中心五环广场上，我身穿一袭洁白长裙迎风敲响钢琴，他身着笔直蓝色燕尾服拉着小提琴如醉伴奏……我们终究都是朋友，但画面很美。

我回了一封信他。"其实我常常夜归，那是因为我去琴行做兼职……其实我不是什么千金，只是个船长的闺女，我父亲也是一位扯船帆、掬劲风，风里来雨里去的海上英雄；其实我们的父亲都为这美丽的港城绘上了最自然的一抹彩！"

载 2015 年 6 月 17 日《湛江日报》百花 – 海东故事

荷　花

血气方刚的夏，将怒火四洒，今年 7 月的湛江干旱已久。欲清爽，寻"荷"处？翘首以待甘露的我们决定慕名而去——湛江市坡头区乾塘镇南寨村荷花观赏园。

路上，我轻抿干裂的唇，坐在遭烈日烤得炙热的车内，隐约听见不远的水井辘轳吱呀作响，被车碾过的枯草紧贴在尘埃氤氲的路面，而水牛正浸在路两边的泥潭里不断甩头……

突然，幽香扑鼻，碧色满目，车子止步不前，我方知"世外桃源"已至。推开车门，我如出樊笼的鸟儿奔向这一片绿洲，只见一望无垠的簇拥的绿荷上藏着点点粉蕾，可谓芙蓉半遮脸啊！哇，人的灵魂顿时解开纽扣，任绿叶和红花浸润着眼眸，让清香与荷色充斥着肺腑。此时此刻，仿佛这烈火，这干涸，这困乏……早已被这一地葱郁的荷塘温柔地镇压了。

我独坐于莲下感受着荷塘的清润，任淡淡的荷香瞬间地兑满了浓浓的记忆的醇，风吹乱了我的心，想念她的心潮开始澎湃了。

20 年前，我 8 岁，她 16 岁。那时的我被寄养在外公家，外公家就在鸡咀山某一村落，村里起码有 1/3 的住户是外公的家族成员，而我这个性情桀骜的小外甥女就成了一位到处串门儿找乐子的小霸王花。有一天清晨，我被爆竹声吵醒，揉着睡眼出门，我发现外公家后面一屋人家正在迎亲呢！只见一辆红色的摩托车缓缓开过来，后面载着一位化着淡妆的年轻新娘子，她粗眉大眼，高鼻小嘴，身材丰腴，披着及腰的那个年代潮流的粟米烫长发，就长得好像《精武门》里的陈真暗恋的日本女子——由美，我的心扑通地跳：长大后我如果有那么美就好了。后来听说这姑娘正是淳朴憨厚的邻居土良叔迎娶的媳妇，为湖南人氏，名叫何沁菱，可是村里人都只管她叫"喂"或者"捞妹"，这也许是因为她的名儿太复杂的缘故。

话说这姑娘干事可利索了：能磨豆腐会插秧，善绣花通烹饪，犁得好一亩亩田地，挑得动一筐筐莲藕，而且她的瓜子脸蛋除了挂着咸咸的汗水就是写着甜甜的微笑，怎教人不喜欢？土良叔叔真是娶了个好媳妇！可是土良叔不是已经35岁了吗？我暗生怜悯，俩月后听说这媳妇拒接"侍寝"，我又立即欢喜。

村民很快议论开了：唉，土良人好却娶了个没用的老婆，只能当花瓶摆设了；她说的普通话我们也听不懂，有时简直好像鸡和鸭讲；这土良，真是个糊涂虫，娶的媳妇连蛋都没下一个，还处处迁就她保护她……如是云云。

从此，这媳妇就深居简出，夜里还常有啜泣声，而且土良叔经常到硇洲出海，一去就是一个月，小时候的我不懂何为孤独，只知道傻傻趴在小窗户望着对面那个亮着枯黄灯光的房间。

我担心她有一天会变成隔壁大姐姐的语文书上的那个祥林嫂，精神崩溃到只懂嘴里念叨着"阿毛"；我更害怕她会憔悴消瘦成"圆规式"的女人。有一次我帮外公倒垃圾时，不经意瞅见她了，可是我一下子羞于用笨拙的普通话打招呼。我只深深记得当时看到她的脸蛋苍白而略有浮肿，眼神无采，犹如一团揉好的白面粉团上嵌着两颗黑炭圆珠，那时我潸然泪下。

一个大雨冲刷过的午后，我腋下夹着外婆那把大大的伞，穿着舅妈那件灰色的长装雨衣，左手擎着一株怒放的红荷花，小心翼翼走在高低不平的荷田埂上放牛，粗壮的水牛嚼着水草的声音，伴着雨后青蛙呱呱的叫声以及我自个儿轻哼着《抓泥鳅》的调子，成了这夏日不错的韵律。忽然，一阵急促的自行车铃声从田野对面的拐弯处响起，一位身着红色上衣的中年人骑车飞奔而过，我牵着的水牛受了惊吓拔腿想跑，它拽动绳子用力一扯，我"啪"的一声整个儿滚在了荷田内。荷梗折断划过我的脸颊，我的腿淹没在这黏稠的泥巴里，雨伞呢？不见了，牛还继续乱窜着，沉重的雨衣被污泥紧紧吸住让我动弹不得，我"哇"地大哭……

这时，刚好有个人挑着担子走过，只见她马上丢下箩筐向我冲过来，噢，是她！她一只脚踩进泥泞中，一边用力扯我上来，帮我脱了雨衣冲洗干净，找回雨伞，还驯服了那头倔强的大水牛并把绳子交与我，我迎风打了个寒颤，然后我们对视笑了：她真的好美，一如身边随风摇曳的荷花。

接下来，我敢主动去她的屋子找她了，她说的每句温和的湖南方言在幼小的我听来都如音乐般美妙。我常常跟着她去干活，我就坐着田埂上看着她挖莲藕；下雨的时候我们把荷叶当斗笠；她用墨绿的莲叶煮出香喷喷的米饭；她教我采莲蓬并学会含食莲子以消暑；她陪我去捕捉荷叶上乱飞舞的蜻蜓；最刺激的是她带着我去偷摘她自个儿家长得最大的荷花……我更加喜欢她了，我决定叫她"荷花婶"（后来得知她确有一个乳名为何花）。每次在田野里嬉戏，我们的笑声都会久久回响在山岭里，但我发现她的眉宇总是紧皱：也许她是个有故事的人。

有一天，她突然捎来纸和笔，过来外公家找我说要一起写一封信。我使出浑身解数、绞尽脑汁，把自己在学前班和上学前学会的所有字再加上荷花婶记得的汉字拼成一句句有意义的话，终于凑成了一封不算长的信。从信中内容，我隐约得知荷花婶只读到初一，家里唯一的弟弟双眼失明，爸妈无奈让她辍学南下打工，结果弟弟还是意外地走了，接下来的洪灾也冲走了她的家，父母也听说失踪了，后来她不得不落脚在广东，经介绍嫁给土良叔，这两年来家里杳无音信。如今从老乡口中得知她父母尚在，她马上写信给二老并希望回家和他们团聚，但她又害怕辜负一直待她好的"丈夫"。

不小心了解了信的内容，快乐的我开始烦恼了：如果我帮她逃婚，也许她能找回属于自己真正的温暖，可是土良叔没了媳妇了，我也成了罪人；如果我留住她，我会拥有一个大朋友，可是她也许不会真正快乐，我照样成了背叛自己灵魂的罪人。我决定告诉外公，毕竟外公是退休了的村书记。外公听后默默想办法。

自从荷花池救我一事传开，村里人重新对荷花婶有了好感。可是不久，村里居然有位据说会掐算命运的神婆传言：村里有个姓何的女人有一天定会害死村里所有的男丁。唉，这是多么愚昧荒谬的事情！善良的村里人虽不信，但对荷花婶还是心存芥蒂，多了一分提防。

那年的冬日特别干燥，一天下午，村里的五保户七公家突然着火了！原来是七公正在哄他领养的儿子睡觉，他手上的烟斗燃着蚊帐了而他自个儿也打盹了。只见熊熊大火夹着浓浓的熏烟在这个原本破烂的茅屋上缭绕着，村里的男女老少蜂拥扑火，舀水挑水，气氛特紧张。怎么办，小孩还在床上熟睡呢！只见荷花扔下喷桶，跑向火堆里。不一会，她抱着小孩并领着七公，从大火和烟雾中冒出来了！七公感激流涕。可是他抽泣着："没了，没了，我的传家宝，床底……"荷花婶又"嗖"的一声再度冲进火房子内，我害怕了，不断扯住外公的衣角。

半个小时过去了，没见她回来，叫声也没人回答，我旁边有人祈祷了，那个该死的神婆更是跪地开始哼起如挽歌般的咒语。我开始大哭了："荷花，荷花婶！快救她出来！"土良叔也不知道啥时赶回来，见状马上准备冲进去的时候，有一个黑乎乎的人走出来了：是她！是她！我跑去抱着她痛哭。可是她微弱地说道："找到了，找到了！"说完就晕倒了。她的被火熏黑和烤裂了皮的手紧握住七公那个传了几代的镇家之宝：一个瓷罐子内装一个坐在莲花座上的观音菩萨。

后来外公把故事说开了，征得土良叔的同意，在村民的帮助下，荷花坐上了开往湖南的列车……16 年前，我收过她的一封信：她回家后在湘潭荷花观赏园做解说员，信封里附了她的一张近照，只见她泛舟于荷塘上，神采飞扬，一如"竹喧归浣女，莲动下渔舟"的画面。

一阵风吹过撩乱了我的头发，我回神过来：哦，我居然坐在荷塘边，一个蜻蜓正栖息在我的肩膀上呢！其实哪里的荷花都一样美，也许哪里都有如"荷花"一样美的人。你看，我眼前的一朵朵含苞欲放的嫩荷仿佛正向我诉说着一个个关于思念的美丽故事，也许其中一个故事为：《荷花深处有人家，人家心上有荷花》。

载于 2015 年 8 月 4 日《湛江日报》

寻一方"人间四月天"

听说，如来的智慧在于他丰硕肥大的耳垂，卧龙的妙算在于他摇曳的羽扇，那吾等凡人呢？

"怀才就好像怀孕，时间越久越觉得肚子里面有东西。"若是男人怀才呢？岂不是肚子长膘才算学富五车、满腹经纶就拿"怀才"和怀孕相比，是否觉得女子怀才更"辣眼睛"呢？这恐怕不无道理。故，今天我一个无才的女愤青想思考一下关于女子的才与情。

关于才。

女子无才便是德，在现实中女子若要德才双馨，难上加难。据说多进厨房，少出厅堂的，把柴米油盐酱醋茶运筹得游刃有余的，能将几粒米煮成饭的巧妇们，她们的家大多是六畜兴旺万事兴。也许吧！而那些认为"女儿志在四方，男儿志在厨房"，琴棋书画样样精通的，把白米煮成生饭的才女们，她们的巢是否就一定鸡犬不宁？艺术和生活有矛盾吗？

吾等女汉子拒绝"三从四德"束缚，可骨子里却早被打上了宿命论烙印，如觉得有义务保护弟弟，甘心繁衍后代，肯做贤内助一样。我当属此类。譬如，如果最近参加了一些文艺活动，就狠下心踏踏实实做一个好母亲，完完全全地扎进生活中，学种菜，做早餐，送儿上学……有一天上班后，穿着一身很旧的宽松的衣服去市场买肉，一边拎着猪骨，一边扯住裤子，生怕裤兜里的手机太重，呵呵，捉襟见肘啊，反正蓬头垢后一副窘态。这时，一个女朋友神采奕奕地走过来："哇，你好时尚啊！我怎么觉得你天天打扮得那么有气质？"我笑笑："我……我，对啊对啊！""听说你天天五指不沾阳春水的，都不用干活和带小孩的，天天负责文艺范儿，我好可怜哟在家当保姆，你好幸福啊！"我想，那你看过我宰鸡杀鸭和"磨刀霍霍向猪羊"的样子吗？有时忙碌得晕头转向后，马上淡定地无死角抹上淡妆出门去看画展——生活本该如此，你不许活得不可一生，但也不能妄自菲薄。

可见，很多职业女性本身有埋怨情绪，放松了又有愧疚心，这就是根深蒂固的封建礼数对女性的一种非常不公平的无形约束，我们再怎么挣扎也不过是参天大树上的一片小叶子，随着树干枝条摇摆呢！很多礼数的画外音就是：你是女人，你就得待在家带小孩斟茶倒水，且最好别作声，别发光芒，那你家男人就有前途了，这难道不是恰恰显示出那男人不够自信吗？

曾有文这样定位已婚女人职责：上孝公婆，中和妯娌，下教子女，此为本分也；女人高声，男人无为；女人不柔，家财不旺；女人强势，家道中落……事实上，女人，可为人之妻，亦可为国之母。女人肯定心不甘啊，要不然印度也不会出现一波又一波的女性维权运动，中国也不会出现女人终于翻身当家作主的历史话题了。希腊的早期运动会就有这样的规定：奴隶、女人无权参加和观看。这和种族歧视的早年美国的餐厅外写着的"No negros（黑人）! No Animal（动物）!"一样那么的戏谑和耻辱，半边天也不过是一个说法。

早段时间，看完《芈月传》和《锦绣未央》后，我在朋友圈表示无奈。女人，心多强都不过一个弱女子，自古的强女子大多出生陷险，从小尝尽艰辛，成长波折，有点儿才干但常不为人认可，而后战胜逆境，历经苦涩，终得一些甜果，然自己也快折腾得快枯萎了，身后却落得一个"命硬"的宿命说法。我的祖母就如这般，一辈子认为"女子应万般皆下品唯有读书高"的她半世风华多才，下半生却奔波寡欢、郁结于胸而最终81岁时含憾而逝。又如甄嬛和芈月等角色一样，她们想保护的人都先于她离开，因此被谴曰：煞星。

我身边的一些较为强悍能干、才华出众的女神级别的人物，大部分的她们要不在围城内踽踽无助，要不就是已经和丈夫分道扬镳。人家怎容得下您一个弱女子居然运筹帷幄、驰骋江山呢？人家既喜欢你风姿卓绝、羞花闭月，又怕你倾国倾城、风头过盛，于是乎人家由一个居家"好男人"到老羞成怒、离家出走，悬崖不勒马……回想最初，是他鼓励她大胆出去创业的呢！

有能力的女子都被称为女汉子或者被赞"她说话掷地有声，办事雷厉风行真像一个男人那么有魄力"，然被惋惜道"可惜是女流之辈"或"若生为男身"，如是云云。看来，女人最终超越男人的计划还是输了，你多有能耐都只能是"她真 man，真像霸气女总裁，巾帼不让须眉啊"！君不见，杨绛、冰心等功成名就时才有被尊称为先生，女士也是个"士"啊！唐朝杜牧曾在木兰庙留下一首缅怀诗，其中"弯弓征战作男儿，梦里曾经与画眉"体现坚强盔甲下其实是柔弱女子一个，也体现了不管多么英姿飒爽也许都比不过壮丁。稍微古老一点的英语谚语大都用男人一词泛指人类和人，如 He who laughs last laughs best.（谁笑到最后笑得最好）和 A man must die.（人生自古谁无死）这两句话展现了赤裸裸的重男轻女的语言现象。

当然，也有不少同时拥有生活和诗的成功女性。主外又主内的模范媳妇数不胜数。我所认识的湛江女书画家和女企业家当中，就不乏家庭和谐的、丈夫有为的、自己事业成功的、子女出息孝顺的、艺术造诣高、才华横溢的而且健康的快乐时尚女性，我崇拜她们，膜拜她们能创造全盛的人生局面。当然，我们有时能欣赏到别人在镁光灯下的光环和笑容，却窥视不到她们在曲终人散，观众退去后的落寞和痛楚，做人尚且这般难那般难，做有财又有才的女人又何尝容易呢？回首历史，不少有钱有权的帝王或官宦，他们可能三妻六妾，可能把公主当和亲的棋子，可能把名媛当炫耀的附属品。真庆幸我们生活在一个开明的年代，不过仍然有很多有才女性，终于熬出头了，可是她们却经常面临婚姻破产，情感泯灭、心灵孤独，甚至一辈子都活在曾经失败情感经历的阴影和怪圈里难以解脱。所以我揣着沉重的心情看看这个和女人离不开的字——情。

关于情。

那天，一个微信群的群主分享了一个链接：关于一些很漂亮的花可能会有微毒如夹竹桃、夜来香。然后一个男生@群主点评道："我都说越漂亮的花越有毒咯，和那些女的没啥区别！"我一看，头冒火焰了。他在补刀："历史上说的红颜祸水假不了。"居然好几个男士也在瞎起哄。我就说：和尚庙招生联系方法，我有，谁要？他们就嬉皮笑脸说："天下唯女子难养也"！我回击："可是本宫给机会你会养我了吗？"老娘的脸色小厮得看！新龙门客栈的女掌柜你懂吗？分分钟姐为刀姐你为叉烧。玩笑是一回事，有些尊严是不可挑衅的！但确实有不少为情所困的，身陷感情囹圄的女性。都说"英雄，爱江山更爱美人但难过美人关"，就没听过"小二，给翠花我上菜，跪安！"的。

还是说回我喜欢的那部电影《燃情岁月》，男主角崔斯汀为了保护兄弟，果断陪同打仗，但他却容不得他爱上的女人成为弟弟的枕边人，这就是人性的自私性，情义不能两全。电影有几处宿命的责怪女人的台词从一位酋长口中说出：若说他们三兄弟的情凝结成了一块结实大石，那么她就是一颗水珠。上校坚持她留至春天再走，他该让她走的，她像似石头中结了冰的水，把石头分开了，这不是她的错，也不是冰的错，但石头终究是分裂了……我在想：这是怪女人为祸水还是说女人的情感影响不容小觑？可惜，最后这个女人再怎么忠贞再怎么理智最终也精神破产，走上自毁之路。

对于女人的执着和纠结的情感，我想到了墨西哥的著名女画家弗里达。2002年威尼斯电影节以好莱坞摄制的传记片《弗里达》作为开幕片，将墨西哥女画家弗里达·卡罗（1907－1954）定格为一道永恒的风景。Frieda 的励志故事总能在我最绝望的时候给我力量。去年清明前后，我生了一回小病，自己一个人躺在病房里非常低落无助的情况下，外面天黑了，下着滂沱大雨，电视刚好重播了弗里达的纪实黑白电影，我一下触景伤情放声痛哭，任雨声紧紧笼罩和淹没哭声。

2016年9月，我和几位来自西欧和北美的美术家朋友面对面聊起Frieda，来自墨西哥的Henri非常激动，他说这是他们民族的女神并很诧异我居然了解她的故事。于是我们讨论着：她思想前卫，她的美丽让无数人倾倒，她和主流思想不同，选择信仰共产主义，但是她的激烈而性感的人生使成为一个很有争议性的女画家。Frieda是混血儿，相貌迷人，6岁得右腿小儿麻痹症但天性活泼，爱恶作剧，在中学时和男生组成一个惹是生非的团队，并捉弄了正在学校礼堂画壁画的著名的墨西哥壁画家，称他为胖子并用东西砸他，后来他爱上了她并成为她的丈夫。18岁的Frieda在公交上刚站起来让座给老人时，遭遇了严重车祸致脊椎等11处骨折、肩膀脱臼，医生说她彻底失去了生育能力并可能会死。但是她的生存意志让她活过来了并躺在床上学画，这成为她日后终身的职业。后来，她奇迹般康复了，可以走路了，他和那位壁画家历经了相爱、浪漫、争吵、不忠、离婚、冷战和复婚这样的剧烈人生，她全身心爱并为爱改变自己却遭丈夫公然的感情背叛，这是一种巨大的情感落差，她曾用作品画出她的丈夫并写道："我的生命中遭遇两次巨大的灾难，一次是被车撞了，另一次是遇见我的丈夫"。可见，情，福祸相倚也，情，既成就了女性的幸福也会牵绊女人一生。

有个西班牙的朋友在回国前用蹩脚的普通话对我说："加油！你好好学习，天天向上，你要争取做Phyllis Lin！"我笑了，心里想：你知道个啥，林徽因是你想做就做的吗？你有梁启超做家公吗？你出国留学多年精通多国语言吗？你会写诗吗？你能设计国徽和人民纪念碑吗？没有，没有，没有！所以你别做绝世美人，就做简单的自己。

林徽因曾说过："真讨厌，什么美人、美人，好像女人没有什么事可做似的，我还有很多事要做呢！"在她看来，仅以美人来看待一个女人，是对女性的轻视。对林徽因的生命历程来说，美妙的情感和姣好的面容只是一些不足称道的东西。林徽因患顽疾，抗战期间颠沛流离，她依然和梁思成一路风餐露宿、翻山越岭，考察测绘了200多处古建筑，身体羸弱的她有时亲自爬上长梯测量。至于徐志摩和金岳城的爱恋也仅仅说明林徽因的魅力，情感这玩意儿不是能定论对错的。

末了，各位男人，请记得对母亲、媳妇、女儿好点儿，因为你的母亲创造了你的生命，哺育你成人；你的媳妇给了你完整的家，做了你坚强的后盾，给予你自信——要不然，人家林志炫还那么渴望地找个人告别单身？你的女儿传承了你的好基因并成为你的小棉袄。各位女孩和女人，如果要保持才情，我们就要拥有自己的晴朗天，记得：你是你自己的"人间四月天"！赠你一诗（山寨版处女作）。

你是人间四月天
我说你是人间的四月天；
阳光拭干了青苔阶；
爽朗
在春的和煦中倾泻着暖。

你是四月里的霏露，
清晨摇曳叶的翠；
珠子
在跳跃着亮，翡玉撒落在胸前。

那淡，那清雅，
你是
圣洁橄榄的花环你戴着，

你是纯情，冷艳，
你是夜穹的星辰。

冰封着那株古朴，你像；
灿烂擎起雪的白，你是；
惊艳无暇

柔风拂醒了你曾泪葬过的莲蓬。

你是一簇一簇的缤纷，
是鹅在湖面相濡，——你是光，是爱，
是永远，你是你自己的人间四月天！

载于 2017 年 4 月《海东文艺》

有闯劲的麻斜人

麻斜，一说此名来自古越语，为海边村之意，但并无考证。

对于麻斜，很多人自以为耳熟能详的地名，却不曾探究其深厚的历史，不想象其曾经浓重革命色彩的氛围，也不知其名竟有如此诗意的出处：南宋末年进士，皇上亲选之翰林，雷州刺史张氏始祖张苍显在择麻斜为其安居的风水宝地时所曰"麻生而斜，此地可称麻斜"，灵感取自"在东南海风中，摇曳的蓖麻枝杆向着西北方向倾斜，勃然盛长着的画面"。

我对麻斜的印象，大都来自儿时父亲的讲述，对麻斜人的印记则来自自己时常的接触。隐约记得父亲说麻斜人有如上海人，精明能干，大多熟谙水性，果敢强韧，通多地语言。

听说，麻斜街道办在册人口是 4500 多人，迁到城市居住人口有 4000 多人。我一直对麻斜人的超前发展的意识和敢于走向外界拓展业务的胆识由衷钦佩。

时隔廿载，我再度拜访麻斜。穿过美丽新农村如林的楼房，路的尽头便是有着 700 年历史的麻斜渡口。从竹排到轮渡，她乘载了多少麻斜人和湛江其他地方启航奔赴海湾两岸。古渡口，任岁月的浪潮冲刷，仍保持亘古不变的淡定朴素。青阶古巷，斑驳砖墙，沧桑的罗侯王庙，休闲特色的占卜店，宏大的白色渡轮，跃于惊涛上的飞艇，依旧的涛声……

多想沉迷在这温暖的海风吹拂中，多想静静地看着这有着童年记忆的港口，采风一行便催前行了。一刻钟后，我有幸参观了麻斜名人张明西的故居"师爷楼"及湛江市最美的村庄新屋仔村，观赏了张明西侄儿张永明先生斥资建设的麻斜新屋仔村艺园和休闲公园。

这儿树木葱郁，曲径通幽，凉爽静谧，杜鹃正艳……目不暇接的小景观，而我却早已被张明西先生的事迹深深地震撼了。出于对法语的极大兴趣，我一下子就捕捉到了相关字眼：张明西，于清光绪二十五年（1899）在法国人在麻斜开办的安碧沙罗学校应考被录取并学习四年业满，成为广州湾第一批法语的本地人才，是当时的法语翻译官，当上法租界政府雇员——师爷，真是一个天资聪慧且语言天赋很高的麻斜人！

我不由得想起今年 4 月我跟着广州湾研究会主要负责人夫妇会见了一位于 1940 出生于广州湾的法国人让·马克（Jean Marc）的情景。马克的父亲是曾在湛行医的法国军医，马克曾任法国劳工部监察长，在他的身份证地址栏写着 Fort Bayard（广州湾）。怀着对湛江深切的歉意和深厚的感情，让·马克常回来湛江看看。我当时作为临时的业余的翻译，却只能用着蹩脚的法语和还算流利英语战战兢兢地协助交流，后来说着说着，就全靠英文来翻译了，幸亏马克的夫人英语非常好。汗流浃背的我深切感受到自己法文基础的薄弱，同时听说迄今为止湛江的法语翻译很稀有，而早在久远的历史里的张明西先生已是法语资深的翻译家！我不禁万分惊叹于他的不凡才干。

如果，张西明先生仅仅是一位有语言才干的人，那么也许只是一位文化人，但是他除了有朴素的爱国思想，还走上了实业救国道路，积极发展民族工业。根据史料，他和当时坡头镇博立乡的许爱周和陈学谈是至交，促进了他进一步拓展创业，他在赤坎区办了广州湾第一家大布厂，满足国人需求，声誉较好。而且，张西明还在抗日战争期间，积极投身抗日救亡运动，创办了湛江市第一所完全小学"麻斜小学"，依托学校组织各种活动，并和爱国将领张炎联手御敌。在张炎遇害后协助和接济张炎旧部和家人乔装打扮，躲过敌人搜查，秘密逃出广州湾至香港。因此，张西明先生既是一名精通法语的才子，又是一名赤诚的爱国公民，更是一位驰骋商界的巨子。张先生还是一位有胆识有智谋的战士和将领，他的事迹是一则流芳和隽永的感人爱国故事。

也许因为我对麻斜人的印记有点儿先入为主，但是确实很多的麻斜人身上流淌着英雄的血液。甚至在我所接触和交往的知己或朋友中，也常常让我感受到他们的热忱和敢闯的劲头！

我高中上铺女孩张冰冰，身高一米七，爽朗大气，英语流利，活像个帅气大男孩。她在湛江完成大学学业，但志向却在千里之外，如今已经在一家大型的外国合资公司里当主管和翻译，在大都市买了豪宅。她时常在微信中告诉我们她到美国和德国的出差经历。她的弟弟张飞，15 年前在给我的印象并不是豹头环眼、燕颔虎须和声若巨雷，但温文尔雅的他也是身长八尺，有着势如奔马的活力，广东工业大学毕业后在穗高就并开了若干店铺，我打心眼佩服他的闯劲。

读初一的时候，我经常在一个女朋友家玩甚至过夜，她的母亲开了一个很大的饲养场，每天起早摸黑地在地里劳作，白天开着辆高高的摩托车搭着很多鸡鸭去集市卖，晚上回来还能熬很好的人参汤给我俩喝。我很感动，问我父亲为何这位阿姨如此能干；答：因为她是麻斜的……这，未免有点儿冲动的结论，但是我认可了。更让我仰慕的是我的女神也姓张，麻斜人，一家姐弟五位均是20世纪70年代的上海交大和广东外语外贸大学等名校的毕业生，其俩儿也分别在清华大学本硕连读和在麻省理工攻读研究生。我坚定认为她一家的出类拔萃是由于他们有闯劲和坚持不懈的努力。

此时此刻，我仿佛看到墨绿色的麻斜海上一艘船只漂在海上。它们的主人凭着一个马达，一杆帆，一盏灯，一把桨，一股劲，一颗胆……他们与船合一，在水天相接的海上，畅顺水，破逆水，遇劲潮，躲惊涛，避骇浪……麻斜人，善战敢闯，壮哉！

——载 2018 年《湛江日报》麻斜特刊

那碗打翻的竹米饭

2020年居家抗疫期间，丈夫全副武装出了一趟小区扛回一堆家里寄来的储粮，他边喷洒酒精边递给我一个塑料瓶，说："我妈给你的！你肯定没见过。"我说："竹子米啊！"他说："你咋知道？"看着这细长的褐色米粒，凝望着这包裹着神秘感的棕色粮食，我的思绪飞回约三十年前……

那年我6岁，隐约记得一个天气炎热的清晨，我坐在院子石凳上无精打采地看门外，卖菜肉的路过会叫一声我母亲，看着面黄肌瘦的我说："这次手术好伤，本来她就骨瘦嶙峋了……"然后母亲从厨房应："唉，没办法！""这个娃子先天不足又挑食，刚刚阑尾炎开刀回来……"她的话被"哐哐"的锅勺声和灶炉的"噗呲"声淹没了。说真的，每天听着类似怜悯的说辞，我莫名觉得烦躁。母亲端着一碗热腾腾的汤和米饭放在石桌上，脸上如珠汗滴。看见白米饭上掺着一些貌似芝麻的谷粒，我嘟囔着："这是什么饭？我不要吃！"这时，一只大公鸡从侧方跃上石桌，一扑动翅膀，汤被打翻了，米饭碗也在石桌上打了个旋儿，从边沿掉下地上了，碗摔破了！母亲从厨房跑出来说："这是熬了两个时辰的参汤！这可是'新禾米'饭加了外婆囤的最后一把竹米，专门煮给你压惊的！你……你……"母亲一气之下，打了我一耳光，这是第一次被父母打，我大哭起来，看着落在沙砾上的饭团，煮熟的褐色米粒仿佛是母亲疲倦脸颊上的黄褐斑，似乎是外婆那个黑色的挨饿的年代的缩影。

母亲边收拾破碗边说："你这家伙不懂珍惜，你喝西北风了这下！"

我的哭声越来越弱，院子门外的摩托车声却越来越大，表哥来了！神色匆匆急促地说："大姑，奶奶脑溢血了！昏迷了……"母亲手中的碗片"哐"的一声掉地了，母亲强忍住泪去看外婆了……我颤抖着捡起碎碗块，反复嘀咕着："妈妈对不起，外婆对不起……"外婆再也没醒过来，我看到每天下午推着自行车沉重地走进院子的母亲，她浮肿的双眼写着不安。两个月后外婆走了……我不再敢撒娇，我打翻的不是碗，是一份关于家庭的从前的安宁，摔碎的是外婆对竹米的珍惜以及对我的慈爱。

　　而我从此对竹米有点儿好奇。很巧也很不幸，那一年村里外几层稠密竹林从墨绿色几昼夜间就变成了枯黄，如沙画家随手涂鸦，任性地将绿色涂成黄色。萧瑟的风吹拂着村庄普遍的萧条，祖母紧皱眉头，孩子们却在婶娘的带领下热火朝天地往地上找竹米。我跟着姐姐坐在竹林下筛着沉甸甸的竹米，我咬开一颗，真的是褐色的米耶！祖母告诉我，古有凤凰"非梧桐不栖，非竹实不食"的传说，大家才对竹米神往，竹米在饥饿的旧社会救过不少穷人，事实上是竹子生命枯竭换来的粮食，要 50 多年才有竹子开花结米的现象。那一刻我对竹米有着敬畏之心，同时学会了尊重能让人填饱肚子的食物，尤其是谷物。

　　有了那碗打翻的竹米饭的童年印记，我懂得勤劳耕耘的道理。我喜欢坐在田埂上看母亲干活，问："为啥以前爷爷让插七株才行？为何你现在说不能插超过两株？为啥要竖个稻草人在田野……"读书后，我把乘法口诀的纸张塞在雨伞里的支架里，边拔秧苗边背诵；父母不在家，打电话交代何时施肥、除草、杀虫……我俨然成了两亩地的小农田管家。最难忘的是全家在金灿灿的稻浪里埋头割稻的情景，我喜欢在稻田里割出弯曲的"地道"，那久违的蚱蜢，那些田鼠洞，那些稻秆吹出的肥皂泡，那脱粒机的嗡嗡声，那自带口哨的风声……一切印记汇成最真的童年；黏住雨鞋的稻田，打滚过的干枯稻苗堆，吹乱发型的淘气狂风……业已成了泛黄的少年记忆活页。

　　捧着自己参与耕种和收获的白花花米饭，我们一下子吃个精光，舔个光盘，只要饭桌上掉下饭粒，都会遭到祖母狠狠用筷子敲打手指。每次都是弟弟被打，惹得集体翻白眼。初中军训时，大伙问一位女生为何那么胖？她自信地说："自从学会了'粒粒皆辛苦'！"大家捧腹大笑，可我却笑不出因为我不敢忘记自己骑车载着稻谷去脱壳时，回来路上遇雷雨，脱外套盖着大米急速踏车，眯着眼睛在大雨中边流泪边冲刺的情景。

　　如今我们生活在盛世，粮食富足，似乎大家不再担忧温饱问题，糟蹋粮食的问题触目惊心。前几天袁隆平爷爷 90 岁生日时对记者说，"虽不可能再有因缺粮饿死人的场景出现，但中国 14 亿人口粮食是不够吃的，至少大豆是要进口，现国家有钱买粮食，倘若人家一卡你那就麻烦了，要饿肚子，这是一个大问题。"所以习主席才一再叮嘱人民"手中有粮，心中不慌"。

　　可是农业从不风调雨顺，而 2020 年全球多灾多难：千亿蝗虫所到之处寸草不生；沙漠蝗虫或威胁边境；草地贪夜蛾让农作物面临巨大挑战；自然灾难如旱灾、台风、沙尘暴、洪灾、暴雨、冰雹等让庄稼饱受摧残。禽流感、猪瘟、饲料上涨、肉价上涨……一切就像多米诺骨牌牵一发而动全身，所以 14 亿人吃饭的问题没想象那么简单！中国没出现大饥荒但我们岂能高枕无忧？遗憾的是：

我国每年在餐桌上的浪费的粮食高达 500 亿千克，相当于 2 亿中国人一年的口粮。

因此，我曾因为儿子拒绝吃干净饭碗还在那儿哭闹，用力扇他一耳光，对此我不曾懊悔，当然他从那时起不再敢吃饭剩饭渣；同时，我不曾生气母亲那一记响亮的耳光以及非常感恩那一碗打翻的竹米饭。

——广东省"节约粮食、光盘行动"主题征文

同一个屋檐下

人生如同旅行，而最美的下雨天是我与你同在一屋檐下。雨停了，风歇了，各自散开，又匆忙上路，因为它是一次美丽的邂逅。

可是，从什么时候起，屋檐早已成为相处的桎梏？

日前，我的一个向来个性独立的朋友在微信上问候我："好久不见，你还是那么拼命三娘？不过真的羡慕你还不要二娃，可以比较关注自我。"我回答："心在哪儿，成就在哪儿。你好好经营家庭，你看，家里其乐融融的多好！"她回复："你有所不知，我每一刻都想离婚，我嫁了个隐形人，同一个屋檐下而已。"我翻开了一下她的微信的个性签名：夫妻本是同林鸟，大难临头各自飞。我内心真不是个滋味。她的婚姻那可是门当户对，而且是轰动一时的婚礼现场。也许，诗人舒婷说得对，无论多豪华的婚礼都不代表幸福，婚姻两个人终生相处，和睦与否和筵席几桌和多少首饰全无关联。我怔住了：他们以前手牵手散步的相处状态一直是我仰慕的模样啊。我赶紧安慰道："和他促膝而谈吧！"她说："你不知道世界上有一种比离婚还痛苦的悲哀，莫过于没得谈，无话说，死一般的冷暴力，我就当自己嫁给了个舍友……"

这……我突然想起我的另一个同学说她和她丈夫都是内向型的，所以以前生活的交流只有饭桌上碗盘瓢羹碰撞声以及嚼菜之声。无独有偶，平时在饭桌上，我叽叽喳喳兴奋地告诉家里人我的趣闻和学生的幽默，他还不是一声不吭？然后喷一句："我给你20元，你出去吃饭，不要吵我。"每当这时，我就确信我嫁了一颗花岗岩大石头。我的高中老师日前说起，去年她和我去提的新车回来又开了一年多了，她先生还没见过她的车。我在想，这还不是一样？我家那个"粗糙男"每次在阳台晾衣服都指着我经常穿的衣裙，问我："这究竟是谁的衣服？是不是楼上飞下来的？"我都懒得回答了。看来，融洽的婚姻都是千姿百态的，不幸的冷色调生活都是高度相似。

诚然，围在城里的人想逃出来，城外的人想冲进去，对婚姻也罢，职业也罢，（游戏也罢），人生的愿望大都如此。但是从那起，"同一个屋檐下"，这个词组让我重视起来了，它可不是什么"同一片蓝天下"那么豁达。

　　婚姻可以维持各自心理秩序，没必要都一一汇报和解释，也不应该到干涉对方和标榜隶属关系，但是也许需要一些不按常规的趣味。前晚，我骑着个小毛驴准备飞奔到奥体桥头公园打太极，因为老师和"闺蜜"早就在那儿候着我了。可是想着没带开水不行，就先到灯塔路附近的士多店里，拿了个景田矿泉水，结果里面货架旁冒出了个家伙，吼我一声："哼，你来干吗？"天哪，这不是我长期的死对头吗？原来我丈夫送小孩在附近打球，他也过来买水和零食。我回答一句："你管我！"然后他就排队在收银台后了，我就也站在他的后面，这时收银台一个女服务员说："先生，让后面那个小姑娘先买单吧！因为她只买一瓶水……"小姑娘？这……我赶紧解释："没有，没有，我儿子10岁了。"服务员继续加台词："天哪，我真的以为你是高中生。"此时，作为青中年妇女的我，礼貌而不失尴尬地微笑，心里却油然升起一种骄傲的感觉，而我前面杵在原地的丈夫，他的耳根和古铜色的大脸马上泛起红晕——那个尴尬，仿佛捉襟见肘时狭路相逢混得风生水起的前女友。毕竟，在生活中他可不少踩我："你以为你真的很年轻，人家赞你是说你幼稚欠成熟的扑朔迷离眼神，潜台词是说你不淡定处事的姿态……你贵庚了？都奔四了，还在这儿天真？"如是云云。我哈哈大笑："不用了，让他先买单，这，F哥，你请我一瓶矿泉水吧！多谢了。"就甩一甩衣袖，摇摆着我飘逸的太极服坐上了小毛驴上，随着浪漫的晚风继续赶路，我的身体犹如口风琴，风掠过吹出了"嘚瑟之曲"，想象着我丈夫平时的立场和观点不攻自破的倒戈画面。

　　但是话说回头，永葆童心的青中年女性也是不少在生活中碰撞过头破血流的。我就不止一次因为观点不合发火而半途下车打的回家的；也不止一次设置我丈夫的微信和电话为黑名单；……相爱相杀，冤家对头。我就常常在想，倘若不是我家钢铁直男惹我生气，我也许更加童真；当然，倘若不是他次次厚脸皮做好饭后，来一句："你还吃不吃的？"，估计我可以冷战到永恒。但是生活这样下去也不是办法，尤其对孩子，让步是很有必要的，多点想想好女不和男斗的观点，我们就释然了。

　　昨天中午，我丈夫觉得前面对不起我，午饭时突然特别客气说话，我说："少给我废话！"我的儿子说："妈妈，这是增进感情的好机会，别抹杀了。"我说："嗯，你别理大人的事情。"后来中午，我闭门睡午觉，有些人觉得自己做错事了，不敢叫我，就使唤我儿子说："你去叫老妈吃饭，我得罪她了。"儿子回答道："你们两个人的事情自己解决吧！小孩不方便插手……"说完，他继续扒饭。所以，一个小孩都懂得的主动沟通的道理，我们大人没理由拒绝谈判和妥协，因为在同一个屋檐下，低头不见抬头见啊。《独身女人》里就说过："我也想清楚了，婚姻根本就是那么一回事，在恋爱的轰动三到五年之后也就烟消云散，下班后大家扭开电视一起看长篇连续剧，人生是这样的。"我就想，能一起看电视都算好的了。

爱不应该一方过分卑微，在生活和学问上，我们可以谦卑地低到尘埃，但是在人生际遇里也要永远保持高贵的灵魂。十年婚姻里，我经历过最激烈的一次矛盾，2011年冬月，我因为排话剧需要晚归，答应家里人六点准时回家吃饭，六点多他打电话我刚想接，结果没电，七点多回到家，才知道我一岁的儿子发烧了，我先生抱着他……我刚想问候和解释，我丈夫就把我亲手做的话剧道具——天使的翅膀，扔出了门外。他咆哮道："你以什么身份排节目？……"一连串的质问，我无从回答，可是我能听到心碎成片儿掉到冰冷地板的声音。

毁掉我的作品和挖苦我的资格，这已侵犯我的底线。于是，我尽量保持平静地说："请您移步出去拿回我的道具放回原位，否则婚姻止步于今晚。"在家的父母还觉得我不得理还不饶人，但是我丈夫愣着一下，默默出门捡回来，再嘀咕着继续批评我。我一把抱过儿子，出门并自己打的士带儿子去了医院。医生说体温太高恐怕要吊点滴，那会我看到医生从哭啼的儿子那粉嫩可爱的脸蛋上圆圆的头上找对一根血管，果断地扎了一针，这是儿子人生的第一次感冒发烧和扎针啊，我的心就像被锥子用力戳了一下，眼泪如断了线的珠链，砸在儿子的头顶扎针处一旁。医生说："哇，美女，你好能干哦，自己带娃。"嗯，我温和而谦逊地笑了。

那会，我想起《真水无香》里的"生活中许多小事，看起来不足为道，所造成的痛苦折磨，旁人体会不到。好比在极隆重的场合里，穿着一双夹脚的高跟鞋，每走一步都是走在刀锋上，心里抽搐，脸上仍要敷着一层厚厚的笑容"。如今，想来，"女本柔弱，为母则刚"用在年轻母亲身上最贴切不过。

如今平静忆来，我的心里还是会响起最近火热的电视剧《三十而已》的主题曲《座位》的治愈系旋律——别气馁/是我最大的安慰/卑微还是高贵/都要带着懊悔继续飞/我是我的堡垒/没人能摧毁/爱会是我最体面的捍卫。所以爱自己和爱自己的孩子，你就是自己的堡垒，无人能摧毁。

可是婚姻里的爱究竟还剩余多少，有多少同床异梦，同一个屋檐下的？网络就不少公布空壳婚姻的数据以及不少夫妻约好等送孩子上大学时，回来路上就去了民政局分道扬镳，但是我宁愿相信婚姻里的爱护和爱情，毕竟相濡以沫，朝夕厮守。人非草木，岂能无情？上周我去妇幼保健院，挂号排队体检时一边拨着手机屏幕，我察觉前面的病号坐在凳子有点儿不同，从她回答问题和肢体反应来看，一直耷拉着脑袋，似乎神志不是很清晰。这时，医生对着我说："你，你帮个忙，你带她下去交款和取药。"我快速回答："没问题。"结果这个病号站起来，手向空气试探着方向，想拿回就诊的病历卡，原来她是失明的。

我顾不上想太多，牵着她的手臂，一起出了门口，这时，有一个年轻的男子从门旁铁凳上缓缓起来，说："看完了？"咦，我才意识到他也是盲人，而他们正是夫妻，我的心脏绷得紧紧的，不敢放松，说："这样，我们现在要从三楼下去一楼，您扶着您夫人的手臂，我带路并扶着您夫人，明白吗？到了楼梯转角我提醒你们。"也许是默契，不需要对视和眼神交流，他们异口同声地回答好。此时，我感觉自己突然变身女侠，我走路得稳重，我不能玩手机，我得指令清晰告诉他们转角在哪里。我左手帮忙拿着这位30出头的女士的检查单，上面清晰写着："已产4孩，半年前产双胞胎，深度宫颈炎症……"我眼泪在眼眶里打转：如果一个女人，根本就不曾见过自己的男人的英俊面孔和血气方刚的体魄，自己的如玉容颜和优雅身段也不被对方看见，而她还愿意为他生很多很多的孩子，尽管自己的身体早就损坏或凋零，在所不惜，那么这是不是真爱？爱情的本质是不是根本就和风花雪月或者沉鱼落雁没有任何关系，夫妻的感情是不是只需要两颗还能跳动的心脏和两具有灵犀的灵魂就够了？

今天在视频号上我刷到了一个感触自己的视频：一个毕业于加拿大皇家音乐学院，曾是该学校音乐表演学院的教授，26岁生下独女，其妻女于1998年因交通事故而死于安大略省102号公路，随后他放弃事业工作和正常生活，开始了流浪之路。视频中，头发蓬松的他如同一个疯子在路边一个公用钢琴上弹下自创的思念乐曲，他投入地弹着破旧钢琴，如同他历经沧桑后剩下的破败之心——吾爱已逝，从此漂泊半生，只愿天涯处处，汝影相随！看完，我感触颇深，我敢肯定有一天当我芳魂出窍，化作尘埃时，我的家人也会伤心欲绝。姑且这么想着，就觉得他值得继续作为男一号活在我的连续大剧了，直至剧终。

婚姻里的斗争也许就不曾被消灭过。我在公交上目睹了两位头顶白雪的老夫妇在公交上发生口角，吵的内容是在昌大昌下车还是鑫海下车？一时争执不下，老奶奶就提前一站下车了，隔着玻璃我看着她持着拐杖步履蹒跚，但坚决地挪着步伐，而继续乘车的似乎觉得司空见惯的老爷爷拿着贝雷帽，从鼻孔里发出一种胜利的无奈声："哼，我看你能走得多远！"车上的人挺有共鸣也无从安慰，这就是"爱到老，斗到底"，直到时间深处，战争都不曾泯灭。

作家柏杨说过："为了爱情的继续，婚姻的美满，妻子固然要取悦丈夫，丈夫也要取悦妻子……"学会理解和取悦伴侣，就等于给婚姻的银行充值储蓄，让婚姻有足够的实力，熬过人生的风暴，也挨得过生活的平淡。这样，也许遇上突发天气，我们就是同在一个屋檐下躲风避雨的浪漫男女主角，我们将风衣当伞，奔跑于大雨中，全身湿透而全然不顾，因为暖在心间。

　　——2020 年载于《湛江文学》

鲤鱼岭上木棉红 \ LIYU LING SHANG MU MIAN HONG ……… 刘彩英作品

为酒痴狂

空樽在手
葡萄初酿
故事配陈酒
旧友约今宵
举杯独酌无味
邀君共斟苦泪与绵愁

朗月独悬
街灯茕立
眼神渐热炙
内心仍冰封
但请甘霖满上
一同品尝见底的豪爽

猜拳手腕
比画着这都市惆怅
呢喃酒语
控诉着这心路坎坷
恨金风柔雨尚未相逢
惜玉山早已自倒烟海岸

踉跄中
你我邂逅了屈原失落的背影
朦胧中
你我跌进了李白狂妄的酒吟

恍惚中
你我闻见了曹家墓前杜康的醇馨

任凭　头重脚轻
执意　一醉酩酊
没有暴跳如雷
唯恳觥筹莫停
不惧千杯或伤身
唯恐小饮未怡情

若我他朝流浪异乡
盼你为我遥寄浊贤一坛
只愿
梦里与你共谱《酒狂》一曲
但求
醒来拥有亘古不变的流水高山

载 2016 年 2 月《海东文艺》

吴卢明作品

　　吴卢明，男，1972年10月出生，麻章区湖光人，中共党员。中国小说学会会员，湛江市作家协会会员，湛江市红土诗社会员，湛江市坡头区作家协会副主席兼秘书长。现任全国大型文学期刊《江山文学》旗下的《丁香文学》编辑。作品散见于《中国文学》《时代文学》《小小说选刊》《湛江文学》《湛江日报》《湛江晚报》等刊物。

走过冬天

2013 年，一场意料不到的事情，差点儿就把我击垮了。

回望那段暗淡绝望的日子，我依然能感觉到彻骨的寒意。

那一段岁月，是我生命里的冬天！每个日子，都充满着肃杀和冰冷。看不见一丁点的希望，也感觉不到一丁点的温暖。

足足三个月，我躺在医院的病床上，除了看针水一点一滴流进自己的血管里之外，就是看邻床的患者一个一个抬进来，又一个一个抬出去。

每天早上，我一睁开眼睛，泪水就会不由自主地往外涌。一种生命无法承受的绝望，紧紧萦绕在我的心头。

入院的时候是秋天，出院的时候，却已经是寒冬。室外的温度只有八九度，这对于南方来说，已经是少有的寒冷了。

当我缓步走出住院大楼的时候，一阵冰冷刺骨的风迎面扑来，我一连打了好几个寒噤。

终于回到地面了，脚踏实地的感觉真好啊！我忽然间有了一种恍如隔世的错觉！

抬头仰望天空，只看见一轮无精打采的冬阳挂在树梢顶上！

地面湿漉漉的，铺着一层落叶，那是昨晚下了一场冬雨的缘故。我可以想象到，这些落叶离开枝头的瞬间，它们曾经有过怎样的不舍和疼痛！

回到家里，我不得不再次面对无比残酷的现实。此刻，我的心里百感交集。那一瞬间，酸甜苦辣，一起涌上心头！

人生啊，总是这样的。他曾经给过你无尽的荣耀，也会在不经意之间，把你狠狠地摔得头破血流。

太阳缓缓地向西方落下，天边挂着绯红的晚霞。我一个人呆呆地坐在家门口，默默地凝望着门前不远处的荷塘。

这个时候，已经看不到那些艳丽的荷花，也闻不到诱人的芳香。塘面上，尽是枯枝败叶。唯有一支支褐色的茎蔓，孤独地立在污浊的水面上。

世事无常啊！我不禁想道。譬如这荷花，她们曾经美丽过，绽放过。而如今，却只剩下这些衰败的烂叶，凄凉地浮在水面上。

冬季，多么可怕啊！它以一种无可阻挡的威力，摧残着一切。不给你理由，不让你辩解，不管你是生气，还是委屈，都要面对它无情的摧残和凌辱！

我不禁想到了著名的作家史铁生。他，曾经微笑着，走过生命的冬天。

1972 年，史铁生不幸双腿瘫痪，后来又身患尿毒症，需要通过靠透析来维持生命。

可以说，命运对史铁生是非常残酷的！每周 3 次透析，1000 次针刺，这是一种怎样的痛苦啊！

然而，史铁生却用笔超越了生命的困境，写出了《我遥远的清平湾》《我与地坛》《病隙碎笔》《务虚笔记》《命若琴弦》等大量优秀的作品。他的坚忍，他的乐观，曾经无数次让我感动得热泪盈眶！

"死是一个必然会降临的节日。"史铁生微笑着说。在那段痛苦的岁月里，病痛一次又一次敲击着他的心灵，而他却总是咬着牙，在痛苦中挣扎，挣扎，再挣扎。

那是一种常人无法领略的痛楚，那是一种贯穿心灵的折磨。然而，他却一声不响地，默默忍受着。

透过史铁生那些朴素的文字，我可以轻易地感受到，那苍凉底色下汩汩滚落的热流。

我曾经在书上看见过史铁生坐在轮椅上的微笑，他的笑容充满着从容和乐观。我想，这可能是世界上最美丽的微笑了！这微笑告诉我：冬天，其实并不可怕。苦难，对于坚强的人来说，只是一种磨炼……

夜幕降临了，冬天的夜晚显得无比寂静。月光如流水般的倾泻在地上，清冷清冷的。

凝望着冷寂的夜空，我想到了司马迁的《报任安书》：西伯拘而演《周易》；仲尼厄而作《春秋》；屈原放逐，乃赋《离骚》；左丘失明，厥有《国语》；孙子膑脚，《兵法》修列；不韦迁蜀，世传《吕览》；韩非囚秦，《说难》《孤愤》；《诗》三百篇，大抵圣贤发愤之所为作也。

是啊，在人的一生当中，冬天是不可避免的。司马迁能够用如椽之笔，撰成有"史家之绝唱，无韵之离骚"美称的《史记》，却依然无法避免遭受宫刑的命运。值得庆幸的是，他最终咬着牙挺过来了。

所以说，面对苦难，只有两种结果：一是你把苦难打败，二是苦难把你打败。在勇气和苦难的搏击中，不是因为沉沦而万劫不复，就是因为奋发而流芳百世！

　　走过冬天，走过苦难，走过无尽的恐惧、痛苦和绝望，我发现自己好像一只蚕蛹，已经在不知不觉中完成了化茧成蝶的过程，拥有了彩色的双翅和飞翔的能力。

　　可以想象得到，一旦到了阳光明媚、春暖花开的时候，这双彩色的翅膀，必将会在飞过草地，飞过树林，飞过天空，变成一道亮丽的风景！

雪化的声音

大学生罗明到西藏支教已经半年了。他来的时候是秋天，现在已是隆冬。

高原的冰雪夹着寒风呼啸而至，一切都在静默中战栗！天空灰蒙蒙的，严寒使群山和原野变得十分荒凉，往日的金黄、葱绿已荡然无存。

躺在冰冷的木板床上，听着屋外风雪的声音，罗明感到无比孤独。在这风雪交加的寒夜里，他的思绪回到了四年前，回到了那段令他刻骨铭心的初恋。

那是一个秋高气爽、阳光明媚的好日子，罗明终于成为一个大学生了！他背着行囊，带着满身的风尘来到了省城的京华大学门口。望着雄伟壮观的大学门口，他的心里充满了无限的感慨。能来到这里上学可真不容易啊！跨进了这所著名的大学意味着什么呢？意味着这个农村孩子将退去泥土的臭味，告别父辈那种面朝黄土背朝天的困苦生活。这怎么能不令他感到激动和喜悦呢？

秋天真好！蔚蓝的天空上飘浮着明净的白云！校道两旁被修剪得整整齐齐的绿篱和鲜花充满了温情，似乎在欢迎这位远道而来的学子。在这里，他将度过四年美好的时光，他将光荣地成为这里的主人，和绿茵茵的草坪一样，成为大学里的一员。

作为一个贫苦的农村孩子，罗明十分珍惜读书的机会，他总是利用一切可以利用的时间学习。一个学年过去，他就取得了学校的优等奖学金。

一天傍晚，罗明踩着满地的落花漫步在校园里。一年了，他还没有真正欣赏过学校的景色呢！在夕阳的余晖下，只见绿草如茵，曲径通幽，假山喷泉，小桥流水。大学的校园真美啊！

罗明来到了美丽的西溪河。这是一条十分清澈的小河！河水缓慢地流淌着，静静地从校园里穿过，两岸葱绿柔软的水草和凤凰树把倒影投入清凌凌的河水里，满河都是晃动的翠绿。

在西溪河畔的一块大石头上，罗明看见了同班的女同学白梅。白梅穿着一条粉红色的连衣裙，头上扎着马尾巴，她的脖颈稍胖，肩膀浑圆，白皙的瓜子脸上荡漾着灿烂的微笑。

两个人坐在大石头上攀谈起来，罗明惊异地发现，他和白梅在思想上共通的地方很多。他们愉快地交谈！谈到了人生、文学、音乐，谈到了司汤达的《红与黑》，也谈到了路遥的《平凡的世界》……

快乐的时间总是短暂的！在不知不觉中，月亮已升得老高老高。可两个年轻人依然谈兴正浓，不愿离去。皎洁的月亮把银辉静静地洒在大地上，白梅沐浴着银色的月光，浑身散发着圣洁。呵，原来，女人竟可以是这样美丽！

透过领口的缝隙，罗明看到了白梅的脖子和肩胛交接的地方，那光洁的肌肤让罗明感到向往。凝望着这美丽的人儿，他觉得心跳加剧，一种从未有过的幸福感充满了心胸……

夜深了，他们才恋恋不舍地回去。在女宿舍楼下的阴影里，他们轻轻地握手道别，千言万语尽在不言中……

爱情是美妙的，她是两颗心灵互相撞击产生的火花！她的到来竟是如此的突然！

这一夜，罗明失眠了。他梦到自己和白梅手牵手漫步在一片灿烂的花海里……

自从有了那次美妙的邂逅，罗明和白梅的关系开始微妙起来。他们见面时总是不自觉地脸红，彼此对视的目光充满了热切。罗明知道自己已经无可救药地堕入了爱河！

此后，每个星期六的晚上，罗明都会去西溪河畔。而在那块多情的大石头上，亲爱的白梅同学早已经等在那里。夜深人静的时候，还可以听见他们的歌声，那是一首流行的网络歌曲，名字叫《白狐》：我是一只修行千年的白狐，千年修行千年孤独。夜深人静时可有人听见我在哭，灯火阑珊处可有人看见我跳舞……

凄美的音乐讲述的是一个凄美的爱情故事：一只修行千年的白狐为了报恩，化作一个美丽的女子默默地陪着书生寒窗苦读，最后在书生金榜题名，洞房花烛的时候黯然离去……

望着月光下的人儿，罗明痴痴地想：白梅会不会也是一只报恩的白狐呢？

时间如流水一样潺潺流去。转眼间，毕业的日子不可避免地来到了。关于毕业后的去向，两个人早已经商量好：他们将一起去西藏支教，从事光荣的教育事业。他们曾不止一次地憧憬婚后宁静而幸福的生活。为了能和白梅一起实现支教的理想，罗明甚至拒绝了留校的安排。

当一切都变成定局的时候，罗明心里感到十分满意。因为不久，他就可以和心爱的人儿一起工作，一起生活了。这是多么值得高兴的事儿呀！

　　毕业晚会快要结束的时候，真是一个伤感的时刻！一切都沉浸在依依惜别之中，女同学抱在一起哭成了泪人，每个人眼里都蓄满了泪水。是啊。怎能不伤感呢？今晚，同学们还相聚在一起，可明天呢？明天他们将各奔东西，有的也许一辈子也无法再次相逢！

　　毕业晚会结束后，罗明和白梅一起到校园里散步。在绿色的草坪上，几簇鹅黄的菊花静静地把头靠在一起，美丽的夹竹桃把粉红的花蕊藏在狭长的叶子中间。他们坐在树影下的长凳上，白梅像一只柔顺的小猫依偎在罗明的怀里。两个人含情脉脉地彼此对视着，千言万语尽在不言中。

　　不知过了多久，白梅抬起头痛苦地说："罗明，对不起。我不能去支教了。我爸爸在省城的报社为我找到了工作。我爱你，可我不能违背爸爸的意愿。如果，如果你当时不拒绝留校，那该多好啊！可现在，一切都晚了！我们分手吧！我这样自私，请你恨我吧！"

　　白梅是什么时候离开的，罗明不知道！因为白梅的话就像一颗惊雷，炸得他两眼发黑！这是真的吗？亲爱的白梅背叛了自己的诺言，他们的爱情走到了尽头！一股巨大的痛苦包围着罗明，他脸色苍白，静静地呆坐在草坪上。

　　天色渐渐昏暗下来，月亮悄悄地躲进云缝里，一场暴风雨在雷声中倾泻而下。

　　这个痛苦的人儿就这样静静地坐着，坐着，好像暴风雨中的一座大理石塑像……

　　夜深了，高原的冬夜特别寂静。窗外，风雪已经停止，罗明的回忆也停止了。他打开窗户，一股强劲的寒气迎面扑来，他看见：苍茫大地上，白雪皑皑，银装素裹。东方的天空现出了鱼肚白！

　　罗明的忧郁一扫而空，对教育事业的热爱占据了他的心灵。他仿佛听见了一种声音，那是雪化的声音。这声音充满希望！

怀念一头牛

离开故乡三十多年，在异地他乡漂泊无依，我尝尽了一个游子的辛酸和无奈。午夜梦回，在故乡渐行渐远的物事当中，我经常怀念一头老水牛！怀念它的勤劳，怀念它的安详，还怀念它那晶莹的泪水。

那时候我13岁，跟随父母住在克初岭的一个农场里。老牛是农场分给我们家的耕牛。

初见老牛的时候，它在安详地吃着青草，嘴巴一张一合，吃得很慢，却有滋有味。一副志得意满的样子！我好奇地摸了一摸老牛，它也毫不在意。那模样，真像一位慈祥和蔼的老人！

我清楚地记得，那天晚上的月亮又大又圆，皎洁的银光铺满大地。我把吃饱的老牛拉进了它的新居。这是一间通风良好，地板干净的瓦屋！

夜深了，老牛还瞪着大大的眼睛，默默地注视着自己的新居。那牛眼，如同碧空一般湛蓝！

皎洁的月光透窗而入，轻轻地泻在地板上。忽然，我看见牛眼里流出了两颗澄澈如波、温润似玉的泪珠。

从这两颗泪珠里，我读懂了老牛的温情、纯洁和善良。它的感情竟然如此的细腻！一间简陋的牛屋，几把嫩绿的青草就让它感动得一塌糊涂。

穷人的孩子早当家。在双休日里，我们兄妹四人都分配了农活。而我的任务就是放牛。

早上，当我把它牵出牛栏的时候，它温顺得像一个女人。我先把它拉到后山的水库里喝水，然后再骑着它，沿着山谷的小溪一路走到6号山。

6号山是一个天然的牧场。在一大片葱郁的树林旁边，是方圆几百亩的绿草地。那里的草又长又嫩，是牛的最爱。望着绿油油的草地，老牛喷着响鼻，一双牛眼忽闪忽闪的，发着亮光！

把牛绳丢在地上，让它自己吃草，我便惬意地躺在草丛上看书。累了就仰望天上的白云，饿了就到处采摘山果吃。

这是一段无忧无虑的童年！在这段时间里，我丝毫没有现在的孩子那样多的作业和烦恼。陪伴我的是 6 号山的青草绿树，天空中的朵朵白云，还有一头温顺的老牛！

中午，牛吃饱了，我们就一起回家。在牛屋里，老牛静静地躺在地板上，一脸的安详，它的嘴巴依然在咀嚼，在回味！那双牛眼晶莹而湿润，好像那里蓄着一泓清泉。

六月终于到了，老牛最辛苦的时候也随之来临。早稻收割结束，老牛就要拉着沉重的牛车，把粮食运回家里。

每次都是父亲驾车，我跟在车后。牛车在崎岖的山道上缓缓而行，老牛粗重的呼吸声清晰可辨！

一天十几个来回，道路漫长而坎坷，老牛总是一声不吭，默默地忍受，似乎它生下来就是为了拉那沉重的车。

晚上，我把鲜嫩的青草倒在老牛的面前，我突然发现，老牛的一双眼睛又黑又亮，那是世界上最美的眼睛！上天竟然把生命的灵气全部集中在这里！

在我注视下，老牛默默地吃着青草，它的大眼睛里滚出一颗颗晶莹、硕大的眼泪，然后串成一行行，顺着腮边刷刷地流淌而下。它似乎在感激我！

熬到农忙结束，老牛终于可以安闲下来。收割后的大地仿佛被剥光了衣服，袒露着伤痕累累的肌肤。这时候，老牛病了。它病恹恹地躺在牛屋里，连草也不吃。

到了冬天，它终于一病不起，连站立都无法做到！

冬日的残阳透过窗子，斜照在这头历尽艰辛的老牛身上。它默默地躺在牛屋里，静静地等待着生命的终点！

我悄悄走进牛屋，默默地把青草倒在地上。听到我的脚步声，老牛抬起头来，四目相对，人和牛都是泪眼婆娑。

我轻轻地抚着牛背，忆起我们相伴走过的日子，伤心的泪水忍不住奔涌而出……

当天晚上，天气骤冷，寒流笼罩着整个大地！天空中，不断有凄风苦雨飘过。

第二天早晨，老牛死了！它的头无力地垂在地上，尾巴变得又硬又直。在它的腮边，还挂着泪痕，地下潮湿了一大块……

在我那悲怆的回忆中，午夜悄悄地过去。我抬头一望，月亮已经过了中天。望着这皎洁的明月，我想起了我的老牛，它的泪滴硕大，晶莹，似乎蕴藏着千言万语……

凤凰花开

大学校园里，绿草如茵，繁花似锦。牛毛般飘洒的春雨，把凤凰树的枝叶洗刷得碧绿。风中飞舞的燕子，双双呢喃着从校后的西溪河畔掠过。

那年春天，云和军刚好十九岁。

在灿烂如火的凤凰树下，他们相遇相知，相爱相恋。在如诗如画的西溪河畔，他们品读唐诗宋词，畅谈人生理想。在铺满落叶的校道上，他们携手漫步，互诉衷肠，相约今生天长地久，今世此情不变。

可天意弄人，有情人难成眷属。大学毕业后，云留校任教，军却以一个青年志愿者的身份奔赴一个边远的农村支教。分手后很长一段时间，云才收到军的一封信，说那里山高水远，生活艰苦，交通闭塞。

三年后，云评上了讲师，分配了住房。可是军还是渺无音信。云怎么也想不明白，军怎么能忘记她的款款深情？军怎么能如此长时间扎根在边远的农村？

三年时间不短，一千多个日夜的思念如春天的野草在云的心头疯长。其间有不少俊男才子曾闯入过云的生活，在云的心头激起一阵阵涟漪。可她一想到军，所有的诱惑都变为虚有。可怜的云啊，苦苦地守望着那份爱，那份承诺，那份无期的相思。

军终于来信了。那天天气阴沉，乌云满天。

"我在农村已结婚，一切安好！"字写得有气无力，信里只有一句残酷无情的话。阅后，云的心里一片黑暗。三年的守盼换来的竟然是这样一个结果！老天爷啊，为什么这样残酷？

寂静的夜里，失魂落魄的云漫无目的地踽踽独行。在朦胧的夜色下，美丽的西溪河水流悠悠，依旧在校后潺潺流过。小河的水依然清澈，岸边的花草依然葱茏。可物是人非，就连原野的虫鸣似乎也充满了伤感。

漫步在铺满落叶的校道上，徘徊在灿烂如火的凤凰树旁，云落泪了。满脑子挥之不去的是军爽朗的笑声和俊秀的脸容。

带着满腔的爱恨与不解，云决定去找军，她要讨回当初的海誓山盟。几经周折，云终于来到了军任教的那所希望小学。

到这里，云才知道，为了保护几十个学生，军在山泥倾泻的时候，用双肩顶住了倒塌的教室门。在生死存亡的时刻，他把生的希望让给学生，却把死的结果留给了自己……

为了不让云伤心，军在临终前挣扎着写了一封绝情的信。可怜的军啊，直到生命的最后一刻，仍在呼唤着云的名字！他，是带着对云深深的遗憾和眷恋死去的。

跟随着几个学生，云来到了军的墓前，在这个人迹罕到的小山丘上，迎接她的只是一个灰黑色的墓碑和四周猎猎作响的经幡，一只乌鸦在树上目不转睛地望着云。云的眼睛里蓄满了泪水，她看见在军的墓碑上刻着一句话：全世界的黑暗，也不能使一支蜡烛失去光辉。

就在这一瞬间，云终于明白了：军不就是一支蜡烛吗？他在用自己的微弱烛光照亮别人，他用自己年轻的生命在这片贫瘠而闭塞的土地上留下了一片光亮！

后来，军任教的那间希望小学多了一位女教师，她就是云。云在军的坟墓周围种了几棵凤凰树。每年春天一到，盛开的凤凰花就灿烂如一团团燃烧的烈火。

学生们都知道，这种树还有一个名字叫英雄树。树下长眠着一个英雄，一个伟大的灵魂。他，曾经用微弱的烛光照亮过孩子们的生命。

凤凰花开，如火如血，如泣如诉。

沈园游记

秋风萧瑟，烟雨迷蒙。在苍茫的暮色中，我走进了沈园。我要去凭吊一段千古绝恋，感受陆游的刻骨铭心和愁肠百结，感受唐婉的重重心事和凄美爱恋。

站在门口，望着匾额上的"沈氏园"三字，望着古朴的石雕牌坊，我忽然间心酸起来。原来，这里就是陆游和唐婉曾经相恋的地方！

缓步前行，我一步步走近那段悲切凄婉、痛彻心扉的爱情故事。

不远处，一块断云石身子从中间断开，却又紧紧相依，那不是陆游和唐婉的身影吗？千百年来，他们怀着爱情的苦痛，彼此相望，却不能相拥，那对视的目光呵，凝聚着多少无法诉说的相思和苦楚！

继续往前走，一方石壁出现在眼前，石壁附于断壁，两首钗头凤并列而题。陆游的《钗头凤》赫然在目，读之令人断肠。

红酥手，黄藤酒，满城春色宫墙柳。东风恶，欢情薄，一杯愁绪，几年离索。错！错！错！

春如旧，人空瘦，泪痕红浥鲛绡透。桃花落，闲池阁，山盟虽在，锦书难托。莫，莫，莫！

这首词写的是陆游自己的爱情悲剧。陆游的原配夫人是表妹唐婉，结婚以后，他们情投意合，夫妻恩爱。不料，陆母却对儿媳产生了厌恶，逼迫陆游休弃唐氏。在陆游百般劝谏、哀求无效下，二人终于被迫分离，唐氏改嫁，从此音讯全无。

十年后的一天，陆游在沈园与唐婉偶然相遇。他们四目相对，柔肠寸断！忆及旧事，陆游悔恨交加，挥笔在粉墙上写下了这首著名的《钗头凤》。

唐婉看后，失声痛哭，回家后也写了一首《钗头凤》：

世情薄，人情恶，雨送黄昏花易落。晓风干，泪痕残，欲笺心事，独语斜阑。难！难！难！

人成各，今非昨，病魂常似秋千索。角声寒，夜阑珊，怕人寻问，咽泪装欢。瞒，瞒，瞒！

不久之后，唐婉郁郁而终。只剩下陆游在孤独的漫漫长夜里无尽追悔，伤心欲绝……

反复品读这两首词，我好像在咀嚼苦涩和辛酸。这仅仅是两首词吗？不，这是镌刻在墙壁上的忧伤，这是一声轻叹，这是一首悲歌，这是一汪相思的泪！

在石壁前伫立良久，我的心情忽然变得无比沉郁，眼睛里不知何时已经蓄满了泪水。

诗壁的旁边，是一座小亭，名曰"孤鹤轩"。亭柱上刻着一副楹联：宫墙柳一片柔情付与东风乘白絮；六曲阑几多绮思频抛细雨送黄昏。

这时候，园子里传来一阵凄楚的古筝声，这声音如诉如泣，紧紧地揪住了我的心。忽然间，我的鼻子一酸，泪水夺眶而出……

在迷蒙的秋雨中，我撑着雨伞继续前行。不久，就来到了葫芦池边。这时候，湖面上只剩下枯荷，破损的荷叶静静地浮在水面上，令人看了触目惊心。依稀中，那个婉约多情的江南女子款款走来，在水汽的蒸腾中，定格成一缕永恒的香魂。

终于要离开沈园了。此时，我的心里不胜唏嘘。多情的陆游啊，为何你要亲手葬送自己的生死恋情？为何你要屈从于母亲的高压？为何你要屈从于命运的安排？为何你要日夜悲怆地追悔……

走出沈园，已经是夜色阑珊的时候，我默默无言地回到车上，腮边还挂着淡淡的泪痕。

回头凝望那夜色笼罩下的沈园，我想起了元好问的《雁丘辞》里的一句：问世间，情为何物，直教生死相许。

我痴痴地想，世间如果真的有轮回，那么今夕陆唐投生何处？希望他们今世花好月圆，有情人终成眷属。

西市忠魂祭

大明崇祯三年九月二十一日傍晚，秋风萧瑟，残阳如血。

北京的天空灰蒙蒙的，寒风卷着尘土四处飞扬，城墙上那一道道斑驳的裂痕，似乎仍在诉说八个月前那场战争的惨烈。

在锦衣卫神秘的天牢里，多了一位特殊的犯人，他就是大明兵部尚书兼蓟辽督师袁崇焕。这位昔日叱咤风云的边疆重臣，如今已是一个身陷囹圄的阶下囚。他身穿灰色的囚衣，手脚戴着铁镣，平静地坐在监狱的窗前。因为长时间的受刑，他的脸色苍白，神情憔悴，只有一双眼睛依然明亮。

入狱八个多月了，他在这天牢里静静地坐了两百多天。从狱卒的言语和神态中，他知道自己的时日已经不多了。此时，他心里剩下的只是悲愤和不甘。老天爷啊，为什么如此残酷无情？

夜幕降临了，北京的夜晚热闹祥和，达官贵人依然在歌舞升平。透过铁窗，望着这万家灯火，望着这朦胧的夜色，袁崇焕的心里充满着感慨！是啊，这里曾经是他心中的圣地，是他用生命保卫过的地方。这里，有他高中的荣光，有他报国的梦想，还有他忠君的誓言！

坐在天牢冰冷的地板上，袁崇焕默默地想着自己的心事。恍惚之中，少年时的勤奋攻读，高中进士的狂喜得意，驻守辽东的艰辛不易，一齐涌上心头。

唉，糊涂的皇帝啊，您怎么就不肯听微臣解释一番？您怎么能如此相信两个该死的太监？难道您相信，戒备森严的八旗军营是如此容易就可以逃脱的吗？反间计这样明显，您怎么就看不出来呢？您知道吗？当微臣看到诏书上"立捕下狱"这四个大字时，微臣的心碎了！

您还记得微臣离别京师前的一番话吗？当年就在这辉煌的金銮宝殿上，臣诚惶诚恐地说："以臣之力，制全辽有余，调众口不足。一出国门，便成万里，忌能妒功，夫岂无人。即不以权力掣臣肘，亦能以意见乱臣谋。"您当时说："卿无疑虑，朕自有主持。"

皇帝啊，您信任微臣，言犹在耳，现在怎么就变了呢？您还记得吗？天启六年，臣率兵苦战，获宁远大捷，努尔哈赤在此役中中弹死去。这一战，打破了清军战无不胜的神话，同时微臣也和清军结下了死仇。现在，阉党奸臣说微臣通敌叛国，您怎么就相信了呢……

太阳渐渐升高了，在通往西市的路上，囚车缓缓而行。袁崇焕木然地站在囚车里，街道的两边站满了愤怒的京城百姓。他们怎么也想不明白，这个曾经的英雄竟然通敌卖国，这个无耻的内奸竟敢引清兵进攻北京！

袁崇焕的心里充满了悲哀，他多么想告诉这十万百姓：他袁崇焕顶天立地，他不是内奸，他没有卖国！可是有人会相信他吗？

凌迟的时刻到了，行刑的炮声终于响起，刽子手拿着几十把薄如蝉翼的刀开始行刑。热血流出来了，袁崇焕甚至可以清晰地感觉到自己的血肉在减少，剧痛从受刑的地方一阵阵传来。

周围的百姓逐渐疯狂起来，袁崇焕眼睁睁地看着这些百姓用烧酒生啮他的血肉，粗言烂语，骂不绝口！难道，这就是他热爱的百姓吗？这就是他用生命保卫的朝廷吗？

在死亡的那一瞬间，他终于明白：在中国几千年的谋略兵法中，空城计最无奈，反间计最可耻，也最弱智，但恰恰是反间计屡屡得逞。

血，终于流尽了，意识慢慢地离开袁崇焕的身体。在无尽的痛苦中，他依稀记得，刽子手一共割了3543刀！

此时，天空一片灰暗，大白天也看不见一丝阳光，一个忠魂在刑场上空徘徊不去。在呜咽的寒风中，他含着满腔的悲愤吟诵：一生事业总成空，半世功名在梦中。死后不愁无勇将，忠魂依旧守辽东……

散 步

　　人生得也罢，失也罢，悲也罢，喜也罢，要紧的是心中的一泓清泉里不能没有月辉。

——贾平凹

　　海上生明月，天涯共此时。在不知不觉中，中秋节又到了。今晚天气出奇的好，一轮明月高高地悬在天上，大地一片银白，花、草、人全都披上了一层透明的轻纱。夜色真美啊！

　　吃过晚饭，妻提议出去散步，我还没有答应，儿子就在一旁欢呼雀跃。我忽然想起，一家人已经很久没有一起散步了。锁好门，我们一家三口就出门了。

　　我们沿着贵族住宅区——御品蓝湾的水泥路慢慢地走，一路上惊叹不已！

　　以前，这里是一片荒坡，杂草丛生，污水横流。到处是飞舞的蚊子和苍蝇，一个垃圾中转站赫然就在路口！不远处，是一片乱葬冈，十几座坟墓散布在其间。每到晚上，塑料袋子随风飞舞，显得阴森无比。

　　随着城区的开发步伐加快，贵族住宅区——御品蓝湾终于动工了。一座座豪华的住宅楼在荒坡上拔地而起。路，被拓宽了。垃圾中转站搬迁了，墓地也被一排名贵的风景树遮住。

　　走在宽阔的水泥路上，凉爽的秋风迎面吹来，我忽然有一种恍如隔世的感觉。干净和开阔带来的感觉真好！

　　今天晚上，儿子显得特别开心。没有了功课的压力，他恢复了活泼和快乐的天性，一路上叽叽喳喳地说个不停！

　　我和妻手拉着手走，好像当年热恋的时候。我们默默地看着儿子在前面奔跑，追逐着清风，追逐着明月，追逐着天空中的孔明灯……

　　一种温馨和幸福的感觉充斥于我们的心胸。忽然之间，我发现：其实放下世俗的烦恼，一家人慢慢地散步也是一种快乐。原来，幸福就是这么简单！

　　小区里灯火辉煌，人气很旺，各种购房的广告随处可见。但是，看着那么高的房价，我们只能羡慕地远远望一望那房子。那里，是富人才能住得起的地方！

小区的北面，是一大片田野，田野里长着绿油油的蔬菜，蛙鸣声此起彼伏！

踏着皎洁的月光，我们沿着田埂走向田野的怀抱。真没想到，积水的田野竟然如此迷人！

在溶溶的月色下，那田野好像一块块方形的镜子。在这镜子之上，白菜、青菜、卷心菜好像是用翡翠雕刻出来的艺术品。

蟋蟀在自己的家门口弹琴，青蛙则躲在水里，只露出鼻子和眼睛……

正走着，前面出现了许多萤火虫。这细小的虫子努力扇动着翅膀，它们一边飞，一边发着微弱的光。

这是一种可敬的昆虫！它们虽然无法和太阳一样，但它们始终坚持发光，为黑夜带来光明！忽然间，我觉得千千万万的教师就好像是萤火虫。在无边的黑夜里，他们默默地忍受着寂寞和清贫，拼命地发光，渴望着有一天，能够照亮世界……

就在我发愣的时候，儿子猛冲过去，快乐地追逐着这些萤火虫，那点点的荧光绕着他飞舞，不断地停在他的衣服和头发上。煞是好看！

看到这情景，妻好像也年轻了十岁，她慢慢地走过去，轻轻地伸出手掌，让萤火虫停在掌心，好像在用心感受这小精灵的理想和快乐！

我脱下鞋子，把脚放进水沟里泡，一股清凉的感觉从脚上传来，一时之间宠辱偕忘！依稀中，我似乎忘记了生活的潦倒，忘记了工作的不顺心，忘记了心灵的苦闷和压抑……

夜深了，我们迎着秋风，带着满怀的好心情，踏月归去。

一路上，我左手牵着儿子，右手拉着妻，心里感到温馨和满足，仿佛全世界都握在自己的手里！

今夜月光如水，沐浴着这皎洁的银光，我不禁想起了贾平凹先生的一句话：人生得也罢，失也罢，悲也罢，喜也罢，要紧的是心中的一泓清泉里不能没有月辉。

待我长发及腰

"嘿……待我长发及腰，嘿……归来娶我可好。等你等得忘了笑，旧了头上的金步摇。啊……每一天的煎熬，啊……不想别人知道。默默为你，为你祈祷。相信你是我的骄傲……"

联欢晚会上，你在表演吉他弹唱。一首民谣吉他弹唱《待我长发及腰》把我俘虏了。

你的磁性嗓音，加上吉他和弦，变成了一副毒药。这毒药，无色无味，一直渗透了我的少女之心。

老实说，我不是很漂亮。爱看镜子的我，知道自己的长处，也了解自己的不足。我圆脸蛋，短头发，皮肤白皙，喜欢笑。笑起来的时候，嘴角两边各有一个酒窝。有人说，我虽然不漂亮，但是很可爱！我也觉得，的确是这样的。

在班上的 28 个女生当中，我的相貌属于中等。但是，我穿着校服，配上短发，的确挺可爱的。

面对你，我有点儿自觉形秽。你啊，是班里最优秀的男生。不但是班干部，还是学生会的部长，你胸前挂着学生会值日牌的样子，简直是帅呆了，酷毙了！

你会弹吉他，也会拉二胡。特别是你的一手好书法，在学校的艺术节上大出风头，声名鹊起。

我发现，自己已经偷偷地喜欢上你了。我经常在梦里见到你。我们一起牵着手，漫步在花海里。

那是一片多么辽阔的花海啊！遍地都是粉红的格桑花！你在弹琴，我在静听。落花，在风中飞扬……

有一天放学后，你告诉我，你恋爱了。你爱上了一个短头发的女生！她很可爱！

那一瞬间，我的心好像被一颗子弹射穿了，真的很疼很疼！

后来，你又告诉我，这个女孩就是我！我的心立刻又从剧痛，变成了狂喜！呵呵，你这个可恶的坏蛋！

接下来，我们恋爱了。在大学期间，我们打算谈一场轰轰烈烈的恋爱。花前月下，湖边草地，都留下我们相依相偎的身影。

每天夜晚，你都来女生宿舍教我弹吉他。六条简简单单的琴弦，在你的演奏下，竟然如此动听！既像山泉叮咚，又像珠玉落盘。静悄悄的夜晚，这天籁之音，曾经装点过多少人的梦啊！

因为你，宿舍里的女生有不少人妒忌我。恨不得她就是我！你的琴声，彻底征服了整个宿舍的女生。

我记得，有一名作家曾经说过：沉浸在爱河里的人儿，是幸福的！而幸福的日子，都是短暂的。

是啊，转眼之间，四年就过去了。一千四百六十多个日夜，好像只是一瞬间！

大学毕业，将意味着什么呢？毫无疑问，大学毕业意味着分离。我们两个人，从此就要劳燕分飞，分隔两地了。

这时候，我才忽然想起，我对你的了解实在是太少了。经过询问，我这才知道，原来你的家在偏僻的山区农村，而我的家却在大城市。两地之间相距100多公里。

当我把这件事告诉父母的时候，立刻就遭到了他们的强烈反对。

我的父亲是一个地级市的处级干部，我的母亲呢，更厉害，她是一名副厅级干部。他们实在是无法接受，自己最疼爱的女儿竟然要嫁给一个什么都没有的农村孩子，从此之后要跟着他吃苦受罪，穷困潦倒！

可是为了你，我毅然和父母决裂！好像飞蛾扑火一样。即使是粉身碎骨，化为飞灰，也无怨无悔！

你的优秀，你的风流倜傥，你的才华横溢，已经掩盖了我们两人之间的所有鸿沟，包括家境和门当户对等等因素。

琼瑶说，"爱情一旦发生，就不是年龄、身份、地位、道德等种种因素所能限制的。"

是啊，面对父母的眼泪和家人的反对。我毫不犹豫地做出了抉择。无可奈何的父母，最终还是妥协了。他们利用关系，把你调到了城市。

我们，终于结婚了！结婚那天晚上，你对着我深情地说："老婆，我对天发誓，一定会竭尽全力，让你过上最好的日子。你，永远是我的女神！一辈子的爱人！"

我喜极而泣，紧紧地拥抱着你。那一刻，我觉得，自己就是世界上最幸福的女人！

结婚之后，你果然说到做到。你对我千依百顺，不仅承包了全部家务，还千方百计哄我开心。

后来，我们有了孩子。是个男孩，他长得像你。当我被医生推出产房的时候，你就站在产房的门口迎接我，好像在迎接一位凯旋的将军！

我记得，你当时乐坏了，高兴得好像孩子一样又跳又叫。

再后来，你提干了。接着你的官越做越大。可是，你回家的次数却越来越少。每次回到家里，你都是一脸的疲倦！我甚至都不知道，你究竟在外面干了些什么。

终于，孩子读一年级的时候，你出事了。当黑社会人员包围着家里的时候，当警察找上门的时候，我这才知道，原来你在外面做了不少违法的事情。你啊，简直就是在刀尖上跳舞！

在你的心底，永远都有着一颗不安分的心。这颗心，是强烈的、出人头地的、光宗耀祖的心。可是啊，你采取的方法不对头！一切，都将无可挽回了！

不久之后，你主动辞职。然后提出和我离婚。你把孩子和房子都留给了我，自己一个人净身出户。

我记得，你曾经对我说过，你是属于江湖的。是啊，你无牵无挂地离家而去，我们从此江湖陌路，相会无期。

离家前的一天晚上，寒风呼啸，天寒地冻。你站在阳台上，给我弹吉他，唱的还是那首《待我长发及腰》。

我的眼泪，簌簌地往下掉。从今天开始，我就没有老公了。那个疼我爱我的人，即将离我而去了。

我们紧紧地拥抱着，彼此泪眼相向。你在我的耳边，轻轻地对我说："待你长发及腰，我再归来娶你。"

于是，我开始留发，也开始了漫长的等待！

一年、两年、三年……

你一去不回，杳无音信。

有一年，我听说，你在四川打工。

有一年，我听说，你在缅甸贩卖玉石。

还有一年，我听说，你在东北承包土地种植果树……

直到今年七月，这是一个黑色的月份啊。我终于得到了你的确切消息。你病了，得的是白血病！

我发疯似的，抛下一切，连续坐了三天三夜的火车，终于找到了你。

这时候的你，面黄肌瘦，两眼无神，再也不是当年那个给我弹吉他的男孩了。病魔，不仅夺走了你的帅气，也夺走了你的才华。出现在我眼前的，只是一个垂垂老矣、骨瘦如柴的绝症患者。

你流着眼泪，拉着我的手，断断续续地说："老婆，对不起！我一生中最对不起的人就是你和儿子！"

是啊，你对不起我，也对不起我们的儿子。我曾经对你，是百般的怨恨！可是如今，你就要走了！人死恨消，一切都将归于尘土！

所有的恩怨情仇，都让它彻底地烟消云散吧。愿你一路走好啊！我的爱人！我曾经深深地爱着你……

接下来的几天里，我一个人在当地的殡仪馆里料理了你的丧事。我眼睁睁地看着你，被推进火炉里，最后变成一堆骨灰。

没有花圈，也没有亲人朋友送别的哭声。就在这举目无亲的异地他乡，你悄无声息地离去，好像一缕轻烟！

在回家的时候，我把行李全部都丢弃了，手里只捧着你的骨灰。老公啊，我们回家去吧。你累了，咱们好好地歇一歇！

坐在疾驰的火车上，我抬起朦胧的泪眼，看着树木和群山不断地向着车窗后面闪过。

我想起了不知在哪儿读过的一句话："每一个女子，都爱过一个不恰当的人。梦醒时，烟花寂灭，满地都是破碎的幻影。而那人赐予的痛苦和甜蜜，依然很痛，也很美！"

从今以后，人间再无你

鲤鱼岭上木棉红\LI YU LING SHANG MU MIAN HONG ……… 吴卢明 作品

有些人的灵魂，能让你记得一辈子。

——题记

今天早上七点零九分，我的好同学兼好兄弟叶墨走了。他带着 46 年的艰辛和一身病痛，离开了这个令他受尽折磨的人世间。

走的时候，他很安详，先是吃饱早餐，然后给我的微信留下一句话："文渊，下一辈子，我们还做好兄弟。"文渊，是我读书时候的名字。

看到这句话的时候，我正在跟早读，可是眼泪却无法抑制地流出来，我不顾形象地趴在讲台上痛哭出来。是的，是痛哭出声来。

我清楚地记得，初识叶墨，是在 1988 年 9 月 1 日。那时候，我刚考上师范学校，叶墨是我同班的同学。当时，因为学校的宿舍紧张，我们同届四个班的男同学都住在一个由大礼堂改成的宿舍里。到了晚上，宿舍里变得十分嘈杂，好像一个热闹的菜市场。这时候，我的床位附近响起了一阵悠扬的二胡声。后来我才知道，原来演奏的是广东音乐。

这些二胡曲多么好听啊！先是《旱天雷》，接着是《连环扣》，最后是《平湖秋月》。在嘈杂的宿舍里，这简直就是天籁之音。我的听觉，一下子就被这音乐俘虏了。

循声找去，我很快就发现了拉琴的人，他就是叶墨。一个矮矮壮壮，一脸阳光的小伙子！因为他语言幽默风趣，为人热情大方，所以我们很快就熟悉了。

不知道为什么，我对叶墨有一种天然的亲近。课间的时候，我总喜欢找他玩，心甘情愿地做他的跟屁虫。他是本地人，家就住在学校的附近。所以，我曾经多次去过他的家，他的父母都对我很好。

我喜爱音乐，源于叶墨。在认识他之前，我甚至连乐器是什么样子都不认识。在他的熏陶下，我学会了弹吉他，拉二胡，后来又相继学习了钢琴等十几种乐器。

在我读书的那个年代，大家都很穷。留在我记忆最深处的，除了饥饿，还是饥饿。几乎没有一天是可以吃饱肚子的。叶墨经常拿番薯来学校，第一个分给我吃。一个大大的粉粉的番薯，对于饥肠辘辘的我来说，简直就是人世间最好吃的东西。

知道我也喜欢音乐，叶墨经常故意把他的吉他放在我的床上。我先是摸一摸那琴弦，然后再尝试着弹一下，心里怕得要命，担心会弄坏这贵重的乐器。

课余的时候，我最喜欢做的事情就是拿个凳子，坐在叶墨的面前，听他弹吉他。他一曲接着一曲弹，《秋日的私语》《致爱丽丝》《海边的阿迪利亚》《莫斯科郊外的晚上》《梦驼铃》《送战友》……

我清楚地记得，在无数个静悄悄的夏夜里，皎洁的月光透窗而入，照在我们的床前。我们在悠扬的吉他声中进入梦乡。这唯美的情景，多年来经常出现在我的梦境里，为我带来无穷的愉悦。我想，这应该就是我最早接受到的音乐方面的启蒙了。

可以这么说，叶墨是一个奇才。他精通舞蹈、书法、美术、象棋、足球、拳击、乐器、厨艺。我经常在心里想，究竟还有什么是他不懂的？因为这，他成了我的偶像。他穿军服，我立刻也去买军服来穿。他喜欢电头发，我也赶紧去电头发。为此，我还挨过妈妈的一顿胖揍。

叶墨，我的兄弟！我会下象棋是你教的，我会打麻将是你教的，我会骑摩托车也是你教的。你曾经充满过我的生活，你一直都是我的偶像，同学，兄弟，兼好朋友。

现在，你走了。我无法派遣自己内心的悲痛。唯有祝你一路走好。我相信，在天堂里，一定没有病痛，没有压力，没有牵挂。

读书的时候，有一天，你告诉我你恋爱了。你爱上了班上的一个女同学，这是一个精致得好像陶瓷一样的女子！圆圆的脸蛋，白皙的肌肤，留着短短的学生装秀发！你还经常把爱情的喜悦及进度和我分享。为了给你保守秘密，可怜我总是要把事情苦苦地憋在心里！不敢对别人说。兄弟啊，是你给了我最初的，关于爱情的一切美好的想象。

后来，你遭遇了人生最大的变故，莫名其妙地背上了几百万的债务。先是从一个地级市的一所重点小学校长任上辞职，再是被迫和妻子离婚，最后是流浪江湖，开始风雨兼程，从头再来的经商旅程。

你留给我的始终是一个硬汉的形象，你像极海明威的《老人与海》里的渔夫，任凭风浪击打，也永不屈服，永不妥协。可是现在，你竟然悄悄地离我们而去。

中午，我睡不着觉，翻看你的 QQ 空间，我读到了你写的一首词《破阵子·自言自语》：

> 路行八万六千，命有四两七钱。四十二载已空去，梦里惊见华发生，又过三五年。

> 欲寻十丈银链，九天缚住苍龙。了却心头多少事，晾罢征袍钓寒江，静坐看云闲。

透过这些词句，我依稀体会到你内心的寂寞和痛苦。你的一生，实在是太苦了。这苦，一部分来源于你的出身，另一部分来源于你的性格。

你总是把一切扛在肩上，藏在心底。你渴望建功立业，你渴望出人头地，你渴望光宗耀祖，这些愿望太强烈了，强烈得已经成为一种负担，压得你喘不过气来。

其实人生，是不需要太优秀的！作为你的粉丝和仰慕者，我曾经多次劝你：慢慢来，不要着急，这个世界上有赚不完的钱，喝不完的酒，唱不完的歌。可是你呢，总是不以为意，工作起来，永远都是一副拼命三郎的架势。

现在，你终于倒下了！请好好休息一下吧。爱也好，恨也罢，都放下吧。把一切，都交给清风，交给明月，交给时间，交给无情的流水。

我清楚地记得，那是 1993 年的一个夏天，你带着新婚燕尔的妻子跋涉 60 多公里，来我家探望我。当你们深一脚浅一脚地爬过一座座山头，终于来到我家的时候，我还穿着短裤衩躺在床上。我忽然从床上爬起来，还害得你那年轻的妻子脸都变红了。那时候，我们在一起唱歌，在一起钓鱼，在一起喝酒。当年的情景至今还历历在目，可是你却走了。

辞职之后，在短短的几年时间里。你走南闯北，流落街头。去过缅甸贩卖玉石，下过成都担任白领。最后，你回到老家承包土地，种橘红种番薯。不仅还清了几百万元的债务，还重新成为一名富人。你的人生，真的令人感到惊心动魄！

你短短几年的大起大落和风风雨雨，比我一生的经历还要丰富。后来，你得了白血病。六次化疗，你被折磨得死去活来。病情暂时得到控制之后，你又一次囊空如洗，重新回到了原点。

叶墨啊，你真是一个打不死的小强，你是搏击风浪的海燕，你是翱翔长空的雄鹰，你是一个打不倒的铁汉！你经历了人生最为惨痛的遭遇，却依然豪情满怀，谈笑风生。

在与病魔搏斗的一年时间里，有一个善良的姑娘闯进了你的生活。她寸步不离地陪着你，护理你，一直到你出院。

后来，你再婚了。很多同学都感到不理解，以为你亏欠了前妻。可是，谁知道你的无奈呢？其实一切，都是善良惹的祸！和前妻的离婚，是出于善良。和后妻的结婚，还是出于善良。

今年六月，你告诉我，想再要一个儿子。我真心地为你感到高兴，可是两周前，你的白血病再度复发，住进了医院。

两周之后，你倾尽了所有，再度回到赤贫。可是病情却没有得到控制。接着，你出院了，回到了老家的香火屋里。不是因为痊愈，而是因为你已经彻底绝望，你只想得到一个最终的解脱。

你躺在客厅的沙发上，静静地等待生命的终点。趁着还有力气，你给我发了一条短信："兄弟，我的身体快完蛋了，想见你最后一面。"

接到短信，我立刻请假，赶到你的老家。在那间小小的热得好像蒸笼一样的小屋里，我看到了你奄奄一息的样子。我的鼻子不禁一酸，泪水忍不住倾泻而出。

后来，我在微信群里把你的情况告诉给同学。大家都慷慨解囊，很快就筹集了一笔钱。可是啊，金钱还是无法挽回你的生命，你还是走了。

今天早上我接到你弟弟的电话，得知这个噩耗，当场就哭了起来。我真的无法接受，你离去的事实。晚上回到家里，我连饭都吃不下，一个人躺在床上流泪，脑海里全是南北朝庾信写的《枯树赋》：

> 殷仲文风流儒雅，海内知名；世异时移，出为东阳太守；常忽忽不乐，顾庭槐而叹曰：此树婆娑，生意尽矣……桓大司马闻而叹曰：昔年种柳，依依汉南；今看摇落，凄怆江潭。树犹如此，人何以堪。

一时之间，我不禁痴了。整整四个小时，我一直都在思考关于生与死的问题。人的一辈子，真的是很不容易啊！

夜深人静的时候，我披衣起床，来到阳台上。我抬头仰望天空，看见一颗流星拖着长长的尾巴从天际划过。伫立了良久，我才默默地回到书房，坐在书桌前，一边流眼泪，一边把自己凌乱的思绪记录下来。

叶墨啊，今夜我在纸上写下了这些文字，既是对你的深切怀念，也是给自己的内心一个交代。因为从今以后，不管是对酒当歌的良辰，还是花好月圆的美景，人间再无你！

海东，湛江下一站的精彩

为什么我的眼里常含泪水，因为我对这片土地爱得深沉！

——艾青

光阴似箭，日月如梭，转眼之间，我在坡头这座海滨小城已经生活了 23 年。这里的一草一木，一砖一石已经深深地揉进我的血脉里，成为永远无法忘却的记忆。

坡头，分明就是我的第二个故乡！

在漫长的 23 年里，我亲眼看见了坡头的变迁，见证它由一只默默无闻的丑小鸭变成一只美丽的白天鹅！这只美丽的天鹅从泥塘里起飞，如今已在无边无际的天空中翱翔！

那时候的坡头，只是一个交通闭塞的海边小镇。要到霞山、赤坎办事，必须乘坐渡轮。单是等船，就要半个小时。如果遇上刮风下雨，就只能望天长叹！

南调路的两边，是泾渭分明的两种风格的建筑：从渡口上来，右边属于坡头，所见的多是茅房瓦屋。左边属于南油，到处是高楼大厦。

2006 年 12 月 30 日，湛江海湾大桥建成通车，坡头区终于迎来了发展的春天。作为"一湾两岸"海湾型城市格局的重要组成部分，坡头区理所当然地成为湛江新一轮城市建设的热点。

海东新区，这个饱含着激情的城市新板块终于闪亮登场了！她如同一个天生丽质的美少女，浑身散发着迷人的魅力！

在过去的一年里，坡头区靠"开荒牛"精神的引领，苦干加实干，硬是在一个月的时间内完成了附属医院海东医院的征地工作；硬是在两个月的时间内完成了海东快线的征地任务；硬是在三个月的时间内关停了六十家非法实心粘土砖砖厂……

在新区征地的过程中，在堪称奇迹的海东速度背后，谁知道这些可歌可泣的创业者的故事?

他们用实际行动诠释了"开荒牛精神"的真正含义。那就是:敢担当、重实干、讲效率、勇创新、任劳怨、守清廉。

而这,正是海东之魂,正是坡头之魂!

一个阳光明媚的秋天上午,我随文联的朋友参观了湛江奥林匹克体育中心。

从汽车上下来,站在体育馆的前面,仰望那雄伟壮观的建筑,我的心中不禁热血沸腾,豪情满怀!想到在不远的将来,自己和家人可以坐在这样的体育馆里观看比赛,一种幸福感油然而生。

湛江奥林匹克体育中心坐落在海湾大桥桥头的北侧,总用地面积为664.51亩,总建筑面积18.47万平方米。它由体育场、体育馆、综合球类馆、游泳跳水馆组成,外形如同四片白色的贝壳,自由地散落在洁白的沙滩之上。

缓步走进设在第一层的湛江海东新区规划展示厅,呈现在我眼前的是一个美丽的沙盘。那是未来二十年的《海东新区发展总体规划》!

在解说员娓娓动听的解说下,一个宜业宜居的海滨新城缓缓地拉开了她神秘的面纱。

根据规划,海东新区的总规划面积约228平方公里,包括坡头区南调街道、官渡镇、龙头镇、坡头镇共168平方公里,赤坎区调顺岛16平方公里,吴川市黄坡镇9平方公里及遂溪县黄略镇35平方公里。

站在沙盘前面,以一种居高临下的角度审视海东新区的全景,那碧海银沙、那蓝天白云使我深深地陶醉了!

在目光缭乱之中,我神思恍惚起来,仿佛走进了一幅迷人的画卷:我看见了草木葱茏的东海岸观海长廊,它犹如一条碧绿的丝带镶嵌在海边上。在这美丽的丝带上,奥体中心好像四个巨大的海贝,一座座超五星级的豪华酒店如同一粒粒光彩夺目的珍珠!

我看见了碧波荡漾的龙王湾,那里海湖一色,碧水溶金。大型滨海主题景区、高端度假酒店、游艇俱乐部点缀其间,真是说不尽的繁华,享不尽的优雅!

我还看见了起步区的金融中心、国际会议中心、文化交流中心、商业服务中心、恒大绿洲、仁海花园……这些风格各异的建筑物流光溢彩,美轮美奂,再加上蓝天、白云、椰树和碧水,构成了一幅迷人的海滨风景画!

参观活动结束的时候,我的心里充满了感慨。原来,在不知不觉中,坡头已经发生了如此巨大的变化!那个在文字描绘中的坡头梦,正在逐步成为现实!

回家的时候,时间已经是正午,灿烂的阳光射进车窗,暖暖地照在我的身上。忽然,路边有一条标语猛然出现在我的视线里,这条标语上写着:海东,湛江下一站的精彩！

　　蓦然间，我的心弦为之一动。这句话写得真好啊！它阐述的是一个美丽的梦。这个梦，坡头区已经做了三十年！如今，分明是到了圆梦的时刻。

　　只要有"开荒牛"的精神，我相信：在不久的将来，海东新区必定会成为湛江下一站的精彩！

杨叶柳作品

　　杨叶柳，女，广东湛江市廉江人。毕业于暨南大学，硕士。现为湛江市坡头区第一中学语文教师。湛江市作协会员、坡头区作家协会会员和坡头区朗诵协会理事。近年来，在省、市级各类报纸期刊中发表了上百篇文章。2019年创作的《集体》文学作品荣获湛江市一等奖。创作文体以小说和散文为主，从女性感性温和的视角，记录了真挚平实的生活感受和自我体验。

我爱湛江这片海

一讲到湛江，我就想到了海，想到了我从小就与这片海结下的不解之缘，继而细细琢磨我和海的情感与关系，重温海的姿态和领略它的品质。我认为，湛江这座滨海城市和海是密不可分的，如果没有大海，湛江将会是另一番模样。

湛江三面环海，海岸线曲折蜿蜒。有的地方礁石嶙峋，险峻奇崛。有的地方沙滩平展，细致绵软，它们朝向的大海，辽阔浩渺，直接天际。站在湛江的海边，让人不由得胸怀开阔，目光高远，感叹天地之大美！

我曾经游历过很多地方的海，其中上海的海，香港的海和海南的海给我印象很深刻，但与湛江的海相比，感觉不同。上海的海是属于夜晚的，那里的人气很满，现代的气息很浓，灯红酒绿的夜上海的海是个厚脂浓粉的女子。香港的海也是属于夜晚的，万家灯火的映衬下，没有喧闹，但终归还是太耀眼太高调了。就连海南的海，我不十分认同它的天然与原始，没有什么背景，海天一色没有任何保留，于是就变得放荡不羁了。至于还有其他地方的海，我没能一一见识过，今生我注定对湛江的海情有独钟！

湛江的大海，一片纯粹的颜色永远地打动我，那实在是一种难以言传的蓝色的美啊！

当我看见这一片海，它深邃的蓝色，它洁白的浪花，它低沉的吟唱，它沉着的姿容，无一不拨动着我的心弦，触动我心中最柔软的一块，然后，扑面而来的海风，透着海水的咸腥味，吹进我的心房，在那方天地中，肆意起舞，一派浩荡和湛蓝拓展着深远和无限的情思。

远离喧嚣的尘世，坐在海滩上，静静地观海，总给人一份安慰，一种祈盼。湛江在大海的渲染下增添了几分妖娆，更加风姿绰约，旖旎迷人。

这里海滩广阔、平坦、洁净。我舒适地躺在沙滩上，默默地闭上眼睛感受着——海，温柔得如同母亲在哄宠儿睡眠，轻轻地哼着摇篮曲。没有滔天的浪，重彩的蓝海里缄默着一种柔顺和宽厚。蔚蓝的海水和湛蓝的天空溶为一片，蓝幽幽的，梦幻一般的深邃透明。温润的海风，轻轻地抚过人们，仿佛要把人们也溶化在蓝天碧海之中。

迎着海走去，沙是太软了，脚踏下去是那么松软又熨帖，脚心感到又麻又痒。海水柔和而平静地推着一层层的浪花，浪打在小腿上，很舒服。"从明天起，做一个幸福的人……我有一所房子，面朝大海，春暖花开。"我心中立刻想起那充满生机活力的诗句赋予海的绵绵情思。面对这梦幻般的蓝色世界，我沉醉了。

我已经凝视了它不知道多少个日日夜夜，我用最柔和的目光深情凝望，海水轻柔地拍打着岸边，卷起一层一层的浪花，周而复始，潮起潮落，每天用一样的音调唱着同一首歌，美得让我心醉。

在湛江的港湾，你会看到很多渔夫，他们个个目光炯朗，身体精壮，性情豪放，胆大而心细，面对大海，他们自信、执着、进取，富于一种冒险精神。他们常常拍打着铜色的胸膛，抖着装满鲍鱼海参的大网兜，在大海穿梭自如。他们以胆量和智慧甚至生命为成本，在风浪里艰险搏杀，付出、收获、再付出、再收获，周而复始，锲而不舍，勇往直前。

城市中的人群最能反映这座城市的精神面貌。湛江人的精神世界里充满着大海的元素，谁的胸怀里没有鼓荡的海风，激越的海浪？在我看来，这就是湛江城市的精神代表：博大、爽朗、沉稳。湛江人有纳百川之宽广，有领四海之豪迈。湛江正是凭借这种城市精神，鲜明而生动地彰显着个性，赢来众人的目光。

湛江的海是在于它的广阔无边，它的蔚蓝剔透，它的深邃沉静，所有与它有着联系的一切生命生生不息地闪耀着，传承了一代又一代的湛江人的精神。

湛江的海啊，散发着迷人的光辉，就像是童话中沉睡的公主，沉静而美丽！

最后，我愿借用并改动我最爱的这首海子的诗作结，"同样喜爱湛江的海的陌生人，我要为你们祝福，愿你们有一个灿烂的前程，愿你们有情人终成眷属，愿你们在湛江这座滨海城市获得幸福，愿你们过着面朝大海，春暖花开的美好生活！"

喜看湛江路如网

湛江的路，有一种特殊的坚强的气质，它有属于它的心脏。它的心跳，鼓励着湛江人，在这样坚定的心跳中生活，湛江人大多勇敢、勤劳，努力想给这红土地一些回报，努力想给它一袭新装。于是湛江的路，就随着人们的期待，悄悄地改变着。

听老人们说，20世纪70年代湛江的路还是那种土路，晴天的时候，一有大风吹来或车辆通过，就泛起滚滚烟尘，使过往行人睁不开眼睛；雨天时，路面变得坑坑洼洼、沟沟坎坎，令多少行人望而却步，多少过往的车辆深陷在泥泞之中。80、90年代，路上铺上了水泥混凝土。那时水泥质脆，每天不断来来往往的各种客车、大货车、小汽车碾在这质脆的路上，一切喧嚣就在这路上不停地重演，且愈演愈烈，天长日久，路也就开始出现裂痕，甚至有些破碎。

日月的轮换为这些路打上了深深的烙印，让生活在这里的人们饱含着太多的无奈和感慨……就这样，人们就在这路上一代一代地走着，走过岁月，走过希望，走过挫折的辛酸，走过命运的残酷，也走过战胜命运的喜悦和骄傲。

近十年，随着一条条康庄大道相继建成，如今，一张四通八达的交通公路网日臻完善。新修的公路平坦、整洁、宽广、明亮。如今充满现代气息的高速公路，四通八达的干线公路，绿意盎然的乡村公路，改写了交通闭塞的历史。湛江的路变漂亮了，变结实了，变宽敞了。

过去湛江人到广州要赶一天，现在坐上干净舒适的大巴，行驶在平坦宽阔的高速路上，看着车载电影，不知不觉就到了省城。而且，"修了路，快致富"。如今的湛江，座座桥梁凌空飞架，条条公路四通八达，构成了畅通的现代化公路运输网络。湛江的过境公路、高速公路和国道省道密如蛛网，出入流动车次不计其数，从根本上改变了湛江的交通面貌，湛江人迈向小康社会，有了好路，好桥。

路越变越好，湛江人的日子也越过越美。

从去年"创卫"整改开始，全市的所有大街小巷，全都换上了水泥或沥青的新装，昔日门前那条泥泞小路，现在变成了宽阔整洁的柏油公路。这些整修过的公路，犹如一条条盘踞的"卧龙"，铺展出远大的希望。路的两旁，栽上了各种各样的花草树木，安装了路灯。路的改观，使全市市容变得更加美观漂亮。

湛江的路绵长而幽远，带着变幻的生活节奏，叩击着湛江人的心扉。走在新路上的湛江人脸上多了一份惬意和快乐，少了一份沧桑和忧愁。我思考家乡湛江的路，这才发现，路与人们同在，路与时代共存。

湛江的路的发展，蕴含了一种纯朴倔强的辛勤和付出，凝聚了几代人的心血和梦想，她见证了湛江的发展，折射了祖国的强盛！如今，在"一带一路"倡议引领下，湛江人肩负使命，迈向更高目标，更好的未来值得期待！

坡头的墟市

在南海之滨的东面，有一个古镇叫作坡头镇，因地处一山坡高处而得名。这朴实无华的镇名，与其说是大自然的恩赐，不如说是先辈们的生活的写照。

"身在异乡为异客，"在坡头工作的这些年，我听懂了当地话，也习惯于这里的生活状态。我虽然不熟悉坡头深远久蕴的历史文化，但我看到了坡头这个古镇另一番安居乐业的景象……

晨雾还未散去，日头刚蹿出山尖，崭新的一天开始了。照例的一四七墟日，照例的三日一墟。每逢墟日，人们纷纷从四面八方如潮水般涌向坡头圩。渐渐地，三四米宽的街道，赶墟的人密密匝匝，街道两边参差不齐的各种各样的篷子，人们摆摊做生意了。坡头的墟市很旺，农贸市场里里外外，人们摩肩接踵。各种交易，五花八门。鸡鸭鱼肉、蔬菜水果、干货药材、衣服鞋子，乃至五金工具应有尽有，让人目不暇接。乾塘的莲藕、南三的对虾、官渡的生蚝、龙头的鲳鱼、麻斜的番薯、南调的青椒……商品一摆开，街巷便更觉窄小了。赶墟的人潮，把街道的每个角落都挤得满满的，水泄不通。

看！蔬果摊上，卖荔枝的最会招徕生意。箩面上放着几个剥开了皮露出小肉团儿的荔枝。老板落落大方地盛情请你尝一尝，证明这是爽口桂味或肥浓的糯米糍。听！他们用那清亮粗犷的声音，做着卖荔枝的宣传："这是最鲜甜的刚采摘的荔枝，卖——荔——枝咧！不甜不要钱咧！"果然，人们一窝蜂地就围了过来。这岭南佳果果然诱惑力十分强，你三五斤，我七八斤地争着买，人们一边吃，一边品评。

再看看肉市摊位，二三十个肉案分四列排开，摆满了肥瘦参差的猪肉，木架上还吊着猪内脏。一个数千人的古镇，猪肉日销量竟达三四千斤，正是这猪肉是农家自养自销的，买得放心，吃得回味。

再看看鱼鲜铺，更是人来人往，熙熙攘攘。摊档上，芒鱼、鲮鱼、鲳鱼、罗非鱼、石斑鱼，很多还在大桶里生蹦活跳着，这生猛的鱼就是最好的广告，一种生猛的诱惑就可以激起你采购的乐趣，带回家煮熟摆上餐桌，就可以大饱口福，这来自大海的咸腥味，够得上生活的多姿多彩。

我流连在小墟集市上，叫人眼花缭乱的农副产品，真像个盛大隆重的展览会。那一阵阵欢畅高亢的叫卖声，像一首节奏鲜明的交响乐曲在小墟上空回荡。再看看趁墟人红润的脸庞和溢出嘴角的笑容，看看他们手上提着的大袋小袋，就知道他们的生活是多么的幸福。

随着日落，一个墟日就会结束，再过三日，墟日又会复市如潮。坡头的墟市啊，永远是那么丰富多彩繁荣兴旺。

端午粽子香

离端午节还有些日子，母亲就打电话来问啥时候回家。我心里涌动着幸福与甜蜜，真快，又可以吃到母亲包的粽子了。端午节临近，那愈来愈浓的粽香缭绕在心底，让人难以忘怀。

在我的记忆里，每年端午节的前一天，母亲都要包粽子。端午节前些天，母亲便会去菜市场买好粽叶、蜜枣、花生等原料。备好所有的原料后，母亲会叫上几个阿姨在屋里一起包粽子。她们一边包粽子，一边聊天儿。在她们的笑声中，粽叶在她们手中飞舞，一个个棱角分明、小巧玲珑的粽子在她们灵活的手中成形。

在全家成员中，包得最好看、最紧密的，自然要数我母亲了。只见母亲顺手拿起一片粽叶，在手里轻轻一折，那粽叶似乎十分听话，转眼间就变成了一个小漏斗。母亲抓起一把已被涨发饱满的糯米，塞在绿色的小漏斗里，再放上肉馅、大枣或绿豆，然后就包裹起来。母亲包的粽子非常养眼，也精致可爱，让人爱不释手。

母亲包粽子的时候，我们总喜欢围在一起，看得手痒时，也尝试着包了起来，可老是绑不结实。等粽子全部包好后，我们这些小孩子就在一旁嚷嚷不休，"这个是我的，那个是你的！"那种急迫的神态，就像马上可以吃到香喷喷的粽子。

粽子放进锅里，得用小火慢慢地煮着，一煮就是一个下午。端午节那天早上，厨房热气腾腾，弥漫着粽子淡淡的香味，令人垂涎三尺。粽子终于出锅了，香气四溢。粽子出锅后，我迫不及待地从那锅里先抢一个提在手里，热腾腾的粽子烫得我不断地把它从左手换到右手，又从右手换到左手。稍降温后，我便迫不及待地剥开粽叶，只见晶莹的大米已被叶子染成温润的浅绿色，配上红彤彤的大枣，就像一块青白色和田玉中间镶嵌了红玛瑙。我无法抵挡它的诱惑，一边吹着热气，一边唏嘘着往嘴里送。刹那间，便会口舌生津，香气沁入心肺。那时，我感到再也没有什么比这一刻更幸福了。

　　如今，生活条件好了，端午的时候，大街上、超市里随时都能买到粽子。可是每年端午节母亲还是早早地备好粽叶，与父亲一起理叶子、煮叶子、包粽子，用上好的糯米包出枣馅儿、肉馅儿、豆馅儿的粽子。每次我们都劝她别劳累了，她总说外面卖的没有自己包的好吃，照样忙得不亦乐乎。

　　粽子出锅后，母亲将粽子分别装入几个食品袋子送给邻居们，当然，还有我和小妹的一份。望着盆里所剩无几的粽子，看到我们狼吞虎咽地吃着粽子，母亲一脸的幸福，包粽子的辛苦已被抛到九霄云外了。

　　我爱吃粽子，因为那醇厚的粽香和浓浓的母爱掺和的味道已积淀在记忆深处，散发出清纯的芬芳，勾起我无限美好的回忆。

　　这么多年，母亲的端午节就是这样忙碌和快乐着。现在，我虽说也买过街上和超市里的粽子，但总品不出什么味道来，粽叶和馅儿虽然和母亲包的相同，可总不如母亲包的好吃。在这个粽子飘香的季节里，我不由得想念母亲包的粽子，想念融进于粽子香味里浓浓的母爱。

荷花赋

几周前，坡头区乾塘荷花节，我因身体不适错过了，很多文艺界的同志都说不枉此行。今天一早打开微信，知道又有同事去看荷花了。她说，荷花比荷花节那天更好看！于是，我也不想再一次错过如此美景，决定奔赴现场亲自看看那醉人的荷花。

每当来到荷塘，总忍不住放慢脚步。在淡淡的氤氲的光影里，临风摇曳的荷叶为人们送来沁人心脾的凉爽。荷是真美！映日的荷花，亭亭玉立，婀娜多姿，楚楚动人。它的枝条袅娜，纠葛而不错乱，顺细而不柔弱；它的叶子亭亭如盖，舒卷而有韵致，飘展而不轻佻；它的花盈盈如贝，迎风而愈娇、香远而益清；它的藕虚心有节，出淤泥而不染；尤其是它的莲蓬，整整齐齐地蕴藏着那颗颗的果实。温润如玉、莹洁如珠的莲子间，夹着一颗碧如翡翠般的莲心。

每次走近荷花，都是一次洗礼。历代文人墨客都对荷花钟爱不已。荷花被视为清白、坚贞、纯洁的象征，成为中华民族道德操守的化身。

《诗经》中就有关于荷花的描述："山有扶苏，隰与荷花"，"彼泽之陂，有蒲有荷"。南宋诗人杨万里的《晓出净慈寺送林子方》一诗中有"接天莲叶无穷碧，映日荷花别样红"的句子。诗人用一"碧"一"红"突出了莲叶和荷花给人的视觉带来的强烈的冲击力。莲叶无边无际仿佛与天宇相接，气象宏大。这诗句既写出莲叶之无际，又渲染了天地之壮阔，具有极其丰富的空间造型感。"映日"与"荷花"相衬，又使整幅画面绚烂生动。淌翠流绿的荷叶丛中的荷花别具风韵，清丽可人，那一朵朵粉红挺立的荷花骄傲地开放着，像一位位披着轻纱在水中沐浴，含笑伫立，娇羞欲语的仙女。北宋思想家周敦颐的著名散文《爱莲说》，赋予莲花"君子之花"的美誉，因为它具有"出淤泥而不染，濯清涟而不妖"的高洁操守。《群芳谱》中说，"凡物先华而后实，独此华实齐生。百节疏通，万窍玲珑，亭亭物华，出于淤泥而不染，花中之君子也。"每每读到此，心中不由得产生对荷花的敬佩与尊重。

人们熟知的"小荷才露尖尖角，早有蜻蜓立上头""千林扫作一番黄，只有芙蓉独自芳""若耶溪傍采莲女，笑隔荷花共人语""荷叶罗裙一色裁，芙蓉向脸两边开""秋阴不散霜飞晚，留得枯荷听雨声"这些脍炙人口的诗句，伴着典雅的墨香，穿越时空的隧道，幽幽飘来，给人以荷园梦幻、如痴如醉的享受。正是因为古往今来文人墨客，倾慕于荷花的丰姿，摇动生花之笔，才使我们得以鉴赏咏荷的千古绝唱。

荷花没有像其他花那样愿意过多地表现自己，可她却有着花之君子的美誉。她是圣洁的象征，有着清纯、高洁、脱俗、正直、娴静的品质，难怪很多人都借荷花言志、抒情，我亦如此。

赏荷是一种情趣，爱荷则是欣赏荷的品质。人品如荷品，则是我的追求，也正是我情钟于荷的原因所在。

荷花，就是天地间顽强抗争的一种灵秀，她体现的是高尚的人格魅力。见其风骨，感其节操，念其脱俗，她洁身自爱的性格中难能可贵的生命价值与文化价值，正是我们发掘的宝藏。在物欲横流、时弊滋生的社会环境里，我们要像荷花一样虽出淤泥却保持洁净无瑕的本质，像荷花一样朴实无华，诚挚敦厚，正直端庄，坚强自重。

中秋桂花开

桂花，花蕊极小，花香却很浓烈。因对温度过于敏感，所以花期往往也难以确定，有的前面开了，谢了，过段时日又蓬勃着盛开一次，如此断断续续，差不多能开一个月，因都开在中秋时节，往往中秋时节也被称作"桂花月"。

虽说现在的园林技术提高了，四季桂、月月桂的出现，令人不必非等到秋天才能闻到桂花的芳馨。但怎么嗅都觉得有些寡淡，远不及传统的金桂和银桂来得浓郁、纯粹。中秋前后开花的，尤以金桂的香气最为香醇、浓厚、穿肺入腑。

入秋之后，暑气渐消，"冷露无声湿桂花"，桂树的花芽便开始萌发。但"秋老虎"的早晚凉、中午热的气候环境，促进雨露的形成，愈加有利于桂花树的营养积累，加速开花的速度。以三阕《忆江南》著称于世，最擅长表现江南风物的白居易就有"天将秋气蒸寒馥，月借金波摘子黄"之语。同样，生在水乡绍兴的陆游也诗云："重露湿香幽径晓，斜阳烘蕊小窗妍。"他们描述的都是中秋时节江南桂花盛开的胜景。其间的"冷露"恰恰道明了花开时早晚冷凉的季节特点，和民间"冻桂花"同属此理。而"烘蕊"则形象地描述出闷热的程度，这在苏州被冠以一个好听的名字："木樨蒸"。木樨，也是桂花的芳名之一，总让人联想起那些和桂花同科不同属的芳香姊妹，如丁香、茉莉、九里香。也就不难理解，这些香气都很相似，淡淡的甜，浓浓的香，香熏入怀，氤氲不散。这样一冻一熏，仿佛催化剂一样，那四季里一直浓绿的不动声色的如伞桂树，便一夜间冷不防爆开一粒粒花芽，先是月白，慢慢加深为淡黄、明黄、金黄，一团团，一簇簇，成串成片，不约而同地顶开繁密的枝叶，露出金黄的娇俏模样。于是，空气中仿佛灌了蜜似的，到处涌动着阵阵香甜，不经意间还随着气流，渗入门户、窗扉，潜入晨起的书页和灯下茶盏的温凉里。

也有翻墙越院飘到外面的，这就招来一拨拨闻香甚至摘花的人。现在人家养的花儿朵儿都是宝贝得不得了，轻易不与人同赏，即便是像妈妈那样的园艺爱好者。喜爱花卉的朋友们常常相聚，今晚去分享你家昙花的惊鸿一瞥，明天再去他家观赏引种成功的墨菊花开，也只是看看而已了，真正能够"折桂""折梅"作瓶插的，却有太多的不舍。是现在的花儿金贵？难养？许多传统花卉的栽培在我国已经有几千年的历史了，还是人与人之间的疏离吧，满园的花香，只是坐享片刻，却不肯折花相赠，勿论手留余香了。

这倒让我想起，曾经随妈妈到访过一位乡下的阿姨家里。他们家依着一条山区公路的小车站而建，每天来来往往的车辆比较多，前来家中讨水喝的路人也多。小学二年级的那个暑假，我们又去这位阿姨家住了几天，我记忆最深刻的，是那前后院里的满园花开：嫣红的月季蔷薇、雪白的栀子花、黄菊花、紫玫瑰、粉桂花……恰逢花开时节，我的头上、衣襟上，都会被阿姨戴上各种花儿，再听从阿姨的指派，手捧着一束束阿姨剪好的花枝，挨家挨户分送给左邻右舍。还不只是村里人，即便是等车的，路过的，只要看到了，见者有份。花不在多，都是刚从树上摘下，自己动手，多折些也无妨，阿姨都是一脸的喜悦与骄傲："摘吧，摘吧，不碍事，回头还不又开了。"这不，就连马路上满面尘灰的赶路人，也手抓着花枝，脸上洋溢着笑容，还饶有兴味地用指甲将叶片掐出个弧形，露出了细若米粒的小花蕾。

往日的乡村，很多人家都在院子里栽植桂树，目的是为了闻香。进城后才发现，那桂花不只是好闻，还很好吃呢。原只知道食品店有卖那桂花馅儿的大月饼，却从不曾关心那桂花的来历。

有一段时间，家住小区大院。那个宽敞的大院子里，从大门口往里，水杉林立，香樟葱茏，家家户户门前屋后都种有巨伞似的桂树，人站在树下，仿佛是"一步，从盛夏踏入秋天"。才住不久，恰逢中秋，院子里几株金银桂争先恐后地盛开了，空气里翻涌着一阵阵浓郁的桂香。我们全家便开始日日陶醉在一片曼妙的桂花香中，连嘴边都似乎沾染了花香的甜蜜，心情格外舒畅。遇上一场秋风一阵雨，浓绿的树荫下，很快就满地的黄金万两，也是别有一番情趣。一天，我惊喜地发现邻居有个聪明的姐姐，总是抢在风雨之前，不待桂花萎谢，便从家里拖出棉床单，旧报纸什么的，摊铺在花树下，再用力摇动着树干，拍打着树枝，便是漫天的桂花雨了。拣去花里的树叶、草梗，细致地用筛子过滤了一遍，这才干干净净清清爽爽了。

新鲜的桂花，自然阴干，然后用白糖腌渍，最后用广口玻璃瓶或小瓷罐密封收好。来年春天入茶，夏天做汤，秋天缀菜，冬天制糖，只要稍稍撒上一点点，顷刻就是满屋玉桂味，口齿留香。

给你寄张明信片

旅行寄明信片这件事儿本来很古老，现在又变成很新潮。它让一段记忆从脑海里流到笔尖上，从海的那边山的那边，那些不真实的情思经过了漫长的旅途，又回到该去的城市里，某某的书桌上。所以那张小小的卡片也就不一样起来了。

前几天，无意之中收到两张明信片，前面是西安和新疆的风景图，后面是简简单单的收件人地址加上邮票邮戳。这简洁明快的两行字，很适宜那些平日工作、生活匆匆忙忙的朋友。真的，哪怕只有一句，那也是真情的流露，它会像一根看不见的线，紧紧地将我们的友情连起来，让我在世间的风雨中还能感受到温暖和甜蜜。我的心绪随之泛起了一阵又一阵的涟漪，赶忙拍下照片发上微信群，感谢那个她，把如此美好的风景和心情和我分享。

也许，一枚明信片并不能挥尽六月盛夏的炎热，但这一片情，却可以清凉我的心情，染绿我的生活，让闷热的夏日，多出一份明信片扇出的邮情邮风……

明信片是邮政用品中很美很实用的一叶方舟，它简易却不单薄；便捷却不寡情；坦率却不做作；美丽却不孤傲。

四四方方一叶纸笺，或为清新雅致的静物、靓丽悠远的风景，或为憨态可掬、童稚十足的卡通，精美的画面浓缩了祖国的山山水水、花草树木，展示了独具魅力的静物写生和富有情趣的生活片段。在电话问候、手机短信风靡的时代，明信片曾一度被冷落，生活在忙碌中的人们，似乎很难静下心来去细细品味这一份微不足道的问候。明信片虽小，但它蕴含着许多现代通信工具所无法完全替代的温馨。每到特殊的日子，这小小纸笺便如片片小舟，承载着人们的寄托和心愿，随同贺卡一起寄出的，更有无尽的情愫，它穿梭在城市、人群之间，将两相分离的人们思念之情和衷心祝福尽情传达。

我也是一个喜欢旅游的人，但是我从不习惯给自己或是心里惦念的朋友寄张明信片。收到朋友的明信片的那一刻，我忽然发现，这样简单的方式竟然胜过任何一种记忆光阴的方式。一张小小卡片上，有她到过的地方，邮戳上又有明确的时间，这简单清晰的标志，我相信即使很久以后，也能唤起我某一小段时光里心情的记忆。

于是，我懂得了，心里暗自地想，以后我要是踏上一段旅程，不管何时何地，我要记得用明信片的方式记下来，寄给自己，也会记得寄给朋友或家人。心中殷切地想告诉他们，在某一个地方，我想念过他们。而这些薄薄小小的明信片，它们是我的光阴记忆卡，是我生命中一点点收集的财富。很多很多年后，当我老去，当我再也没有力气到处行走，我会因拥有它们，拥有它们所带给我的生命痕迹而知足快乐。

记忆中的红糖最甜

红糖，我连想想都觉得甜。

似一阵拂面清风，似一股融融暖流——这种感觉就是红糖的感觉。每当品尝红糖水时，我总爱用小勺搅动着杯中褐色的液体，慢慢吞咽，细细品味，余香满口。我搅拌着红糖水，仿佛是在搅动一段浓缩的时光……

在那个穿着碎花布裙、扎着羊角辫的年龄，每当到了父亲出差要回来的那一天，我就眼巴巴地趴在窗台上望着父亲回家必经的那条林荫小道。和很多孩子一样，那时的我喜欢在父亲出差回到家，在他还没来得及脱去一身的疲倦时，把他的公文包翻个底朝天。那个黑色的公文包承载着我童年的许多梦想和欢乐，它可以是一本好看的小人书，可以是一套有趣的积木，也可以是一盒梦寐以求的水彩笔。对我而言，最梦萦牵绕的还是那一包红糖。

那些日子里，糖的品种并不如现在这般繁多，记得那时候有五分钱一颗的水果糖，有两毛钱一支的棒棒糖，更高级的便是夹心糖什么的。但是这些并不能减少一个少不更事的孩子对于红糖的渴望。

那时，红糖的红色，比起太阳的红色，花朵的红色，在我心里诱人多了。当然，我是很想吃水果味道的糖，既可以品尝到糖的味道，又可以品尝到水果的味道。但是，一粒纯红糖就是我那时的一个很爱恋的梦，红糖的甜蜜汁液在齿缝间流溢，寄托着少女甜美的憧憬，不带一丝杂质的纯粹浓郁的红糖。

我吃红糖的时候，父亲总是在一旁笑着看，我说爸爸你也吃一颗吧。父亲总是笑眯眯地说，我吃过了，这红糖很甜。于是我一边吃着红糖一边看着父亲的笑脸，觉得那笑脸和我口中的红糖一样甜。

于是我在作文中写道：父亲每次出差回家总给我买回我爱吃的红糖，那些红糖很甜。我的生活就像这红糖一样甜，我吃红糖的时候爸爸的笑也像这红糖一样甜，我的生活很幸福。

红糖是甜的，吃着红糖，这真是一种童年时简单的快乐。而红糖的沁心滋味在我长大之后依然品尝得到。读大学，毕业，工作；初恋，结婚，生子，已经过去的这些年里时时处处都感觉生活就像红糖，甜蜜蜜的，几十年过去了，那股舌尖上红糖的甜蜜依然叩动着我的心！现在回想起来，感谢我的父亲，成全了我像红糖一样甜的生活。感谢红糖，筑就了我像红糖一样美的回忆。

写到这里，我又开始怀念红糖那一股久闻不厌的甜味，它可以轻轻抚慰着人们伤痛的心灵，留下一缕温情，一片慰藉。给生活加点儿红糖吧，慢慢品尝，那种甜而不腻、香醇清甜的感觉令人回味无穷！

感恩节里说感恩

我喜欢陈红演唱的《感恩的心》这首歌曲。因为感恩是人类最朴素的情感，是人与人沟通的桥梁，感恩能使我们这个世界变得更加和谐美好。

有人认为"感恩"是舶来品，其实并不尽然。在《现代汉语词典》中对"感恩"有着明确的解释："对别人所给的帮助表示感激。"在汉语言中有关"感恩"的词汇更是丰富多彩，例如：感动不已、感激不尽、感激涕零、大恩大德、感恩戴德、千恩万谢、以德报德，等等。

在现实生活中，我们每个人都要具有感恩的心，面对每一天。早上起床的时候，我们应当感恩地看着窗外的阳光，因为地球上有无数的人，永远闭上了他的眼睛；端起饭碗的时候，我们应当感恩地吃下那碗米饭，因为在人间，还有很多人得不到它；行驶在上班的路上，我们应当感恩那份稳定的工作，因为同样的路上，还有无数为了生存而到处奔波的人；接到一个朋友的电话，我们应当感恩这份友情，因为在另外一个地方有一个惦记着你的人。

感恩是人性的光辉。中华民族自古就是重情重义、感恩图报的民族，形成了一种"感恩文化"。时至今日，感恩更加深深地扎根于每个人的心里，流淌在每个人的血液中，成为每个人自觉或不自觉的行动。在中国，一些知名企业和新闻媒体发起了"感恩中国"的活动，他们联合发出倡议，将每年的 12 月 28 日定为"感恩中国日"。在这一天，中外企业通过全国主流媒体发表感恩中国联合宣言。用他们共同的声音感恩中国，用他们感恩的心温暖社会，用他们的诚信净化市场环境。感恩是爱与爱的折射，情与情的温暖，手与手的相牵，心与心的鼓励。受人滴水之恩，当以涌泉相报，这已经成为华夏儿女默认的契约。

我们知道，每年 11 月的第四个星期四，是美国的感恩节。近几年，在我国也有许多人跟着过感恩节，不管是不是节日，我觉得感恩是由衷的，是自觉的，是一种情操，是一种责任，是一种道义，它表现于日常生活中的每时每刻，不是靠节日能够过出来的。从另一个意义上说，感恩并不是人类所独有的，它存在于大千世界的万事万物之中，跪乳的羔羊是为了感谢母亲的生养之恩，盛开的鲜花是为了感谢春天的温暖之恩，满山的苍翠是为了感谢阳光的照耀之恩，大地的丰收是为了感谢农民的劳作之恩。那么，作为我们人类，更应当常怀感恩之心。

当我们拥有一颗感恩的心，我们的眼睛就会随时发现可感恩的事。诚如一位怀有感恩之心的人常说，当你每天醒来时，应该这样想："我真是个幸运的家伙！今天又能安然地起床，而且还有崭新的完美的一天。我应该好好珍惜，常怀善心，要积极地面对生活和帮助别人。"愿感恩的心成为我们生活中不可或缺的阳光雨露，来滋润我们的生命，滋润我们的生活，这样，我们的生命也会多出一抹绚丽的色彩。

莲藕新说

在我家附近的农贸菜市场，一到莲藕收成的季节，总会有乾塘莲藕上市。我要是看到号称乾塘的莲藕，总是忍不住买几根回家。在湛江，谁人不知谁人不晓乾塘的莲藕？含水分多，质嫩而脆，肉厚肥大，细腻无渣，味道微甜，是藕中上等佳品！

说起莲藕，对于南方人的我来说并不陌生。

莲藕，长年累月深植在浊水淤泥之中，一身黑泥毫不悦目，然而，剥开表层，外皮泛黄的莲藕被切开，藕径中的洞孔管呈星状分布，显露出来镂空花案，一片玉洁冰心，难怪有对联赞藕"一弯西子臂，七窍比干心"，只需简单地横切一刀便自然天成，真是奇妙极了！

洁白如玉的莲藕微甜而脆，富含淀粉、蛋白质、维生素 C 和维生素 B1，以及钙、磷、铁等无机盐，既可生食也可做菜，营养丰富，而且药用价值也相当高，它的根茎芽叶，花须果实，无不为宝，都可滋补入药。像莲藕制成的粉，可消食止泻，开胃清热，滋补养性，还可预防内出血，是妇孺童妪、体弱多病者上好的流食和滋补佳珍，在清咸丰年间，就被钦定为御膳贡品了。据《本草纲目》记载：莲藕可"补中养神，益气力，除百疾。久服轻身耐老延年"。难怪李时珍誉莲藕为"灵根"！

虽然今天，莲藕的做法有许多，可做成诸如酸辣藕丁、泡菜藕片、清蒸藕丸、蒸藕泥、炸夹藕、山茶糯米藕、干锅香醋脆藕、姜末藕等无数种美味佳肴。但是，我依然情有所属的是我母亲在我小时候常给我做的冰糖糯米藕，久久回味都会怦然心动。

母亲先是找来一些糯米淘洗干净，再放在盆中用清水浸泡，待约30分钟后捞起晾干水分，将削好皮用水洗净的莲藕切下一端藕节，然后将糯米一点一点地塞进莲藕的孔里，待糯米将莲藕塞满后，再用竹签将切下来的藕节与莲藕连接复合。然后放进锅里加水蒸煮。到煮熟，放置稍凉后浇上冰糖汁，将莲藕切成一片片，当母亲把这冰糖糯米莲藕端到餐桌上，我早已口水外溢，一碟莲藕很快被我吃个精光。这从童年延续到如今的脆甜滋味，令我念念不忘。

长大后不那么容易尝到母亲的手艺了，自己也学会了做凉拌藕片、清炒藕丝这类鲜脆的菜肴。我做的凉拌莲藕，藕片薄如纸，吃在嘴里爽口软脆，香味溢满齿颊。母亲说莲藕能使神经末梢血行旺盛，促进皮肤新陈代谢，使内脏机能顺畅，因此对消除黑斑、疮疤有一定的作用。这么一说，我就更喜欢吃莲藕了。

民谚说："荷莲一身宝，秋藕最补人。"当下正是时候，家里便常用莲藕煨汤以滋补人。做法是把水放入砂锅里烧开，然后将洗净的龙骨和排骨、莲藕放入，敞开锅盖，大火煨煮，不用半个小时，便满屋都是骨髓特有的香味了。大约一个小时，待肉烂汤浓即可关火，只需放少许盐，其余调料全免，汤味便鲜甜可口，纯正腴美，养胃滋阴，健脾益气。我们全家老少都爱喝这味汤。

生命横亘在厚厚的淤泥里，俗虑尽消在荡漾的碧波下。时常听到对莲花的赞誉，却很少人由衷地祝福在幽暗空间的藕。在我眼中，莲藕比荷花还要漂亮、高贵！莲藕是荷花的母亲，韬光养晦，守拙抱勤，默默付出，无怨无悔；荷花正是母爱的生命、不老的象征。莲藕是荷花的本心，不畏恶因，化因善用，潜心修行，矢志不渝；荷花正是修行之果、能量之实。藕圣洁的心田，从不埋怨世俗的偏袒。眼花缭乱的世界，虽然不为之动容，藕却一直为红花绿叶默默地奉献。

当有一天，莲花褪尽了红颜，寒霜把绿叶摧残，一塘的落寞，没有了往日的韶华，而莲藕这时跃出了淤泥，用毕生的追求，把丰硕的成果向世人展现。命运虽有遗憾，生命也遵从自然，人们终会发现，藕才是真正的出淤泥而不染！

我真替乾塘人感到高兴，他们有藕为生，与藕相伴，俯仰可见，朝夕相对。莲藕，就像是乾塘自己的亲人一样，淡定安然，铅华洗尽，从容素朴，乾塘祖祖辈辈也始终保持质朴坚韧的本色，莲藕的品质精神已经深入乾塘人们的骨髓，融入了他们的血液。

一起都能重新开始

作为沿海城市的湛江每年都会与台风照面，但目睹台风最肆虐的还是 2015 年 10 月 5 日。

五一黄金周 3 日那天晚上，就是台风来的前个晚上，我们从新闻联播中得知有台风，当时并没有太在意。想按照往常那样，不过是刮半天大风，伴着下两天雨而已，反倒是庆幸台风一来，天气会凉快些，避开前几天的毒日头。如此想来，我就不会当作那么一回事了，只是将敞开的窗户都关上就睡下了。

酣梦中不知时分，忽被一阵玻璃碎裂声惊醒。我猛然坐起，只见蚊帐舞成一团白影，一扇窗户的两块玻璃已不知去向，只剩窗框在一下一下猛烈地砸着墙。我顿时意识到台风来了，恍惚中才想起我关窗时疏忽了卡紧手把，现在悔恨已晚，我心中暗自叫苦："完了！"也来不及多想，忙跃起将窗框用力慢慢抵上，狂风中似乎有一只蛮横的巨手和我较力，我一边恶狠狠地咒骂，一边颤抖着用双手去拉窗。不知怎么样的，关窗竟成了一场较量，心底暗暗较着劲："不信抵不过你！"我咬牙憋劲，十指用力抓住手把将窗拉上，拴好手把。狂风暴雨早已将我打得一头一脸都是雨水。这场决斗凭我的执拗取得最终的胜利。窗外，大雷雨的雨滴豆粒般大小，啪嗒啪嗒地砸在窗台上，水花漾开，外面的景象一片模糊。

回过头看看，屋内已湿了大半，我连忙收卷起地上杂物朝安全地带撤离。忙乱了好一阵，只听到外面风雨有加无减，心中吃惊，这次台风真的是来势汹汹！看那风势，一出门非被卷走不可。一番奋战过后，浑身疲乏，便躲到墙边沙发，用被子将周身一裹，"躲进小楼成一统，管他春夏与秋冬。"待在家里，黑暗中传来恶风的狞笑声，所有的窗户缝隙都在呜呜地尖啸，犹如无数只野猫在凄厉地嚎叫，台风的呼啸声是如此可怕。间或听到玻璃或者瓦片破碎的声音，这似乎就是这个城市仍未死寂的唯一证明。房子黑漆漆的一片，我好不容易摸索出两根蜡烛点上，颤颤巍巍的烛光不时猛烈摇晃一下，仿佛随时会沉没在黑暗之中。

大雨倾盆的夜晚，时间也仿佛屏住了呼吸。耳听风势有增无减，我似感到楼层在晃。不觉担心：这风势是否会将楼刮走或吹散架？心中竭力地转念：楼房均是钢筋混凝土建造的，即使风势再大，也不至于被刮倒吧。这样胡思乱想着，不知不觉地又睡着了。

第二天醒来，天色微明，风雨小些，但四周仍无人声。在阳台往外看去，马路上车辆寥寥，路两旁的高高低低的树仿佛昨夜被大脚巨人乱踩一遍，断叶残枝，无力地躺在那儿。不多远处一株株碗口粗大的树被连根拔起倒在路旁，粗犷的树根掀起的一个个坑和一堆堆新鲜泥土赫然在目。街上稀少的行人弓着身体吃力地行走，手中的雨伞被风刮得翻卷过来。不知哪里来的几个塑料袋呼地蹿上天空，疾速地越飞越远。

打开手机一看，微信上的台风信息已经铺天盖地地塞满了我的屏幕，大家都在讨论着"彩虹"的威力。远近的消息渐渐汇拢，谁家的家具被吹得乱作一团，谁家的门窗没了，谁家的车被砸坏了，谁家的自行车不小心被一阵狂风裹住拎起来，呼的一声扔到路对面……"彩虹"搅乱了湛江人平静的日子，整个城市都在谈论台风的消息。

第三天，风已经变小了，滂沱大雨仍然在下着。天地之间一片沙沙的响声，没完没了。即使严阵以待地应对台风，又能如何？不过顺势而为，减少损失，总无法做功使法，让它滚远消失。且等着，看着，忍着，让它呼啸而来呼啸而去，留下城市一条条积水的马路，一堆堆杂乱堆积的垃圾，马路中央一大片倒下的隔离栅栏，一个个被吹倒的铁皮广告牌。台风过后的湛江如同挨了一顿重拳的汉子，鼻青眼肿，伤痕累累。

雨慢慢地收住了，台风也没多少余威可逞，追着雨去了，一溜烟消失在空气之中。云层由浑变清，人们神色平静地走出家门，忙着开始清理家里场外的垃圾，晾晒东西，提着菜篮子去市场。

然后，报纸上说，这个台风刮走了多少个亿，人们只能认账。"天要下雨，娘要嫁人，"由不得自己做主的事，抱怨没有意义，多少代人都是这么活下来的。统计出来的损失是巨大的，但只要人活着，一切都能重新开始。

一场台风决不能刮走生活，我的心绪无以言表，继续在寂静的日子中怀着期待的种子发芽，等待明天的世界安然无恙。

情系番薯

我家里常常都有番薯吃，不是自家种的，大多是别人送来的，这些别人送的番薯都是托我母亲的福。

我母亲这个人，特别热心肠，不管是亲戚还是朋友，亲近的或是疏远的，只要找上门来需要母亲帮忙的，小到小孩上学办户口，大到村里修路建宗祠，林林总总的芝麻绿豆的大大小小的事，母亲从来都是二话不说地有求必应。事成之后，那些托办事的会带上些土特产上门答谢母亲，大包小包里装的不外乎就是些花生、番薯、芋头、玉米之类的。

前些时候，母亲又给我带来些番薯，还没等我开口，母亲说："这是谁谁谁送的，我给他家的医疗补助的事办妥了。"我不屑地嘀咕了声："尽送了这些！"母亲不以为意地说："你指望他送什么呢？这些就是他家最好的东西了。他说这些番薯没下农药自家种的，粉糯香甜，润密可口……"我没心思往下听，只觉得我母亲真是不在计较的。我知道母亲是真心实意地帮助有需要的人。她总是说，"今天你帮了别人，说不准哪天他也会帮到你的！"可我总觉得母亲吃了不少亏。其实别人托办的事并不轻松，也是母亲辗转找关系，欠人情地辛苦差事。不但分文不收，有时候还倒贴出钱出力地帮人办事。过了那么些年下来，母亲的好名声在小镇上是众所周知了。她的人脉广博，精明能干，做事周全的做派让我望尘莫及。我的母亲用行动教导着我们，做人要善良，帮助别人也是在帮助自己。

别看这不起眼的番薯，母亲从来没嫌弃过更没浪费过。送来的番薯有吃不完的时候，吃不完的番薯，母亲总能弄出各式各样美味的花样小食。

漫长的冬季里，番薯就成了我们的夜宵，寒冷又寂寞的冬夜，火炉上散发着热气的番薯，被烤熟得外皮黄里透红，吃在嘴里甜香绵润。心灵手巧的母亲还会制番薯干，把番薯削去外皮后上锅蒸熟，取出切成粗细类同的条状，放在阳光下晒，大太阳底下晒足个三五天后，番薯里的淀粉充分糖化，番薯干面干面的，这样的番薯干很清甜很好吃，我们百吃不厌。

　　母亲烙的番薯饼也是我的最爱。母亲把番薯去皮，放在容器里捣烂，再倒入分量适宜的面粉，加入温开水搅拌均匀，把和好的面揉到柔软筋道即可。在面板上擀好面团，把番薯泥嵌进去，热锅倒油备用，准备就绪后，开始烙饼了。红红的火光把番薯饼烙成金黄色即可上锅。每当这个时候，浓浓的饼香在屋里蔓延，我们就迫不及待地冲进厨房，没等饼端上桌，我们就抢着狼吞虎咽地吃了起来。现在回想起，我依然忍不住咽下口水，回味无穷。

　　我拨通母亲的电话，想告诉她我挂念她的手艺了。母亲很兴奋地告诉我："你有口福了！昨晚我在微信里助力薯农，买了三十斤番薯，这么好的番薯，怎么忍心让它烂在地里！"我的母亲又解了农民的燃眉之急，又解了我的口馋之结。都是托我母亲的福，困顿中的人们都能被热心相待，感受到人情的善意！

在湛江晒着太阳过冬

冬日里的湛江，是晒着太阳度过的。晒着太阳过冬天，叫人不怀念都难！

前几天看微信中的天气预报说，"一股很湿的寒潮就要来了！据说，2016年1月18日欠湛江人的冷空气，这次统统一次到货。"

结果是冬日的阳光痛快人心地整片落下来，明灿灿，暖融融的。想想：一整个冬天，躺在太阳温暖的怀抱里，全身心浸泡在阳光里，笑着迎来清晨又笑着送走黄昏，一个个冰冷的冬日一天天不知不觉就过了，根本不用你感叹：冬天来了，春天还会远吗？冬天就过了，春天就来了。这样的时光，多有滋有味，多幸福吉祥！

晒着太阳过冬，此趣只是湛江有，哪个城市有这等享受。

冬天里早上起来，我的一个习惯性的动作就是抬头望天：看看天气好不好。如果天气晴朗，那就抬头看看东向天边：太阳有没有出来，出来了就好晒太阳了。

冬日暖阳，有着一种沁入心脾的味道，让你浑身暖洋洋的，有着说不出的惬意。冬天让自己变得慵懒起来，静静地躺在阳光下，晒着温暖的太阳，深深地呼吸冬日里清新的气息，尽情地享受暖暖的阳光，明媚的感觉会一直浸透到心底，暖彻心房。

沐浴着冬日暖阳，一股热流传遍全身，让所有的一切，融进这美妙的冬日暖阳里，幸福是无以言表的。冬天，随便抓一把阳光，便会迷醉在暖阳的怀抱。白居易《自在》诗中有语："呆呆冬日光，明暖真可爱。"冬天的阳光明亮，明媚温暖真是可爱，暖暖的阳光涤荡冬天的心事，生活更有几分自在。这个冬日就像一首浪漫的诗，在冬日暖阳下，晶莹明亮。冬日的暖阳，没有春日阳光的妩媚，没有夏日阳光的炙热，没有秋天阳光的浪漫，但有着一份释然，一份执着，一份豁达，一份炽烈的情怀，是那样的安静，流露出成熟和祥和。冬日暖阳沁心扉，传递着温馨，驱散心中的不快和寂寞。

喜欢冬天，更多是源于冬日的暖阳。金色的光辉倾泻下来，透过玻璃窗轻轻柔柔地落在身上，一种暖洋洋的感觉涌上心头，让人舒坦，让人忍不住想捕捉那温暖的丝丝缕缕。冬日的暖阳，给了自己一些想象的空间，给了自己一些和煦的心情，给自己营造出无限的虚幻意境。

冬日的暖阳，在冷酷中显示柔美，在宁静中显示着热情。我喜欢冬日的暖阳，它赋予了生命的关爱和呵护，给予了生命的动力和源泉。冬日暖阳沁心扉，让我们静静地享受着温暖，悠闲的仿佛将自己置身于柔柔的春天里，忘记了寒冷。冬日的暖阳暖暖地洒在心头，内心深处再也不会感到孤独。

冬日暖阳，让我们有了一个温暖的冬日，忘却季节的寒冷，洗涤阴霾的心情，照出了人们幸福的笑脸，你会发现，生活是那么的美好。冬日暖阳沁心扉，那暖暖的阳光里，分明孕育着春天的阳光。

冬日里的阳光虽不比夏天时来得热烈，人们对它却异常有好感。冷冻久了的生活偶尔投来几片阳光，平淡的心情就会随之泛起点点欣喜的波澜。邀上几个好友，在大片大片的阳光下嬉戏，玩闹，真有一种回归童年般的美好！可这阳光这么热情，我们的每一个动作都小心翼翼，谢谢它给大家带来温暖，也希望能多留住它些时间陪我们。晒着太阳的时光，是安然的时光，是轻松的时光，是慵懒的时光。阳光是那样的温和，那样的柔软。晒着晒着，就把人的心也晒软了。踏着这柔静美好的阳光，又要止住心头涌起的强烈的冲动，让我想起了很久前的一段关于阳光的回忆。

还记得有一个冬日的下午，我躺在公园的草地上晒着太阳看天，天空那么蓝，那么远。云朵那么多，那么白。看着看着，我就沉到梦乡中去了，我就飞到天上去了。那里的阳光一大朵一大朵的，像灿烂的花。那里的阳光一大片一大片的，像无数闪闪发光的金子。那里的阳光铺天盖地，像草原，像河流……无边无际，在这阳光里，我尽情地跳啊跑啊飞啊笑啊乐啊……在阳光里，我透明。在阳光里，我闪亮。在阳光里，我盛开。在阳光里，我变成了阳光……我只想在这阳光里沉醉不知去路归途，我只想永远地浸泡在这阳光海洋里，四处流动，随意漫延……晒着太阳过冬日，冬日里有了暖阳，让我有了份感动，慢慢地闭上眼，轻轻地打开心扉，体会这份温馨，一种欣喜，一种幸福便会油然而生。

冬日的阳光是一味药，可治精神痿靡症、忧郁症和愁眉不展症。冬日的阳光是一枝花，快乐的花，开在天上地下，也开在人的眼间心中。

冬日里那片薄阳在六点来临前收住得很突然，终归不过是一段来不及上演就已经落幕的小插曲，而我，心里藏着对冬日里的阳光的眷恋，期待着与它下一次的相遇。

陈秋凤作品

　　陈秋凤，女，广东湛江遂溪人。大学中文本科毕业。现为湛江市坡头区一中语文教师。湛江市作家协会会员，坡头区作协会员。她热爱生活、热爱教育事业。其作品文字质朴、情感真挚。多篇散文作品发表于《湛江日报》《海东文艺》等报刊。

慢时光

　　曾经在哼唱筷子兄弟的《父亲》时，总被那句"时光时光慢些吧，不想让你再变老啦，我愿用我的一切，换你岁月长留"感动得泪盈满眶。是啊，在快节奏的社会里，人们恨不得两天并做一天用。如果生活的列车没有出轨的那一天，那么有谁还会停下匆匆的脚步，开始思考和享受慢时光的生活？我们是否错过了什么更珍贵的东西？什么时候开始已经丢失那份亲自参与琐碎劳作的乐趣与纯真？

　　其实，时光从来都不曾老去，也从来不曾慷慨或吝啬。只不过在电子产品发达的今天，时光就在娴熟地敲打着键盘的指缝间悄然逝去，在一页又一页毫无目的地浏览网页中无情溜走，在羡慕和妒忌朋友圈多姿多彩的图片中一闪而过。于是，慢生活成了一种奢侈品，慢时光就成了歌词里反复吟唱的咏叹调。却不知，它真实地停留在我们身边生活的每个细节里。

　　在陪伴孩子长大的日子里，我是贪婪地享受着孩子从婴儿到童年成长的这段慢时光。在孩子专注玩耍的时候，最能感受到慢时光那可爱的身影。这不，孩子们看着公园里到处生长的野菊花，就自发地采摘起来，更有意思的是，他们把摘来的花枝整齐地栽种在雨后湿润的泥土里。看着他们认真的样子，我想说，有一种童年叫栽花！在大象公园不大的园子里，每个角落都记忆着孩子成长玩耍的时光。在这些日子里，有许多同龄及或大或小的伙伴，一同来到公园晒太阳、爬行、学步，还有捉迷藏、走独木桥、摘花、摘杨桃等。热闹的时候，老老少少一共有二三十人之多。基本上一个小孩一个大人，再加上勤快锻炼身体的南油退休老人，一个小公园，黄发垂髫并怡然自乐，那和谐快乐的因子像冬日温暖的阳光洒落在公园的每个角落！我曾以为，这一画面会一直延续下去。可是近几年随着新楼盘的逐渐入住，年轻的年老的一批又一批地搬进了电梯房，三区熟悉的面孔逐渐分散在各个新的住宅区，尤其是过年时，看着一大片黑乎乎窗户，这些空置的房子在这喜庆的年节里添上几分落寞和凄清。仅仅四年的时间，海东新区的楼盘如雨后春笋，以迅雷不及掩耳之势瓦解了老社区人气高涨的局面。

还是歌词里唱得好，"门前老树长新芽，院里枯木又开花；记忆中的小脚丫，肉嘟嘟的小嘴巴。"由此，不由得感叹，时间都去哪里啦？花开花落会告诉你；孩子一天天地长大会告诉你；爸妈满头白发会告诉你。只是只是，人生有太多的只是，让你在匆匆的步伐里忘记了时光的造访，也忽略了时光的不辞而别。人们总是向往和追求完善、舒适及时尚的住宅区，而曾经承载了童年的欢乐和成长印记的基层老舍区，即使再温馨再熟络再不舍，也留不住跟上潮流的脚步，自然，就有了今天的落寞与孤单！纵然，每晚还有那劲爆的音乐，广场大妈依然翩然起舞，只是这边少了孩童到处窜跑的身影。对此，一位常住的老人不无感慨地说："现在人都不知道跑哪儿去了，就连小孩也不见了。"我想，过去几年无论是白天还是傍晚，十几二十个小孩聚在小区路灯下追打玩耍的情景怕是少有的了。

自从孩子奶奶搬家到二区住，乐乐也到了上幼儿园的年龄段，上班期间几乎都是在二区住，周末回来，白天也是往远处跑，大象公园几乎都是很少去的了。刚刚过去的一周，一直阴雨绵绵，所以不敢出远门，带上乐乐来到大象公园，经过国庆期间那场彩虹台风的肆虐摧残，如今的公园被修剪过后，一望到底，显得空旷许多。但是雨后的公园依旧散发着泥土的芳香，我和乐乐都特别喜欢这种自然的味道，约上小伙伴，偌大的公园，满园子摘花、栽花、追跑、打架到和好，两个小朋友度过了属于他们童年的周末。但是，耳边还回响着那位老人所感慨的"现在人都不知道跑哪儿去了"，隐约地感到有些痛心，有些美好的时光，还有伴随期间的淳朴的人情，随着距离的远去而渐渐消逝，这才是最可惜的，也是不可逆转的趋势！我无限怀念在老社区度过的慢时光！

时下年关已近，"春运"的话题开始提上日程，脑海里依稀还浮现着2015年农民工摩托大军风雨无阻回家过年壮观暖心的画面。看到这些"回家过年"的报道及大街小巷拉起"欢度春节"的横幅，才确切地知道，要过年了。是的，越来越多人感慨，如今的年味越来越淡了，就连朝气十足的中学生也发出"过年没意思、无聊"的感叹。今时今日的中小学生，早已不缺钱花销，他们少了对过年时压岁钱的期待，更害怕和尴尬的是，过年时亲戚朋友们三句不离成绩单的问候。写到这，忽然十分同情这代读书郎，在物质丰富的今天，电子数码充斥的日子，仿佛只剩下了wifi的虚拟世界。对比之下，我越来越怀念那曾经独属于童年时期过年时的慢时光，记忆里，年前那几天是一家人最忙碌的日子，那一桩桩一件件事仿佛老电影里的画面一点点慢慢地在我的脑海里播放。

　　我们的过年准备是从腊月二十四开始的。这一天，全家动员，开始掸尘和祭灶。黎明即起，扫房擦窗，清洗衣物，刷洗锅碗瓢盘。一直到晚上，还在洗洗刷刷，虽然很累，但是在爸爸的带领下兄弟姐妹一起劳动有说有笑，让人忘记了身体的疲乏。厨房里，妈妈在准备祭灶的所有东西，而这些东西在祭灶之前，妈妈总是严格反复叮嘱我们不许碰。小时候看到那盛在碟子里的冬瓜糖，总禁不住流口水，但忌惮妈妈说的吃了是对神灵的大不敬，也就只好忍着。过后的几天总在慢悠悠而又忙碌地洗刷整理当中度过。

　　我认为，我家过年前的重头戏就是做叶搭饼和年糕。仿若所有的年味都承载在终日炊烟袅袅的厨房里，从腊月二十八九到大年三十晚。按照惯例，大年初二开始走亲戚，而这些准备好的叶搭饼和年糕就是送礼的必备礼品。当时觉得繁琐异常的准备馅料的工作如今回忆起来却是那么快乐温馨。前一天晚上，妈妈开始有条不紊地给家里每个成员安排活计。凌晨，妈妈浸泡好糯米，早上四点多打着手电筒跟爸爸去排队打粉。天放亮了回到家，一边吆喝着孩子们起床干活，几乎同时，一头扎进厨房，炒花生米、刨好椰子丝又用猪油翻炒过晾起、再炒芝麻仁。在妈妈的号令下，我和弟弟拿着梯子去老家院子里摘树菠萝叶，摘好后回家泡在大盆里，叶子全部被水淹没，浸泡一段时间后再开始两张并在一块搓洗。坐在洒满阳光的院子里一洗就是半天，中间不知道换了多少次水。只记得姐姐从自家的水井里打上来的水放在冬日的寒风中热气升腾，手放在水里有说不出的柔软暖和。午饭后，我负责把炒好晾凉的花生米脱皮后压碎成粉状，姐姐则要用剪刀把冬瓜糖和红枣剪成需要的大小，爸爸则在家门口用锯子斧子锯断砍好早已晒干的薪柴，弟弟再把它们叠好，一摞一摞地搬回厨房。时光慢慢吞吞地来到傍晚时分，在柴火的烹制下热气腾腾的叶搭饼就在妈妈滚烫微红的手掌上递放到箩筐里。晚上，我们看电视歇息时，手里还拿着剪刀，在修剪黏在叶搭饼上不规则的叶子。当然，此刻灶头的柴火正旺，年糕还在大锅里蒸着，妈妈一直忙到大半夜！

　　这就是年味，充满着人间的烟火味！过程琐碎有序地进行着，它就是独属于我记忆中过年时的慢时光！包含了一家人勤快付出的快乐和满足，对温暖人情的向往和传承，也有对来年美好生活的期盼！可是，在淘宝无所不能、物流便利的今天，那样的工序、那样的手艺、那样的味道逐渐让位给各种包装精美的年糕和糖果饼干，一切的一切，背影匆匆的都市人没有时间没有手艺也没有心情为此制作；商场里有足够多的选择，只要掏钱即可。慢时光输给了方便又快捷的全球购，输给了早已远离泥土、柴火芳香的生产线上整齐划一的食品，输给了各种人情交换和觥筹交错的酒桌，徒留老家里孤寂凄冷的守住家园的老祖父老祖母。

时光时光你慢些吧，让我们这些从小离大自然最近，心却一直徘徊在自然门外的一代人，重新审视我们的生活，放慢我们的步伐，调整我们的心态，去践行去体验去创造人性中本该拥有珍惜、温情和互爱等美好的情怀！

路在脚下

　　人的一辈子，其实面临的选择真的很多，只是路遥在小说《人生》中曾说过"人生的道路虽然漫长，但紧要处常常只有几步，特别是当人年轻的时候。"大学毕业去向的选择，就是我人生选择的紧要一步。一份求职简历的缘分，一次重要的取舍，我的人生路从此就与坡头接上轨道，一晃就在这个海湾的怀抱里待了9年。

　　都说路在脚下，但我第一次来到坡头时，路是在大轮渡上。还记得那是2006年3月5日当时第一次踏上渡轮。巨大的轮渡上承载着好几十号人，同时有自行车、摩托车、小轿车、大货车。天啊，这对于只坐过人力摆渡小船的我，眼前的一切充满了新鲜和奇特。更为激动的是渡轮行走到海湾中间时，映入眼帘的是雄伟的"广东省第一跨海大桥"正在施工到工程的最后合龙阶段。桥的西头连接着开发区，东头连接着坡头，"一桥飞架东西，天堑变通途"这就实现了坡头人民几百年的夙愿。幸运的是，第一次的坡头之行因试教获得学校的首肯，同年5月接到前往教育局签约的通知。这一次，再到坡头，还是乘轮渡，但是心情却异于第一次的陌生和惶恐。第一次是带着未知和期待踏上坡头这片热土；而第二次，签约通知对于一个到处投简历的大学毕业生来说，那是心头一块石头终于落地，不再彷徨，不再左顾右盼，不再这山望着那山高，这时就有了更多的心情来注视我即将工作生活的地方，我对这个地方感觉亲切多了。

　　自此，走在人生最重要的岔道口，我选择了坡头，坡头也选择了我。这一次的选择，迈开了我在坡头教育事业人生路上的第一步。从那天开始，我就成了坡头人，见证着坡头一天天地由一个略带羞涩、纯朴、天然的海姑娘变成了今天大方、时尚、热情的现代女郎。

　　2006年12月30日，是载入坡头区发展史上一个隆重的日子。海湾大桥正式投入使用。我和同事们还有部分学生参与体验了海湾大桥通行的庆祝活动。当时人们徒步上桥，从东西两头出发，到大桥中间汇合，那天桥上人头涌动，甚是壮观。海湾大桥的通行，给坡头人带来希望，那压抑已久的发展家乡经济的干劲喷薄而出。可以说，每个坡头人心中都有个海湾大桥的蓝图，从此，走出去的路就不止一条！工作后，通过深入了解和自身体验，多年以来，因为一海之隔，坡头人只能眼巴巴地眺望着对岸的高楼林立和灯光璀璨。尤其是台风天气，就连唯一过海的通道也不通了。海湾，对于霞山那边的人们来说，是一道美丽的海岸线，然而对于坡头人来说，是一道难于跨越的鸿沟，在他们眼里，它不仅长年充斥着一股海腥味，而且陈旧、落后甚至是丑陋。由此可见，这里的人们做梦都想着海湾上空能出现彩虹一样的桥梁。如今，海湾大桥的建成并通行，我认为用激动一词来形容大家的心情，是远远不够的。有趣的是，在南油基地长大的一群 70 后、80 后，在海湾大桥建成之前，把去霞山或赤坎称之为"过海"，大有"漂洋过海"的意思，这也可以感知由于交通不便，出去一趟不容易的心情。虽然，大桥通行之后，湛江市政府开通了 41、42 路公交车，往霞山、赤坎最多也不过 40 分钟的路程，但这里的人们还是习惯说"过海"，我认为"过海"一词已经凝聚了属于他们的文化语境和认同感，即使沧海桑田，也改变不了属于同一代人在共同成长的地方形成共同的记忆。

再后来，渐渐地通往"海"那边的公交车越来越多，路越走越宽敞，越来越便捷。2011 年 9 月 28 日南三人民终于实现"大桥梦"，南三大桥正式通车。又在 2012 年春节期间海东新区奋勇大道全线通车之后，市民对大道的通车欣喜若狂，一陈姓市民如是说："这条大道够阔绰，有头有面！"桥通了，路宽了，车多了。水到渠成地，政府陆续开通了 908、911、912 线公交车。这些线路的开通，不仅让坡头人切实感受到出行的方便，而且给大家带来更为振奋人心的经济发展机会。

自 2013 年 10 月海东新区发展总体规划通过后，新的蓝图、新的机遇和新的建设正一步步地向生活在坡头这块热土的人们招手欢呼。海湾大道、海东大道"沿路经济"活跃繁荣，直接带动了恒大绿洲、金科凯旋湾、启达东海岸房产的开发，同时南油北苑二期开发建设、御品蓝湾和海港新城的建成和热售，引发无限商机和吸引各方人才。我至今还记得 2014 年"五一"期间恒大绿洲的抢先开盘的火爆场面，购房者从四面八方涌来，现场工作人员对有意向购房者采用摇号排队的形式，置身其间，那购买的热情和热闹程度，让你仿佛来到了菜市场。虽然房价与菜价有着天壤之别，但那一刻在购房者的眼里，它们是等价的。一位终于摇号成功之后马上下单买到早已心仪的那套房子的李先生难以抑制自己激动的心情，"千挑万选之后，还是决定在海东新区买房，又做回坡头人了。"原来李先生祖籍坡头，在爷爷那辈出去霞山定居后就较少回坡头，原因是"出去一趟太不容易了。现在不同了，公路建设今非昔比，四通八达，环境优美，空气清新。"现场了解到购房者除了大多是坡头的上班族外，还有很多在霞山、赤坎的上班族也选择在恒大买房。道路宽了，房产旺了，人气也高涨了。

同样作为海东新区重点建设项目之一的广东医附院所在地，原来是属于西沟尾村的农耕地。征地后村子也发生了很大的变化。谈及这点，一位五十多岁的张阿姨非常爽朗地说，最大变化就是村子里建起一条大路，同时装上了路灯，晚上出行再也不是伸手不见五指，亮堂堂的，心里也敞亮多了。

如今的坡头，不再羡慕市区那边拥有高层洋气的电梯房；反过来的是市区那边的人们开始羡慕海东新区的人民，这里不仅有雄伟大气的海湾大桥，还拥有时尚灵动飘逸独具湛江滨海城市风格的奥体中心场馆。借第十四届省运会之东风，场馆的建成与周边配套设施的完善，不难预见明日的海东，必将是商务中心，成为集健身、休闲、娱乐、旅游与购物于一体的现代化城市。这些显而易见的优势，在最近两年吸引了很多大学毕业生回乡就业。今年春节学生聚会时聊起，2009 年和 2010 年高中毕业的那两批学生中就有不少在大学毕业后回到坡头就业。吸引他们回来最重要的因素是经济发展了，机会也多了，不仅可以实现理想还能陪在父母身边，一举两得。今日的坡头，已经有能力为年轻人提供天高任鸟飞海阔凭鱼跃的发展平台。所以，在这种背景下，回坡头就是最有远见的择业之路。常言道，条条大路通罗马。如今的坡头，有了海东新区的发展，条条大路通向阳光大道。吸引大批青年才俊回乡参与建设。留住各行各业的专项人才，招商引资，给当地人民带来切实的经济效益，带动他们挖掘地方特色，实现长期有效的发展。

歌词唱道：敢问路在何方，路在脚下。而今想来，当年走上大渡轮时，也未尝想到坡头今日交通之变化。正如当年读师范专业自然而然选择了教育事业这条路一样，我也未能预见自己会在三尺讲台中找到自己最适合的位置。

2009 年我完成了高中第一个循环教学，送走了第一批高中毕业生，9 年的工作时间，可以说是我最美的年华，我把它奉献给了三尺讲台。如今我越来越坚信，投身教育事业，这是我人生道路上最合适的选择。在教学相长的过程中，我在教育这条大道上越走越宽，在高三一线教学中，迎来送走一批批的毕业生，我的教学工作在不断地循环，这让我强烈地感觉到，原来遇到淳朴的他们，是一种缘分，在与他们朝夕相处的岁月里，他们不同的个体，不同的集体精神风貌总是给我不同的挑战与体验，我见证了他们奋斗的酸甜苦辣，成长的痛苦与快乐；收获了与学生相互学习相互成长的快乐；和学生共同分享了生命中的无奈与激情。以后在这条路上走，还有很长很长的一段，我感谢不同的他们，生命中因为有了他们的参与，让我渺小的生命有了一些分量！在他们那里，我知道，人在任何时候都得有梦想去实现，无论你的梦想是多么的卑微抑或是多么的伟大！

　　每天早晨，在鸟儿清脆的叫声中醒来，走在飘满花香的校道上，感受生命的付出与收获，突然觉得，在教育事业这条路上，能够付出并且有能力去付出，这是一件多么有意义的事。每个平凡的生命因为有了梦想且在努力去实现梦想的过程中成就不平凡的自己，也是这样无数个平凡人在推动着社会发展，成为社会建设进程中坚不可摧的力量。鲁迅当年曾说过，世界上本没有路，走的人多了便有了路。是啊，只要我们肯努力，路就在脚下！

"五一"吹水快乐

　　"五一"放假到哪里玩？其实不用你操心，房产开发商早已帮你安排妥当了。比如，朋友圈里传来了信息，"梦幻小长假？地标海东广场迪士尼嘉年华五一启幕。"活动内容丰富多彩，有疯狂碰碰车、奇趣大迷宫、迪斯尼经典展，还有精美礼品和雪糕一份。与此同时，毗邻地标海东广场的万象凯旋湾也举行水果缤纷狂欢节，打出了"十吨西瓜任你吃"的任性广告。海东新区的房地产大咖使出浑身解数，吸引人气，诚意十足。宣传力度之大，诱惑之大，十分贴心地替你安排好假期活动。

　　看着这些，本来也计划着带孩子去凑热闹，只是"凑热闹"想法刚出来，就把自己给吓回去，立即改了主意，因为猛然想起，去老地方玩，三区大象公园就是一个不错的选择。那里是三区小孩的乐园，老人晨练、散步、唱戏、下棋、聊天儿的好去处。这一决定，孩子也很赞同。想起去年"五一"凯旋湾看"冰雕"时的情景，现场每一个活动项目都得排上几圈的长队，买房的人不少，但像我们这种纯粹看热闹的也不少。与其路途奔波，排队折腾，人群嘈杂，还不如就近在熟悉的地方让孩子安静地玩耍。毕竟商家的真正目的在于卖房，而不在乎孩子玩得是否尽兴。

　　近两年来，坡头区的海东新区迅速崛起，除了借广东省十四届的东风之外，与房地产开发的速度是紧密相连的。原本平静舒适的南油职工基地，也开始热闹非凡起来。各种免费活动的不定时开展，给年轻的父母有了更多遛娃的选择。不过，对于那些退休的老职工来说，似乎没什么影响，他们一如既往地按时到"大象公园"报到，周末时孩子们的身影就少了许多。但是，我们仍然可以看到公园里"黄发垂髫并怡人自乐"的场景。你看，"五一"假期的第一天上午九点，已经有一批阿姨们晨练结束了，一路有说有笑地准备离开公园奔菜市场去了。而第二批仍旧遛娃的大人小孩陆续来了，当然也少不了爱下棋的明明爷爷。只见他不紧不慢地拿出棋盘，摆好棋子，一个人自娱自乐，一边悠闲地等待他的棋友。刚开始，乐乐还没等到玩伴，他拿着翻斗车到一棵大榕树下运沙子去了，开始是一个人玩得很认真，很投入。很快，另外一个熟悉的伙伴嘉嘉来了，俩孩子开始有商量有计划地开始他们的游戏。比如，他们一起去摘公园里大树上长那些不知名的果子，一起装在翻斗车上，一起运回来；又比如，来了另外一个拿着水枪的小姐姐，他们商量着玩起老鹰抓小鸡的游戏，很快又转为内部的斗争，学起电视里打战的样子，他俩联合起来攻打小姐姐。孩子在亲近自然的环境里轻松快乐地游戏嬉笑，相比较于高科技的五花八门的电子游戏和动画宣传片段，公园显得那么宁静和快乐！

远远看着他们玩耍，我们大人围坐在大师桌边开始漫无边际的聊天儿大会。与会者有明明爷爷、嘉嘉爷爷、我和一位中年男子，大多数情况下，我是倾听者，不明白的时候我才会发问，话题不断深入。另外，明明爷爷有点儿耳背，说话家乡口音较重，听他说话我常常是半听半猜，有时我还可以成为他们之间的翻译者。听老人们聊天，你会觉得很有意思，谈话内容古今兼有，时常会从嘴里蹦出六几、七几（即20世纪60、70年代）年这种话。嘉嘉爷爷说，"记忆里有一年连续下一个多月的雨，家里都找不到柴火烧。""我老家那边下四十多天的雨都有。"说这话的是来自湖南山区的明明爷爷。这个话题是由那个中年男子提起的，他说："自从海湾大桥通车后，现在车多了，尾气排量大，下雨少了，气温整体比以前高了。"最后还来一句，"关键是房产开发太厉害了，房子挨着房子；征地多了，耕地少了，树木也少了。"

大家你一言我一语地说着，中年男子接了电话刚走，又来了欣欣的外公，他也是从老家来三区给女儿带小孩的，他的加入，使话题发生了巨大的变化。

刚一看到他，我就问："您不是搬到灯塔路的电梯房住了吗？"这回打开话匣子了。"我们不愿意跟他们住一起，以前是没办法，一起住了三年，现在有地方了，分开住好。一起住久了，闹心，甚至会分心、生分了。"欣欣外公话音刚落，我就想起了曾在《读者》里看到一篇文章，题目叫作《一碗汤的距离》。讨论现代年轻人结婚后最好是跟父母分开住，但不宜太远，一碗汤的距离就好。就是说汤熬好了，盛一碗送过去父母家，温度刚刚好，这样彼此就能感觉到温暖。如今听了此话，深有感触。他的话仿佛是给那个"到底是分开住的好"热门话题回应。明明爷爷更是点头赞同，老人其实原本都在老家生活，是因为有了孙子，年轻人照顾不过来要来帮忙的，但是住在一起时间长了，免不了磕磕碰碰的，加上年轻人生活态度和养育小孩的观念不同，总会有不愉快的时候。说打算小孩上学了，计划着二老回老家去，那样自在舒服。这话我听了，心里陡然有点心酸，父母爱我们，远甚于爱自己。总是先成全孩子，尽管他们眼中的孩子已经长大成人结婚生子了，他们还是甘于委屈自己。这样一想，我们做儿女的是不是太自私了，总是考虑自己的感受，如果条件真的不允许，"一碗汤的距离"也不能实现，只好两地分隔。老了老了，不是儿女孙子膝下承欢，而是老来伴。但如果没有了"老伴"呢？岂不是孤苦伶仃！如此推论，我彻底觉得，天下的儿女都是自私的，正如天下的父母都是无私的一样！想想自己，既是为人女，也是为人母，在这当头，心里感觉挺悲伤的。

当我还沉浸在刚才的伤感思绪中时，话题已经风云突变，大家都被欣欣外公滔滔不绝的描述吸引了。"我是动口不动手的，日薪五百！"我急性子，话音刚落，就抢先问："干啥活能有这么多报酬？"他不急不慢地说："我年轻那会儿是干建筑的，我懂打线槽，恒大绿洲那边的施工队老板叫我去，我女儿不答应。"我听了羡慕得不行，其他两位爷爷则不动声色。他接着说："以前在老家时曾经做过卖树的生意，专门在山区农村里物色好树，谈好价钱，转手卖到大城市房产开发商的手里，中间一来可以赚一大笔。"最后，还说邻居请他做护工，照顾一个盲老头，他提出月薪5000，对方后来答应了，但是他女儿不让他去。在难为情推辞的情况下，对方提出护工不能抽烟这一要求，他正好因为这个理由不干了。说起抽烟，我倒是很有印象的，一手牵着欣欣，一手抽着烟，这种情形是常有的。每看到时我心里总是犯嘀咕，这孩子得吸入多少二手烟啊！最后的最后，他不忘了说，我老伴前两年在一区给人带孩子的，现在孩子上幼儿园了。那家主人六个月换了七个保姆，我老伴一干就是两年，月薪两千八。后来准备回家时，还不忘叮嘱我，叫我帮忙留意谁家要请保姆！我连连点头答应。

看着他远去的背影，手拿着一颗花菜，穿着很旧的裤子，脚下穿一双拖鞋。我还沉浸在他刚才所说的赚大钱的神奇经历中，明明爷爷又开始说起另外一个故事，说老家的邻居从外地回来，在村子里跟大伙谈起他这些年在外面赚钱的经历，每一笔都是大钱，大家都附和着，但眼睛里充满了疑惑，大家心里就犯嘀咕，那你为什么还这么穷呢？就在辰辰爷爷停顿的时候，我插入一句："那人吹牛皮！"嘉嘉爷爷也来一句："这牛皮吹大了。"就在大家的话音中，我忽然领悟了什么，这个故事跟刚才欣欣外公的经历何其相似，难道也是吹牛皮？

哦，睿智冷静如明明爷爷，是这样不着痕迹地揭穿故事的谜底。闲谈莫论人非，静坐常思已过，知道却不当面道破，说的无非是此等境界。而急于表达观点的我，感到十分惭愧。真是听君一席话，胜读十年书啊。这个"五一"，真是吹水快乐，收获满筐！

思念是台风时的海

"思念是一种很玄的东西，如影随形。"而我却觉得，思念如水，时而像潺潺的流水，听者感到温柔而舒心；时而像台风来临时汹涌的波涛，听者感到震撼而痛心！

都说当了母亲的人，心都会变得柔软无比。儿子不在身边那段日子里，这种思念仿佛洒落在心头温柔的月光，无处不在。走在路上，看到抱在妈妈怀里的小宝贝我都会情不自禁地去逗他，脸上散发母爱的光芒。

以前总听妈妈唠叨说，"你们都是我身上掉下的肉，能不疼吗？"当时听了也就笑笑，没太在意。而今，当自己十月怀胎到分娩，又经过哺乳到断奶阶段，到如今孩子已经两岁 11 个月大了，每天看着他蹦蹦跳跳调皮捣蛋的样子，有时觉得烦，但更多的是幸福，这种幸福感也是当了母亲的人才能感受得到的。在把孩子拉扯大的一千多个日日夜夜里，个中辛苦只有当了母亲的人才能体会得到。也许正是因为在他身上倾注了太多的爱，所以儿子离开我跟奶奶回老家的这段时间，我是天天想念着他，刚离开他回来上班的第一个晚上，孩子睡觉前打电话说想妈妈，我的眼圈就湿润了，再后来渐渐听到电话那头传来孩子越来越大的哭声，并且不停地说我要妈妈，那一刻，心如刀刮，想念的泪水如小溪般潺潺流动，吓坏了站在一旁的孩子他爸。他安慰我说，没事的，孩子哭一会就睡着了。这个道理我是懂的，然而想念儿子的心，就连当了爸爸的先生也是无法体会我那瞬间流泪的心情。此后分开的日子里，想儿子时我就翻看手机里的相片、录像，有时看着看着，泪水又悄悄地在眼圈里打转，接着慢慢地收回去，然后傻傻地幸福地笑了。

这种思念的感觉，让我陡然想起怀孕时，儿子在子宫里的第一次胎动，那一刻的划动好温柔好感动！此时思念的心情，是温柔而舒心的，是温暖而充满母爱的。

生命的孕育是多么的神奇和伟大，从那一刻起，我就知道付出与爱不能用对等来衡量，正如天下儿女永远都回报不了父母无怨无悔的养育之恩一样。这让我想起了我的父亲，父亲离开我们已经快第四个年头了，这个事实好像好远又好像很近，因为我时常会想念他，偶尔他也会在我梦中出现，梦里我们还像往常那样，有说有笑的。但是醒来，总是那么失落，就像丢了魂似的。等到真的接受这是梦时，才怅然若失地开始怀念，怀念父亲生前的日子。

爱是不对等的，付出也是，这用在亲人之间是很恰当的。父亲出身寒微，但老实忠厚，勤劳肯干，村里的人都这么说他。在得知父亲患肺癌晚期医治不到三个月的时间就匆匆离开人世时，大家都惋惜地说："这么个好人，怎么说走就走了呢。"父亲的离去，成了我们姐弟四人最大的遗憾，妈妈心头最大的痛苦。回想起我们一家人在腊月二十九依然冒着毛毛细雨砍甘蔗的情景，虽然辛苦寒冷如今想来也是幸福甜蜜的，那只为了省下更多的钱来供我们读书。记得每到开学前几天，父亲就开始四处奔波，向亲戚借钱，找熟人向银行贷款，其中各种尴尬和低声下气只有父亲知道，那只为了儿女读书一个也不能落下。直到生病住院不知道病情严重的父亲，还念叨着家里的两亩地，计划着病好之后耕种，说是为了给儿女减轻些负担，不能拖累孩子。只是事实残酷，一场突如其来的毫无征兆的癌症晚期击垮了我们。"子欲孝而亲不在"，这种缺憾成了我们心中永远的痛。在清明扫墓的日子里我会无尽地思念，甚至在喜庆团圆的日子里，这种思念也会毫无征兆地窜出来，想念的泪水就会肆意地流淌。我知道，这思念就像是台风时的大海，有怒涛卷霜雪之势，汹涌澎湃。

还记得年三十的晚上，到处都张灯结彩，热热闹闹。我们一家三口开着电动车去买鞭炮，我高兴时跟孩子哼着歌"爸爸、爸爸，你去哪里呀，有你在就天不怕地不怕……"唱着唱着，突然心一颤抖，伤心涌上心头，泪水即刻模糊了眼睛，随即忍不住抽泣起来。孩子爸爸感觉到异样，问我怎么了。我说，我想我爸了。他接过话说，大过年的，别伤心了。我听了更伤心，觉得过年团圆的日子要是爸爸还在该多好啊！那一刻我深深地理解了朱自清先生在《荷塘月色》中写的那句话"热闹是他们的，我什么都没有"。触景生情，思念如决堤的洪水更加肆无忌惮，想念之痛让我几乎无法呼吸，趴在先生的背后痛快淋漓地哭了一阵之后，收住哭泣，悄声说："世上没有真正的感同身受，我失去至亲的伤悲只有我自己去消化。"是啊，人生就是这样，每个人都有自己的生活轨迹。有些痛只能自己感受，有些伤只能自己疗治，有些缺憾只能自己吞咽。

这思念啊，不管是像流水潺潺的小溪，还是像波涛汹涌的大海，都常在心间流淌。我想，这思念就是爱的延续吧，一代又一代，血脉相承。

麻斜百姓的英雄梦

是日也，天朗气清。我追随文友的脚步，参加"走进麻斜"的采风活动。在当地村干部的带领和讲解下，我惊喜地发现，麻斜这片土地上演绎着许多关于英雄的故事，而麻斜百姓主角的地位当仁不让。

麻斜，这片濒临湛江海湾的古老土地，人们在这里繁衍生息，有史可查就有七百多年的历史。开基祖张苍显把这块土地取名为"麻斜"的趣事，记在了粤西张氏的族谱上。查阅有关麻斜的历史，陡然发现公元 1269 年，临危受命为广东雷州刺史的开基祖张苍显，领导雷州人民打击海盗，保境安民的英雄事迹广为流传。张苍显无疑把他的英雄气质也带到了麻斜这片土地，这种浩然正气薪火相传，孕育着张氏后人。

古人云，树有根，水有源。要了解麻斜的古往今来，就得从井头村开始。村口，右侧有一口古井，井口左侧有一个石狗，依稀可见供奉时残留下来的香火。由此可见麻斜跟雷州半岛的石狗图腾信仰文化有着一脉相承的特点。"从古至今，历代村人都是喝这口井水长大的。"当地的干部言语中充满着对家乡的感恩和赞美！他略提高声调接着说："后来，麻斜其他村的人都是从这里出去的。"

一路前行，村子巷道上偶尔遇到农作归来的老人，小路两旁花果飘香，尤以绿中带黄的黄皮果最为神气得意，仿佛列道欢迎从四面八方而来的朋友。走在寂静蜿蜒的乡村小道上，不远处矗立着巍峨肃穆的墓帏，这就是被列为湛江市文物保护单位的"张氏家族墓"，有牌匾为证。村干部自豪地介绍说，这是赫赫有名的"张氏陵园"，这座占地面积 1840 平方米的陵园，中门后壁额书"奉宪建造"，左门"毓圣"，右门"聚贤"。这几个俊秀遒劲的大字向张氏后人表明先祖历史上的荣耀，以此来提醒子孙后代要继承祖宗遗训，追念先辈美德。

麻斜百姓的英雄梦与麻斜井头村的"张氏陵园"有关。翻开《麻斜志》，关于"张氏陵园"的介绍，确有一行字记载着：1903 年法帝企图在麻斜井头村一带建花园，限令麻斜张氏子孙挖迁此祖墓，后遭反对被迫取消此举，有"奉天诰命"碑记为证。寥寥数语，读来惊心动魄，眼前似乎有金鼓大作的场面，血肉交飞的情景。不难想象，当时张氏子孙，面对横行霸道的外敌，同仇敌忾，置生死于度外，担当起保家卫国的匹夫之责，以大无畏的精神让敌寇知难而退，保住了祖陵，也保住了家园。那是一种何其壮烈的英雄气概，他们不愧是英雄的张氏后代，富于反抗精神的中华儿女。

同仇敌忾，捍卫祖坟，从此拉开麻斜人民抗法斗争的序幕，这是麻斜百姓英勇抗争史上浓墨重彩的一笔。得天独厚的麻斜地理位置，虽说没有"一夫当关万夫莫开"的险要，但是海岸线绵长的麻斜渡口，是个极佳的天然海港，令要实现远东开发计划的法国人垂涎欲滴。对麻斜这片土地觊觎已久的法国人于1898年进入广州湾，侵占麻斜，在这里设立麻斜市，建兵营——东营。但从踏足麻斜这块土地第一天起，他们就遭到英雄的麻斜人民坚决的反抗和斗争。著名的罗侯王庙前，曾群情汹涌，刀光闪耀。麻斜乡民曾在罗侯王庙设立抗法指挥部，誓师抗敌，捣毁法军修建的工事，迫使法国侵略者停止施工，大长民族志气。一座古庙，见证了这一段麻斜百姓合力抵御外敌侵略，誓死保卫家园的历史。

英雄基因，薪火相传。日本侵华的战火，也烧到了麻斜这块土地。抗日战争时期，著名抗日将领张炎将军曾到这里传播爱国火种，给麻斜小学题赠"救国新基"牌匾，激励年轻人走上救亡图存的道路。爱国民主人士张明西先生，带头捐款支援抗日人民军。在欧洲战场上，麻斜西山村人张保，参加过鲁尔战役、柏林战役等，屡立战功。荣获"法国解放奖章""自由法国奖章""法国抵抗奖章"，麻斜人，就是那样有英雄气概。

1990年，麻斜光荣地被湛江市人民政府挂上了"抗日根据地村庄"的牌匾。麻斜人民的体内流淌着英雄的血液，战争年代，他们书写了可歌可泣的故事。和平年代，英雄的后代又以另一种方式续写着英雄的故事。张明西的故乡新屋仔村，如今山明水秀，一派田园风光。村内屋舍井然，道路整洁，村里的小公园，假山水池，舞台广场，绿树红花，景色怡人。张明西的侄儿张永明，花了二十多万元为村民修建了这么个活动场所，为麻斜人民的英雄梦添上了新的内容。

中国是一个崇尚英雄的国度，也是一个英雄辈出的国度。麻斜这片神奇的土地，承载着历史的沧桑，千百年来，麻斜百姓一代代延续着英雄梦，这个梦想激励和鼓舞着后人勇于担当，不愧祖先和后代。

端山村的古民居

采风当天，天气出奇的好，往日热情似火的太阳躲进云层，恰恰提高了我们走村串巷的兴致。

我们直奔万分期待的端山村古建筑点。随车行到村口，经过一排错落有序、拔地而起的三层以上的小洋楼后，走着走着，村道两边突然出现了几座红砖白瓦的古民居，与刚才看到的小洋楼形成了鲜明的对比——这就是端山村的古民居。

上小学一年级的时候，我在外婆家的村子里曾与古民居有过一次亲密的接触。当时，我跑到小伙伴家里玩，她带我来到她家的祖屋，记忆里那通向大院之后的房间一间挨着一间，感觉永远也走不完，加上屋梁高，木柱多，光线暗，正屋正中间供奉着神像，还有未灭的香火在燃烧。那时的我不敢贪玩，很快就离开那里。后来外婆对我说这家祖屋村里人称为"地主屋"，说是只有地主这些有钱人才能住在那样的大房子里。从此，"庭院深深深几许"的"地主屋"，便给我留下了庄严和敬畏的记忆。再后来，听说那一片"地主屋"被列为古民居建筑群，如今成为政府保护和开发旅游的景点。

正因为有了那段与古屋的机缘，我对端山村的古民居有了更多的期待。在回忆纷杂的思绪中回过神来，迎面而来的是几座高大的红砖古建筑，抬头仰望那依稀可见花雕模样的屋檐，可以想象当年它们鹤立鸡群般耸立在周围低矮的茅草房之间的高大雄伟与豪华。

左边的一座深有50多米，已成颓废之状，尽头的一段已被拆除，一幢新楼正在旧址上耸起。右边的两座，保存得比较完好，规模宏大，陈旧中透着当年的辉煌。

右边两座宅子的前一座，门额上雕有"明德庐"三个大字，听说其主人是当年在广州湾排在陈学潭、许爱周之后的富商关其山。关其山曾任广州湾商会会长，这座豪宅也配得上商会会长的身份了。

后一间屋门大开，一对耄耋老人正坐在天井旁边纳凉，安静的大屋因为我们的进入而霎时喧闹起来。有人在向老人询问着关于老屋的历史，有人在拍照留念，这时候的我，感觉有一种亲切感，也许源于小时候的那段经历，只是这时的我不再害怕，更多的是敬仰和好奇，想一探老屋遥远的岁月沧桑。

院子大门的左边是个客厅，进客厅要先进一个门。据说，此处门楣曾雕有"亦聚"二字，可见房子的雅致。"文化革命"时字被铲掉了，在村人的介绍下，依稀可辨其痕迹。穿越时空，我似乎看到了这里曾经宾朋满座，热闹一时。右边则是厨房和圈养家畜的地方，功用至今没变，因为里面整齐地叠放着可供使用半年以上的干柴。看到此景，我想起了归有光的《项脊轩志》里描述的"东犬西吠，客逾庖而宴，鸡栖于厅"的充满生活气息的画面。

穿过院子走向正屋，踏进去的是正厅，正厅呈长方形，以天井为中轴，两边对称。我们在老人家的介绍中来到天井处，"天井上的铁皮是后来加上去的。"老人家虽年到耄耋，可是耳聪目明，谈吐清晰，声音还算爽朗。顺着老人家手指向的点望去，天井上有一方亮光温和地投射下厅内。今天的阳光并不猛烈，这个多日连绵的大雨天气在老屋的院子里留下了印痕，地面四角悄然生长着青苔和不知名的小草，还有铺在地上的红砖，砖缝里仍有退不去的水迹。"在这里生活会很潮湿的。"有一文友环视着四周说。天井正下方尚有老人摆放着的几个接水的大盆，不难想象，夏雨阵阵，天井上方倾盆而下的大雨，如《西游记》里花果山的水帘洞一般，滴答不停，回荡在老屋的每一个角落，也如白居易《琵琶行》里的"嘈嘈切切错杂弹，大珠小珠落玉盘"的声响。老人介绍说，这座房子已有八十多年的历史，其主人是老人的叔辈，名叫关邦如，其后代散居在美国、加拿大和澳洲，老人就是受他们的委托，看护着这座老屋，他们久不久也会回来看看。一座老屋，就像一条老根，不远万里地牵连着海外的游子啊。

走出大厅，我们从右边顺着砖砌成的楼梯上到厢房的屋顶天台，往四下望，老屋和绿色融为一体，我似乎感受到它80年前豪气，心生无限的感慨。下楼梯时，顺手触摸着屋檐角，我惊喜地发现，这还隐藏着精致的雕花图案。这些工艺与正厅和天井连接的庭院间隔开的屋梁上的衬帘上图案相映成趣。浮雕上刻有花草树木、鸟兽虫鱼，栩栩如生。

老屋毕竟老了，四处墙根漫长的青苔就是明证，深深浅浅的苔痕诉说着老屋的沧桑。看着红砖墙上脱落的破旧的石灰，旁边还有倾颓的石墙。在这杂草丛生中，浮华已去，就像曾经是舞台上最耀眼的明星，也终究逃不过岁月长河的冲刷而成明日黄花。

怀着怀旧的心情，跨出了这座古民居，我不禁想到了一个问题，端山村的古民居还能陪我们走多远？

清明·缅怀

清明节快到了，在您离开我们的第六个清明节到来之际，我再次以文字的形式向您表达我的哀思，怀念您——我生命中最最爱的人！姥姥，您在天堂那边还好吧？您一定要好好地，这样，我就放心了！

似乎那一天与您道别的情景还历历在目。

2009 年的清明节，学校放假，回家扫完墓后，就要回校上班了，弟弟也要去深圳上班。在出发前，像往常那样，我们姐弟俩去向您道别。走的时候，说的还是那句熟悉的话："姥姥，我们上班去了，下次回来再看您。"那时，未曾想到，那次的道别竟成了永别！回校当周周日的早上，我突然接到姨丈的电话，他哽咽着说，昨夜姥姥摔了一跤，当我们发现时，她已经走了。刹那间，我的意识完全混乱了，我不敢相信这是真的，反复在告诉自己，不可能，姥姥还会等我回去看她的，前几天才见到她，跟她聊天来着呢，怎么会就走了呢？那一刻，我恨不得长了翅膀立刻飞回去。

在回家的路上，在那条熟悉的回家路上，我已经哭成了泪人，泪水决堤，止也止不住。终于回到她住的小屋旁，已有很多亲人在那里，还有妈妈小姨的哭声传出来，这时，我才真的相信，姥姥走了。见到她的那一刻，我扑向躺在地上再也无法回应我的姥姥身上，拼命地呼唤她，就像我往日叫她那样。只是，她再也没有像往常那样回应我，并跑出来迎接我。我不停地摇晃着沉睡的她，任凭我怎么哭喊，她都没有回应我。抚摸她的手，我想感受她往日的体温，那层层的皱纹是我熟悉的记忆，只是，那一刻，躺在那里不说话的她，再也听不到我的呼叫，再也无法感应我的体温，这让我肝肠欲断，心痛得几乎无法呼吸……

姥姥，您知道吗？您最疼爱的外甥女结婚了。还记得吗？每次回去看您时，您总是说，要是找到个好人家嫁了，那样姥姥就放心了。姥姥，现在，您真的可以放心了，他对我很好，他的家人照顾我也很好。如果您还在，您肯定会笑得合不拢嘴了，我知道，您肯定是这样的。您知道吗？您那爽朗毫无顾忌的笑声遗传给我了，从两岁跟着您，十几年日日夜夜的熏陶，我已经承袭了您的善良、乐观与坚韧，今天的我，有着您的影子！

古人云：树欲静而风不止，子欲养而亲不待！人生有很多遗憾，最大的莫过于对养育自己的亲人没能好好地尽孝。那时候，喜欢围在您的身边，看着一脸慈祥、充满笑意的，我那生命的哺育者，我那人生的启蒙者讲我们小时候成长的故事。我还以为，自己还可以孝敬您好多年，从来都没有想过，您会以这样一种方式决然地离开我们，彻底地、壮烈地走了。在给您办理后事的过程中，才发现，您之前的看似玩笑话的交代居然都是真实地准备好了。比如您身后所穿的寿衣，女儿女婿们戴孝的衣服，当二舅妈在慌乱之间依照您若干年前的嘱咐——找到这些东西时，已经是肝肠寸断。我知道，您一定是怕给儿女们添麻烦，尽量为他们着想。如今，我却坚持认为，姥姥，您真是了不起，对于死亡，您是那样地坦然与从容！您是那样地执着，执着得仿佛那闺中待嫁的姑娘，一点点地准备自己的嫁妆。何曾不可以说进入天堂，对于受尽人间苦难的您来说，不是一个盛大的节日？您做得真完美，不留一丝的遗憾！

姥姥，您生前总是戏说："我绝不会在这个世上脱皮脱壳，那样后辈们太遭罪了，我不会给他们添这个麻烦。"如今，您的预言在您躺下的那一刻成了事实。

只是儿女孙儿们对此结局太过遗憾。您的壮烈、您的决绝与您的熟睡，都让这些子孙感到汗颜。也许是这样的，您生前一身的傲骨，眼里容不得一粒沙，您不会对坏人纵容姑息，所以当吸白粉盗贼企图抢钱夺门而出时，您一定是紧紧拉扯着，即使是拼尽最后的一点力气。是的，您为此付出生命的代价，留给儿孙们不尽的哀思。我知道，所有认识您的人都知道，您向来总是那么大方，只要谁家有困难，哪怕不是很熟悉的，只要一张口，您就会揭开层层的衣衫，在贴身的那件衣兜里打开那枚锁针，不管是在大路边还是在家里，您毫无戒心地掏出至少四五张百元大钞，（您在自豪地说外甥孙女们给您钱的同时，您忘了一些歹毒的眼光，这也许是惹来吸白粉盗贼的直接原因。）也不管别人什么时候还，急人之所急，慷慨相助，您永远都是一个热心乐观慈悲的老人，街坊邻居都知道。好像一切都在冥冥安排之中，就在您走的前几天，借去钱的人都一一还钱了，对于一个老人来说，这是一笔数额不少的钱。您总是说，兜里揣着钱，心里踏实。因为不用担心下一顿的菜钱，也不用担心买药打针得伸手问儿子要。

姥姥，我们知道，最近几年您是快乐的，知足的。您总是向街坊邻居炫耀，您孙儿外甥们是那样的孝顺，每个人一从外地打工回来就去看您，陪您说话。是的，每次回家，我总是先去看您，坐在您的身边，拉着您的手，那已经满是皱纹却是那么温暖的手，听您说这段日子的快乐与烦恼。地点就在您独自居住的那间小屋，您屋前的果林，您养的鸡鸭，您那干净清爽的没有围墙的庭院，还有绑在那两棵树中间的吊床。关于那个吊床，姥姥，您还记得吗？有一次，我去看您，您拿来凳子就坐在我的身边，而我则坐在吊床里，结果一不小心摔个四脚朝天，手肘的那块皮肤渗出血来，您赶忙走进小屋，拿来红花油涂上，还嗔怪我不小心。而我才发现，那个吊床已经漏洞百出，我责怪说舅舅怎么不换一个，而您却说，下次我掏钱买一个新的。您就是那样，毫无怨言！

如今想起那天的情景，仍是那样的清晰。看着清理一空的小屋，我的心被掏空了，泪水如潮水决堤而出，五脏六腑被撕成碎片。清明节回家扫墓给您买的棉花糖您还舍不得拆，看着鸡窝里的鸡蛋，每次我回家您都给我准备好的鸡蛋，此刻，因为您的离去，一切都恍如隔世！我知道，从此，对您的牵挂如同断了线的风筝，飘飘荡荡，再也找不到真实的凭据。以后想您时，只有在心里，再也不会来到您住过的小屋，怕是触景伤情吧，关于您的遗物，绝大多数都被收拾起来化为灰烬随风而去，而我在竭力寻找可以触摸或者纪念您的遗物，哪怕是您用过的一片洗碗布，您带过的几毛钱一对耳环。

姥姥，人如其名，慧琴，这是一个美丽的名字。贤惠又带有智慧，如琴弦一般不弯不曲，每弹出一曲都是音色清圆，正如您做人做事的风格，坦坦荡荡、毫不含糊！

40年的守寡生活是那样的艰辛，在那样动乱的年代里，谁也无法分担您的苦难。六个儿女由您一个人拉扯长大成人，之后又操心他们各自建房成家，还照顾孙儿外甥，我是那么荣幸，能够被您抚养十多年。生活的重压并没有压垮您，笑起来的时候声音总是那么的响亮，激动时还笑得眼泪直流。我们都遗传了您这点，无论走到哪里，爽朗的笑声总是相伴相随。姥姥，说您一身傲骨丝毫不夸张。哪怕您肯受一点儿委屈，也不至于有那天夜里的遭遇。您总是跟我说，不肯看别人的脸色过日子，那样不清爽，您宁愿一个人，虽是孤独些，也要自由自在，不愿寄人篱下，即使那是您儿子媳妇的家。

姥姥，当您熟睡躺在那里的时候，您生前的好姐妹美英婶姥来看您了。当她在一边痛哭一边吟唱你们之前的往事时，那哭腔让我揣度她那刻的心情，正如黛玉葬花时曾感慨"他年葬侬知是谁"的凄凉与未知。从这个角度想，姥姥，您是幸福的。还记得吗？那一次，我买了您爱吃的糖果去看您，恰逢美英婶姥老人家来还钱，那时她的风湿病犯了，走路时腰都直不起来。姐妹俩还唠嗑好久，最后您拆开那糖果袋，硬塞给她一些，且把还回来的两百块又借给她。之后，您还跟我说起她老人家的近况，儿女都各顾自己，没按时给她钱，她以前还有一个坏习惯，那就是赌钱，有时输光了，连买菜钱都没有。还说她自己的亲哥哥，卧病在床很久了，随时都可能离去，想去看看他，了却心愿，但是连路费都没有，很是凄凉。您安慰了她之后，说是自己有钱用，让她放心地拿钱走了。而今，您躺在那里，还能听到您的好姐妹对您的呼喊吗？我知道，您肯定听不到了，在所有人都在您的身边呼号痛哭时，您说不定已经在天堂里逍遥自在，任意游玩了吧？是的，一定是，要不您怎么会一点儿也不回应呢？我知道，您操心了一辈子，为自己的儿女孙儿外甥们，甚至是为邻居好友操心（由于最小的孙儿长大上学去了，闲暇时，邻居出门干活，顺便让姥姥照看小孩，而住在隔壁的大婶每次走亲戚时都把钥匙交给姥姥，让她帮忙照料鸡鸭。就在姥姥走的前一天，这位大婶去女儿家，钥匙还在姥姥那里）。您生前总是一个闲不住的人，这时候，您睡着了，彻底告别了这些人间俗事，潇洒地去当神仙云游四海了。姥姥，我知道，我应该高兴，您也肯定希望我是这样的，因为您高兴着呢！

1969 年到 2009 年，40 年的守寡，78 年的阳寿，俗话说，盖棺定论，其实不用等到这一刻，所有认识您的人都知道您是个好人。好人好走，您离世的方式除了壮烈之外，与我奶奶的离世方式是那样的相似。在记忆中那个早年守寡硬朗的小个子奶奶，常常到海滩上抓螃蟹卖钱补贴家用，也是在毫无预兆的情况下，突然在打扫屋顶时摔了一跤，发现不及时走了，那是 1994 年，我正在姥姥您那里读小学四年级，送走奶奶的那一天，天空也是下着小雨，淅淅沥沥地，仿佛也来为这样的一位好人送行。一晃过去了 15 个年头，那年扫墓祭拜奶奶时，弟弟忽然问起奶奶离开我们有多长时间之类的话，没曾想，从那以后的每年的清明节，又多了一位想念的亲人。

姥姥，您走了，犹记得当时弟弟安慰我说，姥姥一定会走好的，她是以她的方式离开。姥姥，在您生前，我们尽心尽孝，您的离去纵然是悲伤，但此刻，祝福您：在住满好人的天堂里快乐地生活！

陶渊明说过，逝者长已矣！"亲戚或余悲，他人亦已歌。死去何所道，托体同山阿。"生离死别，喜怒哀乐，如影随形相伴每个人的一生。愿逝者安息，生者当自勉。

"年欢未尽又清明，雨燕声咽柳失魂。寂静青山人陡涌，冥钱纸烛祭先陵。"这首《乡村清明日》特别能表达我此刻的心情。又是一年清明时节，谨以此文缅怀我最亲爱的外婆！

菜头仔的滋味

　　都说一方水土养一方人，一点儿不假。当我看到了"菜头仔的滋味"几个大字之后，内心深处莫名地升腾起一段温暖的记忆。那是小时候一家人相濡以沫、共渡难关的一段漫长的岁月，这段日子随着年龄和阅历的日益增长，回味起来更加显得珍贵。在童年的记忆里，物质生活虽略显苦涩和单调，但是因为有菜头仔相伴，如今想来倒也有滋有味。

　　小时候，我们姐弟四人，都在读小学的年龄，一个接着一个在读书，爸爸妈妈务农，经济来源有限。没有山珍海味的餐桌上，因为有一家人相亲相爱、有说有笑，乐观的生活态度成了最好的调味剂，这样的日子也并不觉得苦不堪言。而且，辛勤能干的妈妈总能想出办法来满足我们的味蕾，印象最深刻的莫过于菜头仔的滋味。炎热的夏日，顶着烈日劳作回来，简单洗去满身的灰尘和汗水，一家人坐下来，一起嚼着脆生生的菜头仔，同时送下那碗松软的白粥，也能满足早已咕噜咕噜抗议的肚子。记忆里，自家腌制晒好的菜头仔就是每日餐桌上必备的开胃菜，配上煮好的一大锅白粥或者番薯粥，在辛苦劳作后仿若最大的享受了。如果家里养的母鸡多，下蛋也够勤快，那么把菜头仔剁碎，下锅炒干水，倒入一点儿自家打的花生油，再翻炒，在香味扑鼻的时候，打入两个鸡蛋，再翻炒，让鸡蛋和菜头仔黏合在一起，待水分干后盛在碟子里，这道妈妈的拿手菜是我至今仍然认为在菜头仔的多种做法中最美味的一种。

　　在物质匮乏和经济困难的年代里，菜头仔伴随着我们整个童年的生活。在离家到镇上读初中的日子里，偶尔也会带上用玻璃瓶子装上炒好的菜头仔，在吃饭送菜时拿出来享用，也是一种节省伙食费的方法。可以说菜头仔成了贫困生活的一种标志，如今生活好了，可以不必再把它常常放在餐桌上了。倒让人感到新鲜的是，当我们到各种酒店吃饭时，却发现在等待正式上大菜之前，圆形转动着的桌面赫然放着几个小碟子，其中就有菜头仔。于是，大家一起聊天儿等待，一起拆开这些小菜慢慢吃着，似乎当零食一样吃着。心里诧异又惊喜地觉得菜头仔也登上了大雅之堂了，耳边传来正在吃到菜头仔时的评语：这个好吃，很脆、微辣、开胃。我无意谈起小时候这是我们家餐桌上必备的菜品，于是乎轻描淡写似的补了一句"这是我小时候最爱吃的"，以此来表达我和菜头仔渊源不浅的缘分。

　　说起来可能你无法理解，我在怀孕期间曾经有段时间胃口不佳，看着餐桌上各种美味佳肴，我就是提不起食欲。有一天，我突然跟先生说，我想吃菜头仔送白粥。不是雷州半岛出生的先生，菜头仔不是他所熟悉的一道菜。但是为了实现我的愿望，他出门去超市找，结果没找到我想要的那种，然后他打电话说，能不能买榨菜代替呢？我说不能，就要那种。于是，他继续到各种小型的自选商场找，终于，最后在一家商场里找到了。至今还记得那顿饭吃得很香，送下了两碗白粥。先生看了，十分不解。是啊，世上又有几个男人能真正体会到怀孕期间妻子挑剔的味蕾？写到这，我想起了小区里一位阿姨说起一件事。这位开明的婆婆，谈起她家怀孕的媳妇跑回娘家去度假了，一去就是半年，如今预产期快到了，就打电话回来说，打算在娘家生产，她爽快地同意了。那位阿姨说起自己当年怀孕时，也是三天两头往娘家跑，原因很简单，就是吃不惯婆家做的饭菜，喜欢吃娘家妈妈做的菜。阿姨现在将心比心，换位思考，她很自然地理解媳妇提出的要求。由此可见，女人的味蕾，在特殊时期更能显示出固有的记忆深处的喜好。我对菜头仔的喜好是这样，上面一对婆媳对味蕾的追求也如是。

　　在一次闲聊中，一位来自大西北的辣妈说起她的先生在夏天爱吃咸鸭蛋送白粥的饮食习惯，在谈论中满是不理解的表情，还反复强调说，那东西有啥好吃的。我听了后很平静地告诉她说，我也喜欢在炎热的夏天吃咸鸭蛋送白粥，还喜欢吃菜头仔还有煎的咸鱼干，那样我会胃口大开，可以吃很多。她听了之后，恍然大悟地说了一句，果然是一方水土养一方人，你们都有共同的饮食爱好。是啊，相同的地理位置造就了共同的饮食文化，正如小小的、毫不显眼的、朴实无华的菜头仔，其实早已融入了我的生命之中。

　　菜头仔的滋味俨然成了一种乡土印记，在日渐繁华、丰富，甚至让人迷惑永不知足的现代生活里，在味蕾记忆的深处。它会不经意地提醒你，曾经的你，来自何方，经历过怎样的生活，有着怎样的生活信念，怀着什么样的感情离开故土，多年以后又是怀着怎样的心情眷念着故乡，这些答案，在你心里，在挥之不去的童年记忆里，在一碟纯天然的绿色原味的"手撕萝卜"里！

郑晓晖作品

　　郑晓晖，男，广东湛江南三岛人，1950 年 10 月生。中文本科毕业。中学语文高级教师，广东省作家协会会员、中国楹联学会会员、广东诗词学会会员。湛江市作家协会理事、湛江诗社常务副社长、湛江市坡头区关工委常务副主任。曾任湛江市坡头区第一中学校长、党总支书记。在市、省和国家级报刊发表诗文近 300 篇（首），出版有诗歌散文集《荔枝红了》、散文集《三余集》和散文作品选集《晓阁文踪》，正在编辑出版散文集《海风轻飏》。

鲤鱼岭上的"开荒牛"

鲤鱼岭，坡头区一中坐落的风水宝地。

当年散落着300多座坟丘、一片阴森荒凉的地方，现在成了花园式的校园。"广东省国家级示范性普通高中"，一块闪亮的金字标牌，醒目地挂在校门口。一代代学子，在这个"跳龙门"的地方茁壮成长。

当你踏进这所粤西名校的时候，你是否还记得，或者知道与这所学校有着密切关系的一位老人？是否知道他现在正被疾病困在南调路旁边的一套房子里，艰难地度着他的余生？

他，就是坡头区第一中学首任校长韦望途先生，一位鲤鱼岭上的"开荒牛"！

1984年坡头区成立后，第二年8月中旬，区委区政府为了解决新区干部职工子女的入学问题，更为了尽快提高坡头区的教育教学质量，决定创办坡头区第一中学，地址就定在现在的国土局旧宿舍和交警大队一带面积仅有20亩的地方。韦望途先生当时在海南岛工作，正值壮年，工作条件不错，生活安定，但想到新区发展的机遇和美好的前程，便毅然登陆坡头，挑起了创办坡头区一中的重任。

"十月怀胎，一朝分娩"，人们常用这句话来比喻办什么事情都要有个酝酿准备的过程。可坡头区一中刚刚"怀胎"就"分娩"了，区委区政府8月份决定办一中，9月就要如期开学。除了一块地皮，一个公章，20万元，学校什么也没有。再加上当年7、8月份一连下了两个月的雨，推土机也开不进校址，给创办学校带来极大的困难，也给带着一双儿女提早到来的韦望途先生（他爱人还未调来）的生活制造了不少麻烦。他借宿在南调乡政府的办公室里，人生地不熟，没有柴煮饭，天下雨也没有柴卖，他只好劈床板来烧，床板烧完了，就只好天天到路边的饭店买饭吃。老天爷似乎有意要给这位"开荒牛"一个下马威。可志在开荒创业的韦望途先生，岂会被这暂时的困难所吓倒？他骑着自行车整天为学校的创办四处奔波着——

联系工程队搭建简易的竹棚校舍，先把学校办起来。

时间太紧，连竹棚也没能及时搭起来，为了按时开学，他要与地建（湛江地区建筑公司）联系，借他们在庞下村边的工棚来解决师生的住宿和吃饭问题。

因为 8 月份才决定办学，赶不上预订课本，要联系市新华书店调配课本，以免误了学生上课。

没有课桌凳，没有床架床板，要借，要买。

千头万绪，一切都要在几天之内办妥。难！难！难！

9 月 1 日，工程队加班加点，终于赶出了两间竹棚教室。11 位教职工，80 多位学生和部分家长一起努力，世间罕见的竹棚中学终于赶在 9 月 2 日开学了。同学们站着上完了上午的课，下午从南油研究院和龙头中学要来了几十张课桌凳，才可以正常上课。光是一个开学，就把韦校长忙得团团转，其中的艰辛，非现在的人可以想象。

从无到有，从艰难困苦中杀出一条血路来，这就叫创业！这就是一种可贵的"开荒牛精神"！

坡头建区伊始，一切要从零开始，最需要的是钱，最缺的也是钱。区里给了一中 20 亩地、20 万元后，再也难于拿出钱来办学了。几排竹棚教室和宿舍，再加一幢砖瓦结构的学生厨房，20 万元早已花光，买粉笔的钱都缺着，更遑论购买仪器设备。这个家不好当呀！按道理，不管是平常耕田的牛，还是开荒的牛，都只有拉犁的份，绝无自己造犁的责任。但韦校长这位开荒的"牛"，不仅要出力拉犁，还要自己去造犁给自己拉——自己去找钱办学！除了继续去"麻烦"区政府、区教育局外，韦校长就整天骑着自行车四处跑：跑南油借钱；向南油一些单位、本区的一些老板要物；到各个镇街厚着脸皮求赞助，忙得不亦乐乎。记得有一次，我和他到南三镇政府去，为了争时间，我们抄小路从麻斜张屋渡坐小船过南三。上了岸，就是一大段有沙的窄窄的小路，韦校长可能从来没有骑着车"走在乡间的小路上"，骑着骑着，摇摇晃晃的，就从车上摔下来，好在只伤了点儿皮肉，没伤着骨头，但眼镜丢在地上，满身是泥沙，狼狈得很。他拍拍衣服，戴好眼镜，又继续往镇政府赶。就这样，他走遍了七个镇街，还拜访了不少企业家，收获不多，但吃苦不少。那个时候呀，他没有双休日，也没有上下班的时间，整天都在忙！忙！忙！一股"开荒牛"的牛劲。

校舍全是竹棚，屋顶盖的是沥青纸，太阳出来，屋里就像个蒸笼；校园比马路低了一米多，一下雨，校内就水汪汪，师生就之生活在"水深火热"之中。每当台风来临，师生就要跑到附近的供电局躲避。学校要增班，连竹棚教室也没有，只好借地建的工棚、教育局的办公室、一小的教室上课，人们开玩笑说，坡头区有多大，一中就有多大。当时有位领导直言："每年最怕一中开学。"学校在风雨飘摇中一年一年地走过来。作为一校之长，韦校长有多大的压力，又有多少的无奈？

作为"开荒"的首任校长，从登陆坡头区的第一天起，韦校长就志存高远，胸有蓝图，"野心"不小，提出要把一中办成花园式的粤西名校。要实现这个远大的目标，首先，学校就要有一块可供发展的地盘。而现在的校址仅有 20 亩，修了路之后，剩下的还不到 16 亩，连办一间小学也不够。于是，他提出要征地搬校。当然，他的"异想天开"，肯定会招来不少的冷嘲热讽，其中包括区里各级部分领导的否定。一些领导认为他是个"麻烦制造者"。但韦校长毫不退却，认准了对坡头教育有益的事，他就比牛还要犟，坚持着他的理念，哪怕碰得头破血流也绝不回头！在寻寻觅觅中，他慧眼识珠的选中了当时还无路可通的鲤鱼岭！

他的想法无异于石破天惊。

建设部门一位领导说，你们是城市学校，按学生人头平均面积算，你们的面积已经超了不少。

区里某些领导说，没必要，更没有钱。

牛气冲天的韦校长，拍着胸口对领导说："只要你同意征地搬校就行了，我不要你的钱！"

韦校长一边耐心地和一些领导"磨"着，一边紧锣密鼓地开始征地。他带着我们，加强和南调办事处、乡和有关村庄领导的联系，挨家挨户地去做群众的思想工作，知道哪家对征地有什么想法，就登门拜访，大谈办学的重要和好处。白天找不到人，就晚上去，在村里找不到，就到田地里、海滩边，苦口婆心地做着思想工作，用真心诚意，换取群众的支持。不知磨破了几层嘴皮，不知耗费了多少唾沫，终于感动了上帝——农民群众，同意征地，支持学校办学。韦校长对教育事业的挚爱，对工作的执着，也得到了区很多重要领导、中层干部和南调街道办领导的同情和支持。征地和建校工作就在这种半推半就的艰难状态下进行着。

钱！钱！钱！这个可爱又可恶的孔方兄，给人出了多少难题！韦校长这个异乡人，被金钱难得没有尊严。没有钱按时给老百姓付征地款，被老百姓包围索讨，他只好想办法躲着。由于职能部门某些人的懒惰和疏漏，引发了群众告状与闹事，害得韦校长疲于应付。

没有钱，1986 年开建的教室和师生宿舍三幢大楼，建到第三层就被迫停工。1999 年秋，竹棚校舍顶不住了，学校只好搬到没门没窗没批荡的新校舍开学，师生连个洗澡拉撒的房子也没有。韦校长的日子很不好过。

学校在艰难中发展，建校的钱不知何日才有，人们等着上级的支持。但等来的却是区里一些领导要打一中的主意——割一中24亩土地给区干部建私房。韦校长又遇到了一个更大的考验！

"不同意！"韦校长坚决地但又不得不陪着笑脸想方设法在顶着。

可能财政有困难吧，上级已经较长时间没有经费拨给一中了，不让韦校长继续当一中校长的风声也已放出来。作为一个外乡人，一个把党的事业看得高于一切，一心一意要把一中办成花园式粤西名校的共产党员，如何处理好个人的得失和党的事业的关系？一道难题摆在韦校长的面前，他必须做出回答，做出正确的回答！韦校长毫不犹豫地做出了选择，仍然是"不同意"！

沧海横流，方显出英雄本色！鲤鱼岭上这个"开荒牛"，他身上虽然也和其他战士一样有着这样那样的不足，但更有着一股浩然正气和豪气，他在这道考题面前，为坡头人民交出了一个最正确的答案，完整地保下了鲤鱼岭这块风水宝地。我相信，坡头人民会永远记住他这一历史性的贡献。

一个人的力量毕竟是渺小的，连"力拔山兮气盖世"的霸王项羽，也难与命运相抗衡，更何况一个小小的中学校长？正当他踌躇满志地规划着学校的未来，正当他绞尽脑汁组织工程队进行着学校建设，也正当他紧张地进行着春季开学的准备，他，被调任区督导室主任，韦校长变成了韦主任。历史被人为地开了一个玩笑。

不知是看不惯他的牛劲，还是责怪他没有兑现把一中建成花园式学校的诺言，老天爷也放不过韦校长，让他在1995年因脑溢血而瘫痪，把这头本应勤恳地在教育天地耕耘的"开荒牛"，死死地困在了繁华的南调街旁边一座楼房里。

"老骥伏枥志在千里，烈士暮年壮心不已。"病床上的韦望途老先生，他始终记挂着区一中的事业。十年前身体还不太坏的时候，春节里，孩儿回家，他还要儿子叫来三轮车，载着他来一中转转，看看。巡行于曾耕耘过的温馨的土地，看到既熟悉又陌生的校园，他亲手创办的坡头区一中，已真正成了一间花园式的学校，他欣慰地笑了。

有些人盖棺了还不能定论，有些人虽然还不到盖棺的时候，却可以定论了。而且，这个定论是由历史做出的。今天，韦望途先生已沦为一个不为人知的垂垂老矣的久病之人，但历史会给他一个准确的定论，那就是，一个把自己最美好的年华献给坡头区一中的"开荒牛"。

校园鸟语

我们学校经二十多年的"有心栽树",已是绿树成荫,那些数围粗的大榕树,更是长得亭亭如盖,覆地以亩计。一群群小鸟在树上欢快地歌唱,这如碎玉落银盘般的鸟鸣,婉转清丽,给书声琅琅的校园平添了一种特别的韵味。

确实,这森林般的校园,现在成了小鸟的天堂。众多的鸟儿或在树顶上嬉戏追逐,或在树间专心觅食,或在摇呀摇的枝头上跳跃起舞,或在粗枝上闭目养神,甚或飞到宽阔的广场上伸长脖子悠然漫步。每当这个时候,我总喜欢痴痴地欣赏着小鸟们灵活的体态:它们追逐着,跳跃着,挑逗着,依偎着,厮磨着,是那样天真、自由、和谐、快乐、奔放、多情。在这鸟的天堂里,没见到它们为求一日三餐而忧愁,没见到它们为生老病死而痛苦,更没见到它们为争当头儿而尔虞我诈,因而它们每天都尽情地欢叫歌唱,声音里透着快乐、纯真,我听着鸟鸣声,心情为之一亮,人也变得愉悦起来。

校园里听鸟鸣真的令人欢愉。"咕咕……""啾啾……""嘀哩嘀哩……""叽叽喳喳……"有的短促而嘹亮,有的轻快又清丽,有的悠长而深情,你呼我应,此起彼落,鸟儿们似乎是用校园里琅琅的读书声来伴奏,在合奏着一支支动听美妙的歌曲。特别是在初阳染红绿叶的清晨,或是在师生进入小憩的中午,那一声声鸟鸣,在静静的校园里,就如山间叮咚作响的奔泉,那样清脆,那样悦耳,直教人心房充满春日的阳光,周身洋溢着生命的色彩,脑海变得一片空灵。

有人说鸟儿的鸣声是世间最美的语言。这话应该不假,《诗经》第一首的起句"关关雎鸠,在河之洲"写的就是雌雄二鸟相互和答的鸣声。鸟儿的和答,一定有非常美妙的内容,人如能听懂鸟的语言该多好呀!听说孔子的学生公冶长就懂得鸟语。"公冶长,公冶长,东边有只大山羊,你吃肉,我吃肠。"听得懂乌鸦话的公冶长果然捡到了一只大肥羊,大餐了一顿羊肉。果真如此,那公冶长就该是世界上最伟大的语言学家了。但此后似乎再没听说过谁懂鸟语了。不过,我想清风应该听得懂,否则,清风怎会跟着鸟儿一起歌唱?树木应该听得懂，要不，树木怎会舞动枝条和鸟儿一起起舞？可惜我听不懂，但从小在乡村就不少听鸟儿在枝条鸣叫的我，或许能猜出鸟语的一些内容来。你听听，成双成对或飞翔或站在枝头相对鸣叫的它们，应该是在谈情说爱，要不，为何它们之间的鸣叫那样缠缠绵绵，充满爱意？那伸长脖子"咕咕""吱吱"地叫个不停的，一定是在呼朋引伴，要不，它们的声音为何那么兴奋且重重复复？那些在枝头跳来跃去兴奋地叫的，定然是在歌唱，要不，它们的声音为何或快或缓，或长或短，或高或低，婉转悠扬，一咏三叹？

人们常将"鸟语""和""花香"联在一起，我想，第一个将两者联在一起的人，一定是个天才，一定是个懂鸟语的人，因为花以香袭人，而鸟则以声夺人，两者都是那么美好，能将两者联系在一起，确实不简单。

每天清晨，我躺在床上听着窗外的鸟鸣，或在闲时漫步于校园听林间的鸟叫，那简直是一种极其美好的享受。那鸟鸣有时像清笛独奏；有时像民乐齐鸣。有时则时断时续，似远似近，清丽而或缥缈，就如学生在宽广的操场上吟咏着首首古诗，又如旷野传来的天籁清音，教人如痴如醉，如梦如幻。在陶醉中，我不由得从内心深处感谢一届届的老师和学生，是他们年年"有心栽树"，营造了这么一个小鸟天堂。我又衷心佩服代代学子，他们不像我小时候那样上树掏鸟窝，拉弓射鸟儿，而是极力保护鸟儿，让人鸟和谐相处。校园的鸟鸣声啊，因为有了那一份真诚，更显得动听而和谐。

"新年鸟声千种啭，二月杨花满路飞。"北周庾信的《春赋》写得多好呀。我们学校虽无杨花满路飞，却有红棉花开满枝头。在这鸟啭花红的春天里，人陶醉，何需酒？

从竹棚学校到国家级示范性高中

（报告文学）

当亿万人民以满腔的热情，以实际行动迎接日历牌上"十一"这最红的一页时，我想起了 34 年前的 8 月 21 日，那一天的《湛江日报》登载了一个不足 80 字的小消息：坡头区第一中学破土兴建。这个消息，等于宣告了教育战线一个新生儿诞生了！

是的，一个教育新生儿诞生了。但他孕育得如此短暂，早产得如此匆忙。因为新学校"破土兴建"消息公布的这一天，离法定开学时间只有 10 天。

作为一个市辖区，坡头区于 1984 年 9 月从郊区析出。一个新区成立后，大家可想而知有多少急迫的事情要做。但在这百业待兴的日子里，坡头区委区政府把教育的事情摆上了议事日程，要兴建区的第一中学。我不知道区委常委和区长们开了多少次会，也不知是哪一次会议做出了兴办坡头区第一中学的决定，只是看了报纸上这一消息，就知道区委区政府对教育是何等重视，但不知道这一个不惹人注意的消息，竟然和我后 30 多年的工作有着如此密切的关系。

消息公布过两三天，我被正式通知调到坡头区一中工作。30 日，我来到了完全陌生的学校所在地南调，开始了创办学校的艰苦的"开荒牛"工作。

学校位于北山村和南调路之间，面积 20 亩，除去留作道路的地方，实际面积约为 16 亩。离开学时间太紧了，再加上区政府只从羞涩的囊中拨来 20 万元，学校只能搭建竹棚作校舍开学。那一个夏天，连续下了两个月的雨，到处一片泥泞。学校筹办组叫来推土机想将校址推平，但推土机却陷于烂泥中，动弹不得，工程大受影响，连竹棚也还没搭建好。开学的时间如期而至，学校只能借对面隔着南调路的建筑公司第三工区的工棚给师生住。

来到学校的第一天，我们就投入紧张的开学准备工作中。第一件事就是买床板，以迎接高、初中两个班学生的到来。同时，到市新华书店要课本，因为我们预先没订到课本，新华书店的同志就主动跟全市各个学校联系，为我们找齐了课本。9 月 1 日，床板运回来了，没有床架，师生们和家长一起动手，把床板直接铺在工棚里湿漉漉的地板上，这就是学生最初的床。师生都吃住在工棚里，老师没有办公桌办公椅，拿砖块在架床上叠起来当办公桌。我为学校写的第一份工作计划，就是在砖"桌"上完成的。

9月2日，学校历史上第一次开学典礼就在校址内一个土丘上召开。师生们蹲在地上参加了会议，然后按时上课。上午的课是站着在竹棚内上完的，因为没有课桌凳。下午，从龙头中学要来了一些桌凳，又从南油研究院借来了一批课桌凳，第二天，同学们才能坐着上课，竹棚中学才算正式运转。现在回想起来，那是一个多么艰难的开头！一间区级的重点中学，在一无所有的情况下，从老师报到，到正式开学上课，仅用了三天时间，这可能在世界上也绝无仅有。可喜的是，师生们毫无怨言，乐观以对，充满着蓬勃的朝气。从开学第一天起，学校就奠定了艰苦奋斗勤俭建校的精神！

建校和开学几乎同步进行，一切都处于困难之中，甚至连个厕所洗澡房也没有，一百多号人的生活多么艰难啊！更何况他们还要肩负着教与学的重任。11位教职员工，一百多学生似乎特别能吃苦。每天早晨六点钟，大家就起床，匆匆吃完早餐，就到对面的竹棚去上课，大家学习的劲头可高了。早操，早读，上课，晚修，按时作息，教育教学秩序非常正常，学校一开办就处在一个高起点上。

不到一个月的时间，竹棚全部搭建好了，棚顶和墙壁，就是用竹片夹着沥青纸扎成的；作师生厨房的砖瓦房也建好了，师生们就从三工区那边搬到学校来。大家上课和睡觉全都在竹棚里，我全家住的竹棚有12平方米。

在这么个竹棚学校生活教学可真不容易。棚顶和墙壁的沥青纸吸热功能好，盛夏人在里面就像在蒸笼里，汗湿衣衫。竹棚扎得不好的地方会漏雨，东西南北风则很容易钻进来，寒冬里，冷得够呛。学校东面已建起一条马路，马路高出学校一米多，一到下雨，水就灌到学校来，校园就成了泽国。于是，就有人幽默地说，我们处于"水深火热"之中。每次听到台风的消息，师生们就撤到附近的供电局躲避。就是这么一间简陋的学校，因为良好的校风学风而成为众多学子向往的地方，初中班由一开始的40多人不久就扩大到70人。当第一届高中班毕业参加高考时，就有4个学生考上了大中专学校，打破了建区以来我区学校高考零上线的记录。

学校在发展，第二年招了三个班，第三年又招了两个班，可是连竹棚校舍也没有了，有些班就要到教育局、三工区和新建的坡头区一小上课。当时又有人幽默地说，坡头区有多大，一中就有多大。16亩地，实在办不了一间中学。

作为"开荒牛"的首任校长韦望途先生，从登陆坡头区的第一天起，就志存高远，胸有蓝图，"野心"不小，提出要把一中办成花园式的粤西名校。而眼前只有十几亩地，连办一间小学也不够，更别说花园式中学了。于是，在办学当年他就力主另征土地搬迁学校。

另征土地搬校谈何容易！首先要领导同意，还要被征地村庄的村民同意，更难的是没钱谁同意也没有用。

韦校长带着我们寻寻觅觅，终于找到了当时还没路可通的鲤鱼岭！征地搬校的事正式摆上了议事日程，方案同时送到了区领导的案头。

这无疑是石破天惊的大事！

有人说，这是"异想天开"；

有人说韦校长是"麻烦制造者"；

有领导说，没必要，更没有钱。

当领导的，就是要主动找事干，就是要积极干成事。面对重重困难，韦校长毫不退却，认准了对坡头教育有益的事，他就比牛还犟，哪怕碰得头破血流也决不回头！这就是一位真正共产党员的风骨。

韦校长一边和领导"磨"着，一边紧锣密鼓地开始征地。他带着我们挨家挨户地做群众的思想工作，知道哪家对征地有什么想法，就登门拜访，大谈办学的重要性和好处。白天找不到人，就晚上去；村民家里找不到人，就到田边地头、海边滩涂去，苦口婆心地做着思想工作，用真心诚意，换取群众的支持。有人说，为征下这块地，真是"鸭嘴磨成了鸡嘴"。不知耗费了多少唾沫，我们终于感动了上帝——农民群众同意征地，支持学校办学。

在做群众思想工作的同时，韦校长带着我们积极争取各级领导的支持，积极办理征地手续。接下来，筹钱向群众支付征地款，筹钱推土平整土地建校舍，光是要迁走的坟墓就有三百多座，把场地推平，就要花几个月的时间。在千辛万苦中，一幢教学大楼、两幢师生宿舍于1986年开始破土动工了。其间风风雨雨、坎坎坷坷，多少难堪，多少辛劳，多少个不眠之夜，真是不堪回首，难于言表。

学校在风雨飘摇中度过了四年，竹棚再也顶不住风雨的侵蚀，学校终于在1989年秋季搬到了现址——鲤鱼岭，虽然1986年动工的三座大楼还没完成一半的工程量。

面朝大海，春暖花开。90亩的新校址，西南面濒临湛江海湾，海浪拍打着校园挡土墙，海湾里百舸争渡；东面是数百亩的大水塘，水面波光粼粼，鱼跃鸥飞；其余两面则是绿野相绕，稻浪滚滚。好一块风水宝地，真是办学的好地方。虽然学校还谈不上初具规模，但展现了勃勃生机，无限前景。

学校在艰难中发展，规模在一年年扩大，当年学校还没搬迁过来时师生就到新校址种下的小树苗已经长得枝繁叶茂，给学校增添了勃勃生机。没完工的大楼盖好了，新的大楼也一幢幢在筹建，饭堂建起来了，道路修好了，图书设备也有了。学生多了，教师多了，到1999年，学生已达1500多人，一间中学已初具规模。学校的管理逐步规范，各项管理制度建立起来。1990年代整间学校充满勃勃生机，教育教学质量大提高，成了全区学校的领头羊，高考进入全市先进行列，1994、1995、1998、1999年先后被评为湛江市"高考先进单位"。学校如一艘蓄势待发的航船，正扬起风帆，向更高的目标进发。

进入新世纪，坡头区一中就像一列高速列车，进入到高速发展的时期。科学楼、新的教学大楼、新的宿舍大楼先后建起来了，学校规模迅速扩大，到2004年，在校学生数已达2400人，其中，高中在校生为1700多人。教育教学质量大幅度提高，高考连年报捷，2004年高考，全市综合排名第六，地理科平均分居全市第一，还出了一位地理科全省状元。从1998年始，年年被评为市的"高考先进单位"。

2004年下半年，新的目标招引着这所年轻的学校，韦校长花园式粤西名校的理想摆上了实现的日程，彻底提升学校档次的四年三次大评估被拉开了帷幕。

新学年开始后，学校向省政府教育督导室申报广东省一级学校。为了做好迎评工作，学校对校园进行了规划，并按经过市审批的规划对校园进行整改。拆除了一些不合时宜的建筑物，修建了一个面积达5100平方米的"金鲤广场"，建了一个小公园，拓宽了校道，修建了排水系统，广植花草树木，绿化美化校园。同时加大力气狠抓校风学风建设，努力提高教育教学质量，以最好的状态，最优的质量，迎接省督导室评估组的到来。2005年5月26－28日，评估组一行7人到坡头区一中进行广东省一级学校评估。经过3天的紧张工作，评估组对学校的申报工作给予很高的评价，初步通过了坡头区一中的广东省一级学校的申报，报省教育厅批准。2005年7月25日，广东省教育厅正式批准坡头区一中为广东省一级学校。

广东省一级学校的申报和迎评，有力地促进了学校各方面的管理和教育教学水平的迅速提高。当年（2005年）高考，综合排名列全市第五位，共有233人考上本科录取线，其中应届生本科上线率达44.6%，仅次于湛江一中、市二中名列四区学校第三位。所有科目平均分均进入全市前十位，其中语文、政治、历史科平均分分列第四名。2006年高考又有新进步，上本科录取分数线增加到324人。坡头区一中高考水平的迅速提高，引起了全市的关注，《湛江日报》记者专门到学校来采访，称赞坡头区一中（教学）是低进（录取分数低）高出

（高考成绩高）的学校，并于 2006 年 9 月 12 日写出长篇通讯《坡头一中高考实现"三级跳"》进行报道。

成为广东省一级学校后，学校又确定更高的目标，那就是要把学校建设成为广东省国家级示范性高中。要成为这样的学校谈何容易！湛江市在当年也仅有两间省、市重点中学获此殊荣。

但坡头区一中人，就有这种豪气，这种精神，要做出有"示范"性的业绩来。

要成为"国家级示范性高中"，有几个基本条件：首先要是"广东省普通高中教学水平优秀学校"；二是校园面积达到 120 亩；三是每级要达到 20 个教学班。为此，学校按照条件开始细致的准备工作。

学校进一步加强教育教学管理，把教育教学每一个环节抓好抓落实。然后正式向省政府教育督导室申报"广东省普通高中教学水平优秀学校"。2007 年 6 月 25 日，坡头区一中作为全市第一间受评学校接受省评估组的评估。评估组一行 11 人经过 3 天认真紧张的工作，对学校的高中教学工作打出了高分，给了很高的评价，评定为"优秀"等次。2008 年 3 月 19 日省教育厅正式批准坡头区第一中学为"广东省普通高中教学水平优秀学校"。

之后，学校正式向省督导室申报广东省国家级示范性普通高中，并根据国家级示范性高中的标准进行认真准备。在周边群众的支持下，学校顺利征下 70 亩地，使校园面积达到 160 亩。继续进行高中扩招，每年招生超过 20 个班。大力改善办学条件，加强校园文化建设。经过一番艰苦的准备，终于在 2008 年 4 月 17 日至 19 日接受省国家级示范性普通高中评估组（11 人）到来督导评估。学校艰苦奋斗勤俭建校的精神，良好的校风学风，漂亮的校容校貌，"低进高出"的教学质量，浓厚的校园文化氛围，给评估组留下了深刻的印象，学校以高分顺利通过了广东省国家级示范性普通高中的初期督导评估。2010 年再经终期评估验收，学校于 2011 年 1 月被评为"广东省国家级示范性普通高中"，成为湛江市第五所获此殊荣的学校。

一路走来，困难重重，在党和政府的正确领导和大力支持下，经师生们 30 多年的艰苦拼搏，坡头区一中由一间竹棚学校蜕变成国家级示范性高中，创造了湛江市教育史上又一个奇迹！

鲤鱼岭下，碧水滔滔奔腾不息；鲤鱼岭上，春风荡漾桃李芬芳。粤西名校坡头区一中，充满着勃勃生机，展现出更加美好的前景。师生们正用自己的青春和热血，书写着更加美好的教育篇章。

朝阳又从东方升起，全新的一天又开始了。听，嘹亮的《坡头区一中之歌》

又在海湾之滨响起：

> "青春的波涛奔腾在湛江海湾，
> 理想的灯塔闪耀在烟楼村旁，
> 优秀的儿女汇聚在鲤鱼岭上，
> 莘莘学子肩负着人民的希望。
> ……
>
> 啊，坡头区一中，
> 我们成长的摇篮；
> 啊，坡头区一中，
> 我们将从这里展翅飞翔。"

盆架子开花香满园

近日进出校门，便闻到一股浓郁的香味，我知道，盆架子树开花了。我抬头向校道望去，哇！绿白色的花儿缀满了树冠。我不禁一阵惊喜。

十多年前，兄弟学校送给我们三棵盆架子树，每棵有十多米高，挺拔直立，给人一种异样的韵味。由此，我认识了盆架子树，也开始渐渐了解盆架子树。

盆架子树有很多名字：盆架树、黑板树、山苦常、马灯盆，等等，不能一一列举。而最为人熟知的，被叫得最多的就是盆架子树。它是一种常绿乔木，高可达30米，树干挺拔竖直，枝条展开呈水平状，层层有序，很像过去人们洗脸用的脸盆架，所以得此名字。

盆架子树生长于热带和亚热带，喜阳光，喜温暖至高温环境。高大挺拔，枝叶有别于其他树，一层一层地往上长，树形高雅，树冠优美，修长的叶片整齐地排列着，叶色绿亮，令人喜爱。再加上它对泥土和养分的要求不高，只要有充足的水分，它就拼命地往上长。它外形文雅而性格坚毅，抗风能力强，很少病虫害，是高级的庭园绿荫观赏树及行道树，也因此成为我之所爱。我和同学们在校园里种下了两批共几十棵盆架子，不到十年工夫，当年几厘米胸径的小树苗，现在长成了参天大树。它们耸立在校道两旁，绿荫覆地，成为校园美丽的一景。

每年秋末冬初，金风飒飒，校园里已基本没看到花的影子，一些树和花甚至连叶儿也变黄了。这时候，盆架子树开花了，淡绿泛白的盆架子花缀在绿叶上，在素色的校园里分外打眼，独占了校园的美景。盆架子花在怒放的时候，还散发出浓郁的香味，不分白天黑夜洋溢在宽广的校园里，直沁入教室里，宿舍内，人群中，就像给校园的每个角落洒遍了香水。

不知是水分充足，还是气候条件好，今年盆架子树花开得特别多，特别热烈。你看，校道两旁的盆架子树的树冠上，缀满了花，一簇一簇的，每一棵树都像挂满了绣球，它们像北方冬天的树，枝叶儿披盖着厚厚的雪花，是那样素雅，那样高洁，给人一种空灵的感觉。长长的校道，琼枝玉叶，花团锦簇，香气逼人，人行其中，眼似迷，心儿醉。我徜徉在盆架子花下，欣赏着千朵万朵的花，就像陶醉在雪浪滚涌的花的长河里。周围弥漫着馥郁的花香，在这里，很好地理解了花香袭人这个"袭"字。我不禁脱口而出：好香啊！盆架子花。

　　花开满枝景色美，香气馥郁游人醉。欣赏着这素色的花儿，吸纳着这醉人的花香，我陶醉了，一种浪漫的感觉油然而生。这秋末冬初时节的花事，这一年一度的花香，是大自然的恩赐，难得啊！

大　树

　　我们学校的金鲤广场有两棵大榕树，它们是镇校之宝。

　　它们究竟有多大？它们的树干起码各要四五个人拉着手才能围拢得过。它们昂然向上又树丫交错，亭亭如盖，树冠覆盖的空间有数百平方米阔。树叶青翠欲滴，密密实实，浓荫之下，不漏一丝阳光，可挡住阵阵小雨。

　　两棵大树就是一道亮丽的风景，高明的画家也难以描绘出它们的丰姿。它们昂扬挺立在宽阔的广场上，郁郁葱葱，枝繁叶茂。那凹凸的身躯，写满了岁月的沧桑；那粗壮的虬枝，镌刻着风尘的斑痕。它们用不老的绿叶，书写着南国四季如春的童话；它们用坚韧的枝条，勾画出东西南北风的曲线；它们用密密匝匝的浓荫，筑起了绿色的世界。小鸟在上面安家落户，唱歌跳舞，风摇曳着树叶轻轻地荡漾，白云贴着它们的叶尖欲走还留，阳光在它们的头顶闪光发亮，月亮在它们的边上悄悄地探望。绿色的巨伞之下，老太太坐在围墩上笑享清风，满脸的幸福；可爱的小孩子或溜着车，或放着纸飞机，与大树的苍劲相映成趣。这两棵树啊，一季就是一幅景，一天就是一张画。天然，美丽，动人。

　　两棵树就是一首诗，坚强、专注、乐观、向上是它们的诗魂。它们一棵来自农村，一棵来自城市，共同的理想，让它们共同生活在这块贫瘠荒凉的处女地上。它们把根深深地扎下去，然后向四处伸展。它们把枝叶拼命往上长，然后也往四周舒展。它们不茫然四顾，它们不讲究条件，它们不见异思迁，它们不等靠盼要，它们甘于贫瘠，乐观以待，一味地抽枝长叶，努力向广阔的空中发展，由幼小到粗壮，由稚嫩到成熟，向人们展示它们的坚强与伟岸，丰姿与浩然。它们迎来了一批批桃李，也送走了一个个退休的调走的园丁，它们欣喜于一座座高楼拔地而起，它们见证了校园日新月异的变化。它们还是它们，地方还是老地方，只是它们已成栋梁之材，有了"欲与天公试比高"的本钱。人们忘不了，两年前的"彩虹"摧枯拉朽，它们岿然不动。人们也忘不了，多年来，它们傲视闪电的狰狞，抗击暴雷的怒吼，承受酷暑的煎熬，忍受严寒的折磨，不屈不挠，锲而不舍，努力向上，成就了今天的强大，展示了一种伟大的精神。

大树，向来就是朴实伟大的象征。东汉时期就有一位号称"大树将军"的开国功臣。中华民族自古以来就有无数像大树一样的人，这些"大树"，就在我们身边，就在城市，就在乡村，就在矿井，就在大戈壁的火箭发射场。他们扎根一方，秉持初心，不妄自菲薄，也不沽名钓誉，扎扎实实，努力向上，傲霜斗雪，福荫百姓，共同撑起了中华民族的大厦。

我徜徉在大树下，抚摸着粗糙的树干，仰望着婆娑的绿叶，心，深深地向往之。

劝学钟赋

"当——当——当——……"二十下雄浑的钟声在坡头区一中五千多平方米的金鲤广场上响起，这是坡头区一中建校二十周年庆典的一个庄严的仪式，这钟声发自一口名曰"劝学"之铜钟。

这"劝学钟"高 1.13 米，钟唇直径 0.88 米，重约 800 斤，为纯铜铸成。钟表饰以莲花和浪花图案，正反两面，分别是篆体和楷体的阳文"劝学钟"三字，其余两面则分别是阳文魏体的校训、校风、教风、学风和学校简介。这口劝学钟铸造得古朴粗犷，通体金黄，在朝阳的映照下熠熠闪光。当这劝学钟当当地响起，它的声音是那么浑厚激越，可传方圆数里。这钟声，连起了新旧学子的爱校之情，鼓起了学子们的求学之志，悠扬着浓厚的文化气息，传承着华夏数千年的钟文化。

钟在我国古已有之。从商代开始，随着冶炼技术的不断提高，大量的青铜器进入了人们的生活，钟也就出现了。我国古代的钟分为两大类，一种是用于雅乐的编钟，还有一种是用于钟楼和寺庙的圆形钟。我国古代制钟技艺高超，铸造大钟更堪称一绝。现仍悬挂于北京西郊大钟寺的明永乐年间铸造的永乐大钟堪称"古代钟王"。永乐大钟用铜、锡、铅合金铸成，构造合理，工艺精湛，高 6.94 米，钟口直径 3.3 米，重 46.5 吨，历经 580 多年，至今音色仍圆润洪亮，钟声可传四五十千米。钟身铸满了阳文楷书，内容为佛教经咒，共 22 万 7 千多字，相传为明代书法家沈度的手笔。故永乐大钟以其灿烂的书法艺术和佛教艺术驰名古今中外。

自永乐大钟之后，洪钟则数武汉千年吉祥钟。2000 年零时零分准时鸣响于黄鹤楼畔的千年吉祥钟，高 4 米，重 21 吨，是武汉市人民政府"聚三楚精英，求举国良冶，以三千五百年历史为范，取七百二十万民心为声"，以 2 公斤黄金，8 公斤白银和 30 吨铜，经 1220 度高温一次铸成的。

钟这种中空响器，传承着华夏数千年的文化。自古以来与"钟"有关的成语俗语就比比皆是：钟鸣鼎食、钟鸣漏尽、钟不敲不响、话不说不明、做一天和尚撞一天钟等。屈原在《卜居》中写到"黄钟毁弃，瓦釜雷鸣"，后人就用"黄钟"喻有才能之人。唐代张继的"月落乌啼霜满天，江枫渔火对愁眠。姑苏城外寒山寺，夜半钟声到客船"更是千古流传，使得小小的寒山寺闻名中外，引得游客每年除夕云集于姑苏城，低吟浅唱着"涛声依旧"。

圆钟自古以来只有朝钟和佛钟两类。朝钟即置于钟鼓楼上的钟吧，击鼓报更，鸣钟报时。佛钟在佛寺中主要作为修性起居的讯号和佛事庆典的法乐。佛寺中的洪钟寓意上则起警醒世人，消除烦恼的作用。所谓"晓击破长夜，警睡眠；暮击则觉昏衢，疏冥昧。"《佛祖统记·智者传》也说："闻击钟磬之声，能生善心，能增正念。"中国的钟文化不可谓不深厚矣！

如果说武汉千年吉祥钟作为纪念钟而开创了我国钟文化新品种的话，则坡头区一中的"劝学钟"也可说是开创了我国钟文化的另一新品种。因为"劝学钟"的寓意是"让劝学之声长鸣"。虽然与永乐大钟和武汉千年吉祥钟相比，"劝学钟"的重量犹如蝉翼之与千钧，它的高度恰似土坡之与泰山，它的工艺好像粗布之与锦绣，不可相提并论。然而它的创意，却也独树一帜，堪称新颖。

君不见，当今之世，国力之竞争，乃科技之竞争；科技之竞争，乃人才之竞争；人才之竞争，乃教育之竞争；教育之竞争，乃学子学习之竞争。"劝学钟"出现在坡头区的重点学府，正合乎世界浩浩荡荡的时代潮流。

中华民族，自古以来就是一个好学之民族。数千年来，仁人志士，劝学之声不绝。孔夫子力倡"学而不厌"，荀子疾呼"学不可以已"，毛泽东号召"好好学习，天天向上。"然而，随着小康已达，衣丰食足，国人之中或厌学，或停学，或不好好学。因此，我们更要撞响劝学之黄钟大吕，让劝学之声，犹如晨钟暮鼓，振聋发聩；犹如沙场号角，催人奋进。

正因为劝学是时代的要求，劝学之声乃时代之雅音，故以"劝学"命名之钟，使莘莘学子敬之，家长与来宾喜之，大方之家赞之，我一介教书匠则要大声颂之。

人生苦短，学海无涯。千帆竞发，万木争春。在这激于竞争，富于创新的时代，"劝学"之钟应运而生。它虽无以吨计之重，亦无以丈量之躯，声不能耸动九天之外，名难达万里之遥，然声发清越，意寓劝学，却能鼓起代代坡头学子的求学之心，奋发之志。岂能不赞之颂之？

皇哉，劝学钟！伟哉，劝学钟！

劝学亭

　　古往今来，大凡有些名气的亭子多与传统文化有着紧密的联系，甚至亭以人名。建于清代乾隆年间的长沙爱晚亭，取杜牧"停车坐爱风林晚，霜叶红于二月花"诗句之意命名，它还以毛泽东同志早年读书处闻名当代。建于清康熙三十四年的北京陶然亭，亭名出自白居易"与君一醉一陶然"之句。苏州沧浪亭则为宋代文学大家苏舜钦于北宋庆历五年傍水构建，以《楚辞·渔父》篇中"沧浪之水清兮，可以濯吾缨，沧浪之水浊兮，可以濯吾足"句为亭命名，寓意自己与世浮沉悠闲独放的怀抱。而最具历史文化盛名的安徽醉翁亭，则因唐宋八大家之一的欧阳修自号醉翁，并以此名亭，写下传世之作《醉翁亭记》，使醉翁亭闻名遐迩，被誉为"天下第一亭"。

　　位于湛江市坡头区第一中学金鲤广场西北角上的劝学亭，与四大名亭相比，犹如粒米之光比皓月之明，名气实在太小。

　　劝学亭建于 2002 年，既不高大雄伟，也不漂亮精致，建得很普通。六根柱子撑着一个六角翘起的尖尖的亭盖，黄色琉璃瓦的亭檐下，东西两方各嵌有一块钛金牌匾，上书"劝学亭"三个大字。亭台几与地平，五米多高的亭子立在五千多平方米的广场上，显得低矮，也少气势。亭子没有什么装饰，甚至令人觉得工艺有些粗糙。当然，更没有什么名山名园作背景。

　　然而，它坐落在粤西名校的校园里，周围大树亭亭如盖，为它遮风挡雨。旁边精致的小公园，为它衬绿映红，它朝闻琅琅书声，暮傍苦读灯火，和谐地融入到校园的建筑群中。2005 年，两位校友出资为亭子添了一口铜钟——劝学钟。文人墨客又为之撰联作文，从而逐渐丰富了它"劝学"的内容。所以，劝学亭虽外观普通，却颇有风韵，独具特色。

　　劝学钟为黄铜铸造，重 800 斤。钟身相反的两边各铸有阳文"劝学钟"三字，另外的两面，则分别铸有校训、校风、教风、学风的内容和学校简况。学校分别于每学期的开学典礼、元旦（零时）和校庆日举行隆重的鸣钟仪式。当学子们穿着整齐的校服分列于劝学亭的两旁，当校训如山呼海啸般从师生的口中呼出，当充满青春活力的《坡头区一中之歌》在广场上响起，当雄浑的劝学之钟声向四方传递，场面是那样的庄严肃穆，使人油然而生向学、好学、勤学之心。

当劝学钟隆重地挂起来，作为一名教书匠，我感触良多，很有一些话要说，一直到了当年的"五四"之夜，我才有空将心中的话付之笔端，写成一篇千余字的短文《劝学钟赋》，作为青年节的礼物献给青年学子们。后来，又把这篇短文刻在钛金板上，挂在劝学钟的东下方。文不华丽，谨以之助一下劝学之声。

在亭子两面的亭柱上，分别挂有以"劝学"排头的楹联。东联曰：

> 劝有方孺子岂云不可教
> 学无际真知欲得直须勤

此联为著名戏剧家、书法家卢凌日先生撰写并书。寓意深刻，点出了教与学的真谛。西联曰：

> 劝三千桃李趁风华正茂惜时奋发
> 学万里鲲鹏凭志气方坚展翅腾飞

撰者为徐文学先生，农民书法家梁土华先生书。此联写得有气势，道出了劝学者的苦心。

两联不但内容好，道出了劝学亭的真义，从书法艺术的角度看，这两联也有很高的造诣。有一方家如此评价这两幅书法作品：

（东联）取法汉隶曹全碑和张迁碑。给人以沉重生动的感觉，流露出浓郁的古雅气息，朴拙有味，字形多姿多态。由于对汉隶的熟悉，作者运笔毫不犹豫，不间歇，可见老成持重，胸有成竹。作品中个别以丑为美，使作品充满非常态之笔调。

（西联）取法唐楷——欧阳询楷书。对联有左低右高的字势，大开大合的体势以及坚劲多变的笔势，有金石气。写此作品时已进入自由阶段，随意挥运，其对唐楷传统的深入挖掘，对方笔书写方法举重若轻的驾驭能力以及行草笔意的恰当融入，令人信服。

两幅书法佳作，为劝学亭增添了不少雅韵。

一钟、一文、二联，共同构成了劝学亭"劝学"主题，钟、文、联以及书法艺术，使劝学亭成为校园一个颇具特色的美丽景点。

正因为如此，莘莘学子，课余假日，常常流连于劝学亭，摸一摸劝学钟，品一品劝学联，以沾点灵气，得到启迪，收获智慧。

也正因为它独具特色，来访者都要来到劝学亭，走一走，看一看，留个影儿作个纪念。

劝学亭历史并不悠久，也谈不上雄伟辉煌，更没有杜白的诗句或欧苏那样的大家为之铸魂点睛，但它存在于学子求学的圣地，春风化雨，润物无声，点化着一代代学子勤学苦读，孕育成了浓郁的学习氛围，开了坡头区一中一代好学风。劝学亭因此成了坡头区一中良好人文环境最具代表性的建筑物。

劝学之举，善莫大焉，劝学之语，金玉良言，劝学之亭，声名必久远传扬。

喜见校园木棉红

一场百年不遇的雪灾，使得南国滨城也"高天滚滚寒流急"，"万花纷谢一时稀"。那枝条柔蔓的娇贵的印度紫檀树，落得个枝枯根烂令人心碎的命运；平时貌似粗壮高大的桃花心树，青青的叶儿纷纷扬扬地坠落，犹如绿色雪花，铺满大地。

然而，在这寒风如刀、草木颤抖之时，校园内那伟岸挺拔的木棉树，鲜红的花朵竟一点儿也不谦让地迎着凛冽的寒风，昂首怒放，一层一层的，仿佛一夜间缀满了枝头！那木棉花红得逼你的眼，远远望去，就像高天上那簇簇的红云，寒夜里给人温暖的支支火炬，又像那傲霜斗雪催人奋进的面面红旗，更像那校园里写满高考喜讯的张张红色喜报！

木棉，又叫红棉、攀枝花，为木棉科落叶大乔木，树形高大，雄伟魁梧，枝干舒展，高可达三十米，花红如血，硕大如杯，远观似一团团在枝头尽情燃烧、欢快跳跃的火苗，极有气势，因此，历来被人们视为英雄的象征。当年曾响彻中国大街小巷的一曲《我们相会在攀枝花下》，唱出了自卫反击战中热血青年的英雄情怀，唱出了千万个英雄母亲的无比自豪，至今还令人荡气回肠。

木棉又是那样的朴实、努力。南国的深秋，当那些花还在竞美争艳，那些树木还在炫耀着它们那已有点儿破旧的绿衣，木棉就干脆利落地抖光它满身的叶子，抛弃它身上所有的包袱，毫无牵挂地专心吸取养分，积蓄力量，默默地孕育蓓蕾，为来春书写出最耀眼的华章。

木棉树不愧是英雄树！难怪我们英雄的城市广州选它作市花；木棉树不愧是树中绝色的女丈夫！难怪诗人舒婷让它与"铜枝铁干"的橡树平等站立。它卓尔不凡，虽不事张扬，却难掩那超凡脱俗的气概！

我景仰木棉树，正因为这样，在能力许可的情况下，我到处寻找着木棉树，诚心地把它们请到校园安家落户。它不嫌校园土地贫瘠，条件艰苦，很容易就扎下根来，心无旁骛，不枝不蔓，一心向上。它正直、粗壮、伟岸，在校园的树木中如立鸡群之鹤，超然独秀。

当写到这里的时候，我抬头从窗口望去，只见偌大的校园早已不见一个人影走动，课室的灯光早已亮起，琅琅的读书声在春夜的寒风中荡漾——晚读开始了。芸芸园丁，或在耐心地指导学生，或在灯下写着教案，批改着作业，他们多像校园那高大的木棉树啊！不管条件多么艰苦，不管工作多么辛苦，不管所得多么微薄，都在埋头苦干，一心奉献。莘莘学子，夏冒酷暑，冬沐寒风，翻越书山，荡舟学海，十年苦读，求知索识，以求破茧成蝶，绽放出人生最绚丽的光华，这不正是木棉精神的体现吗？

透过课室泄出的灯光，我似乎看见满校园都是木棉树，它们正在茁壮地成长。明天，校园将开满火红的木棉花，校园的上空写满灿烂与辉煌！

2008 年春

凤凰花开

夏天来了，校道两旁，高高的凤凰树开满了鲜红的花朵。从楼上望下去，艳阳下满树火红，格外耀眼。

这两排凤凰树，是学校 30 周年校庆的时候，校友们经过精心挑选，赠送给母校的生日礼物。这两排树落户学校时已是成材之木，每棵都有三四层楼高，一种下去，浇上水，它们就急不可待地抽枝散叶拼命生长，一棵棵枝繁叶茂，浓荫蔽日。每当盛夏，花儿就层层叠叠地铺在树冠上，一片火红。团团簇簇的花儿和细细密密的叶子把夏阳挡住了，人走在这花道上，脸儿似乎都像化了淡淡的红妆。这盖满凤凰花的校道，成了校园一道美丽的风景。

凤凰树又名金凤树、火树，因其"叶如飞凤之羽，花若丹凤之冠"，所以成为世界上色彩最鲜艳的树木之一。它的花语就是：离别，思念，火热青春。我想，我懂得校友的良苦用心、款款深情。这凤凰花呀，寄托着校友们对在校园里度过的火热青春的回忆，对培育自己成长的母校的深切怀念。

是的，我们的学校有着太多的往事值得回忆，我们在这里度过了无数的峥嵘岁月，每一位师生的心中都烙下对母校的深刻怀念。我作为这所学校的创始人之一，更是对学校的一草一木都满怀深情。

35 年前，一个市级辖区从郊区析出，在一个农村包围着的大型国企附近安家落户了。说是安家落户，但堂堂一个县建制的市级辖区既没"家"，也没"户"，只好选一块空地搭起竹棚来生活办公。万事待兴，领导们却把教育放在优先发展的地位，第二年就决定办区的重点中学。8 月 21 日，《湛江日报》发了一则简讯：坡头区第一中学破土动工。

8 月 31 日，我们 10 位老师和两班学生踏着被暴雨浇灌了两个月的道路从四面八方来到学校，不，不是学校，是工地，因为连作校舍的竹棚也还未全部搭好。我们自己去买回床板，铺在借来的建筑公司的工棚里那湿漉漉的地上，开始了"开荒牛"的生涯。

9 月 2 日上午，我们蹲在校园内一个小土墩上举行隆重的开学典礼，然后回到刚搭好棚顶的教室里站着上完上午的课。

这样的办学速度，这样的开学典礼，这样的开学第一课，世界上谁听说过？

人的一生，总有一些东西令你感动，总有一些东西让你终生难忘。我们学校的诞生，不像孙大圣那样经天地之风雨，吸日月之精华，经年累世才孕育成熟，这个刚一怀胎就仓促问世的学校，凝结了太多人的心血和汗水，彰显着拓荒者的魄力和勇气。

我想，那第一批的校友在此后三十年的时光里，哪怕很多东西都忘记了，但这开学第一天的情景，他们应该都还记得，并且依然为之骄傲。因为那是世界上独一无二的学校和绝无仅有的开学仪式，这样的情景是别的人无法"享受"得到的。如果说，这算是"磨难"，那它就是唐僧西天取经八十一难的第一难，它会鞭策他们攻坚克难，奋勇前进。如果是一个开始，那这片贫瘠的土地上，开始种下了希望的种子，它给了多少人成才的希望！

竹棚学校一办就是四年。在这既阳光灿烂又风雨载途的一千多个不平凡的日子里，有多少的人和事令人难以忘怀。

年过半百的老校长，带着一双儿女，早早就从海南岛来到了这个白手起家的新区，住在乡政府一间办公室里。那年连下两个月的雨，市场上买不到干柴，校长家中仅有的一点儿干柴烧完了，就劈床板来煮饭，床板没得劈了，只好每天到街边的小饭店买饭吃。填饱了肚子，就日夜为创办学校而奔忙，这"开荒牛"的牛气啊，真令人叹服！

师生们在这四年里，晚上，躺在床上，透过棚顶数过星星；白天，承受着太阳透过沥青纸送来的"热情"；台风来了，就抱着课本跑到附近单位的楼房"避难"；冬天来了，就得忍受北风从竹片做的墙壁缝隙中钻进来钻进衣服里骨子里的寒冷。华为人说得好："没有伤痕累累，哪来皮糙肉厚，英雄自古多磨难。"我们的学生没有被这眼前的困难所吓倒，而是专心苦读，立志成才。我记得有个叫龙的同学，平时争分夺秒地学习，寒假里也不回家，坚持在竹棚里专心苦读。饭堂不开饭，就自己做饭来吃。那情那景，我至今还记得，我相信那红彤彤的凤凰花更记得。

四年后，学校搬到了一个环境非常好的地方，虽然校舍还在建设，但那里面朝大海湾，海浪拍打着学校围墙的挡浪墙，海湾里百舸争流，海天间鱼跃鸥飞。学校三面绿野相绕，稻花伴着书声飘香。那真是一个读书的好地方。

那一年，一位年轻的数学教研组长，脸色黄黄的高三老师病了，病得不得不住进了海那边的医院。病房墙上的挂钟不紧不慢地"嘀嗒嘀嗒"地走着，床上的针水一滴一滴慢慢地滴着，我们这位老师的心却异常地焦急，因为他记挂着那两班准备高考的学生啊。针水重复地滴了好几天，这位老师待不住了，偷偷地跑回学校，一口气给学生上了几节课，然后又回到医院挂上针水。临行前，他对学生说，过几天我就回来给大家上课。可是几天后，他无奈地违背了自己的诺言，永远地回不来了……

每想到这，我就不禁热泪盈眶，心里喊着：多好的老师啊！对这位把短暂的一生献给这新生的学校，献给心爱的教育事业的老师，那满树开着的凤凰花，你该记得他吧？你该永远地怀念着他吧？

一代又一代人在努力着，在传承着，在拼搏着。学校的小树苗长成了参天大树，绿荫匝地；小公园里鲜花竞放，香溢校园。教室里书声琅琅，树林间小鸟啾啾。校门口的墙上挂的牌子越来越多：广东省一级中学、广东省高中教学水平优秀学校、广东省国家级示范性高中……每一块都是那么亮，每一块都是那么令人骄傲！

凤凰花又开了，当年的莘莘学子而今已成栋梁之材，他们把高大的凤凰树赠送给母校，让它们代表他们驻守在母校，以自己的灿烂，为母校增光添彩。这一路凤凰花越开越灿烂，它们是在深情地怀念着那逝去的岁月？是在尽情地诉说着学校三十多年来不平凡的经历？还是把满树的灿烂献给可敬的老师、亲爱的母校？我似乎从花儿簌簌有声的怒放中听到了凤凰花深情的花语。

后　记

　　《鲤鱼岭上木棉红》是湛江市坡头区第一中学第一本由本校老师创作并正式出版的文学作品选集。

　　出版这本书，早在三年多前就开始酝酿，直到2020年提上了议事日程，正式付诸行动。学校党政班子把出版这本书的事摆上了学校工作的议事日程，制定了方案，落实了资金。这本书能够顺利出版，完全是学校领导大力支持的结果。

　　为了把这本书编好，十位老师团结协作，对作品进行了精心的修改润色，做了大量的具体工作。在此，我们向这十位老师表示衷心的感谢！感谢他们奉献出充满正能量的精神食粮！感谢他们付出的辛勤劳动！

　　毋庸讳言，我们的老师平时都担负着繁重的教育教学任务，并不是专业作家，本书肯定会存在着错漏和不足，敬请方家不吝赐教。谢谢！